KB235142

명청대

정원문화

누가

만들었을까

明淸代

명청대
정원문화
는가
만들었을까

이행렬·심우영 지음

이담
Books

이 저서는 2005년 정부(교육인적자원부)의 재원으로 한국학술진흥재단의 지원을 받아 수행된 연구임.(KRF-2005-079-AM0044)

상명대학교 중국어문학과 교수/ 권석환

'명청대 강남후원문화 시리즈'를 발간하며

본 시리즈는 2005년부터 한국학술진흥재단의 후원으로 이루어진 <중국 강남지역 명청대 문화 후원시스템 연구>의 결실이다.

장강 중하류 삼각주 지역에 형성된 '강남江南'지역 문화는 남송南宋 이후 줄곧 중국의 경제발전과 함께 성장하였고, 특히 16세기 중엽에 이르러 예술과 문학 분야에서 새로운 전기를 맞이하였다. 양명학陽明學과 같은 새로운 사상이 유행함에 따라 실용적인 지식에 대한 관심과 과학적 정신이 고양되었고, 문화 각 방면에서 자유롭고 독창적인 정신이 나타나기 시작하였다. 예술분야에서는 전통에 도전하는 창의적인 작품들이 양산되고, 자의식이 강한 낭만적인 문학이 크게 발전하였다. 유럽의 르네상스에 필적하는 이러한 명말明末의 '문예부흥'에는 왕실의 행정적인 후원과 경제적 지원이 중요한 역할을 하였지만, 그 이면에는 부유한 상인, 문예작품의 감정 수집가, 사대부 혹은 관리들의 호의적인 협력이 있었다. '상업자본'이 형성되고 '시장경제'가 발달하기 시작한 18세기에 이르러서는 왕실보다는 오히려 그들이 더욱 중요한 후원자로 등장하게 되었다.

본 연구는 이러한 후원들이 하나의 사회시스템의 형태로 나타나 명청대의 문학예술 및 학술의 발전에 결정적인 역할을 하였다는 가설에서 출발하였다. 즉 명청대 예술과 문학의 중요한 동력으로 작용한 구성요소들, 연극, 회화, 원림의 세 문예 장르와 그 문예의 발생 흥성의 환경요소라 할 수 있는 '문인결사'와 '도서출판' 등에 대하여 상업자본의 후원이 비교적 장기간에 걸쳐 나타났고, 그것들이 상호작용이 안정된 패턴을 나타났음을 확인하였다. 본 연구에서는 이것을 명청 시대 강남 지역 문화 '후원시스템(Patronage system)'으로 명칭하고, 명청대 문화 후원의 형태, 후원시스템과 그에 의해 생산된 예술 및 문학작품의 상관관계, 명말 상공인의 출현과 시장경제가 가져온 후원시스템의 변화, 그리고 그로 인한 예술과 문학의 생산 환경 변화 양상 등을 다음과 같이 해명하였다.

첫째, 강남지역 명청대 문화 후원은, 서구 르네상스 시대 왕공王公이나 귀족 또는 가톨릭 성당에 의한 예술 후원(Art patronage)과 달리 훨씬 더 다양하면서 복잡한 후원 형태들을 보여주고 있다. 즉 동일한 후원자가 동일한 장소에서 여러 장르에 걸쳐 후원을 하는 형태를 띠게 된다는 점이다. 예컨대 원림 소유자가 원림경영 뿐 아니라 장서, 서화 감정 및 수집, 시서화 창작, 가반 활동, 문인 결사, 문인 아집雅集을 두루 지원하는 형태를 띤다. 더 나아가 창작자-유통자-소비자가 혼재된 후원 양상은 매우 독특한 예라고 할 수 있다. 따라서 본 연구는 이러한 중국만의 독특한 후원시스템을 확인하였고, 특히 '문인사단'이 행사한 문화적 권력의 본질을 밝히는데 노력하였다.

둘째, 후원시스템과 그에 의해 생산된 예술 및 문학작품의 상관관계를 탐색하였다. 후원이란, 후원자와 피후원자간에 형식상 주종관계에 있지만 실제적으로는 상호 호혜적 관계, 때로는 긴장과 갈등이 발생하는 경우도 있다. 이러한 협력 또는 갈등이 존재하는 것은, 후원관계가 예술가 또는 문학가의 생계를 보장하는 경제적 관계임과 동시에 피후원자의 사회적 관계 및 정신세계에 일정한 영향을 미치는 심리적 관계이기도 하기 때문이다. 본 연구는 후원시스템이 예술가 및 문학가의 사회적 관계와 심리 상태에 미친 영향이 무엇이며, 후원자의 이익과 취향이 어떻게 반영되었는지를 고찰하였다.

셋째, 명말 상공인의 출현과 시장경제가 가져온 후원시스템의 변화, 그리고 그로 인한 예술과 문학의 생산 환경 변화 양상을 살폈다. 유럽에서 르네상스 이후 17세기에 이르기까지 진행되었던 것과 유사하게 강남지역에서도 예술과 문학 방면에서 상업화가 촉진되고 문예 출판이 활발해졌는데, 그 결과 문예의 소비자들이 새로운 형태의 '후원자'로 등장하게 되었다. 이들이 바로 소비자 후원자[Consumer-patron]임을 확인하였다.

본 연구단에 참여한 연구원 11명은 모두 21편의 논문을 집필하였고, 이 연구를 기초로 하여 <명청대 강남후원문화 시리즈>로, 1. 총괄 : 강남의 예술가와 그 패트론들, 2. 문인결사 분과 : 양자강의 르네상스, 3. 연극 분과 : 강남지역 공연문화의 꽃 - 곤극, 4. 출판 분과 : 중국 명청대 출판문화, 5. 회화 분과 : 명·청대 회화예술, 6. 원림 분과 : 명청대 원림문화와 후원을 기획하였다.

본 연구를 통해 중국 강남지역의 문화예술이 수많은 사대부와 상인들의 후원에 의해 찬란히 꽃을 피웠으며, 오늘날 중국 강남지역은 예술 발전에 기초하여 경제 문화가 지속적으로 발전했다는 결과가 다양하고 지속적인 후속연구를 파생시키길 바란다. 아울러 본 연구에 참여했던 연구원들의 다년간의 노고에 감사를 표한다.

중국의 원림은 '호중천지壺中天地', '소우주小宇宙' 등으로 표현된다. 세계의 정원문화사에 있어서 유례가 없을 정도로 역사가 오래되었으며, 그 종류 또한 다양多樣하고 다종多種한 것이라 할 수 있다. 따라서 이러한 원림의 조성에 관여된 인물과 배경 또한 복잡하고 다기한 특징을 가지고 있기 때문에 중국고전원림의 형성에 관해 한마디로 요약해 표현한다는 것 또한 어려운 일이다. 다행이 한국학술진흥재단으로부터 지원을 받아 2005년부터 2년간에 걸쳐서 중국의 문화, 그 중에서도 명청시기의 강남지역에서 발전되었던 다양한 문화에 대한 형성 배경을 문화후원시스템(또는 후원시스템)이라는 키워드로 접근을 시도하였다. 방법으로 인문학과 예술학, 조경학, 사회학 등 다양한 학제간의 연구를 택하여 진행하였다. 본인은 이 연구에서 중국어문학을 전공하신 심우영 교수님과 함께 명청시대 강남지역에 성행하였던 원림문화와 그와 연관된 다양한 형태의 후원 양식에 관해 연구를 하게 되었으며 연구의 성과로 이 책자로 엮게 되었다.

이 책은 크게 두 부분으로 나누어진다. 1부는 원림을 통해 본 명말청초 시기의 원림 후원문화에 대하여 기술하였으며, 2부는 원림기를 통해 본 원림의 후원문화에 대하여 기술하였다. 1부는 본인이 기술하였으며, 2부는 심우영 교수님이 기술하였으며, 기술하는 과정에서 상호간의 토의와 발표를 통해 인문학과 자연과학의 자연스러운 융복합적 연구가 가능하게 되었다.

이 중에서도 1부에 대하여 자세히 살펴보면 원림의 후원문화를 밝히는 데 있어 역사적 맥락에서 후원이 어떻게 발생되었는지를 살펴보았으며, 발전요인을 크게 사회경제적인 요인, 사상문화적인 요인, 그리고 산수화 발전요인으로 나누어 살펴보았다. 이러한 발전요인은 어떠한 구조로 진행되는지 시스템 구조로 파악하였다. 이러한 관점에서 살펴 볼 때 명말청초 시기의 원림문화 후원시스템은 다양한 형식으로 적용되는데 황제, 문인, 화가, 원림예술가, 상인 등과 같은 다양한 유형의 인물들에 의해서 구체적으로 전개되어진 것을 살펴 볼 수 있었다.

원림 유적을 통해서 당대의 양식을 이해한다는 양식사 연구방법 면에서 볼 때 당대의 유명한 원림예술가들의 작품을 직접 연구한다는 것은 대단히 중대한 일이라고 하겠다. 그러나 문징명, 계성, 이어 등과 같은 원림예술가들의 작품들은 대부분 실전되었기 때문에 이들에 대한 비교연구는 더더욱 어려운 것이라 하겠다. 따라서 본 연구에서는 그들이 남긴 원림도를 중심으로 하여 당대의 원림 조성에 지대한 영향을 미친 조원이론을 토대로 국면분석을 시도하였으며, 그 결과 주목할 만한 점들을 발견할 수 있었다. 즉 문징명의 경우 문인의 성향을 살려서 원림공간을 "아회雅會"의 공간으로 사용하였으며, 계성의 경우에는 원림예술에 대한 풍부한 경험과 이론을 기반으로 하여 교외에 위치한 원림을 표현하였는데 원림도에 나타난 경관 구성은 강을 끼고 원경遠景과 근경近景의 경관을 즐길 수 있는 형태를 묘사하였다. 또한 이어의 경우 역시 박학다식한 문인예술가로서 성시城市 내 주택 원림의 간결한 형태를 볼 수 있었다.

이러한 연구를 통하여 명백하게 알 수 있는 것은 산수화와 같은 회화의 원림 구성에 의경意景과 같은 공간 사유개념이 중요하게 작용하였으며, 이러한 산수화를 통하여 문인들의 시상이 발양發揚되고, 원림예술가들에게 원림 구성의 영감靈感을 제공한다는 점에서 원림문화의 후원시스템이 작동하게 되었다는 것을 알 수 있다. 그러나 이러한 원림문화 후원시스템도 사회적, 경제적, 사상적, 문화적 요인들에 의해 그 성쇠가 결정되어진다는 점에서 후원시스템의 정반응과 역반응 과정에 대한 이해가 필요하다는 것을 알 수 있다.

중국어와 중국문화에 대한 지식이 부족한 연구자로서 이러한 주제에 대한 연구는 전적으로 많은 선행연구로부터 의지하지 않을 수 없었음을 밝히며, 이 자리를 통해 일일이 열거할 수 없는 많은 연구자들에게 감사의 뜻을 표하고자 한다.

비록 부족한 연구 결과물이나 중국의 원림문화 형성에 대한 연구가 많지 않은 현시점에서 이러한 초보적 연구나마 앞으로의 중국 고전원림 연구에 조그마한 기여를 하기 바란다는 점에서 부족함을 무릅쓰고 본서를 출간하게 되었으며, 따라서 저서의 여러 곳에서 발견되는 오류와 잘못은 전적으로 본인의 몫이므로 이에 대하여 여러 선배 제현들의 지적과 지도를 바라는 바이다.

2009년 8월
이행렬

　중국의 원림문화를 연구함에 있어, 연구대상 지역을 강남으로 시대는 명·청으로 한정한 것은 매우 큰 의미를 지닌다.

　강남지역은 일찍부터 예술과 문화가 만개하여 낭만주의가 팽배한 곳이었다. BC 4세기 초나라 굴원屈原의 자서전격인 서정적 장편 서사시 <이소離騷>를 시작으로, 예술지상주의가 꽃을 피운 육조六朝시기 대표적 문학작품인 사령운의 산수시 또한 이곳에서 탄생하였다. 이러한 배경에는 강남지역의 풍성한 물자와 수려한 산수가 큰 비중을 차지하였다.

　강남의 원림문화 또한 이러한 배경 아래에서 성숙 발전되었다. 북방지역이 황가원림 위주였다면 이곳은 사가원림이 주축을 이루었다. 왕희지王羲之의 난정蘭亭, 사령운謝靈運의 시녕별서始寧別墅 등을 시작으로 당대에는 소규모의 문인원文人園이 출현함으로서 대부분의 원림이 전원에서 도시로 옮겨왔고, 여기에 시정화의詩情畵意가 스며들어 원림의 예술적 기능이 주목을 받게 되었다. 그리하여 송대에는 항주의 서호를 중심으로 수많은 원림이 형성되게 되었다. 명·청대는 바로 이런 원림의 역사가 축적되어 집대성된 시기이다.

　명대 초기에 주택제한住宅制限과 중농억상中農抑商 등의 정책적 이유로 침체기가 있긴 했지만 명대 중엽에 이르러 공전의 대변화를 겪게 된다. 강남의 신흥 부상들은 자신의 경제적 세를 과시하면서 아울러 신분상승과 명성을 얻기 위한 교두보로 원림을 건축하였고, 전·현직 관료들은 은퇴 후의 안식과 교유를 위한 장소로 활용하기 위해 원림을 사들이고 보수·증축하였다. 이러한 풍조는 청대에도 계속되었다. 이렇게 하여 강남의 원림문화는 중국의 전통 문화로, 명·청대의 원림은 오늘날의 문화 현장으로 자리 잡게 되었다.

원림에 관심을 가진 지도 이미 몇 년이 되었다. 육조시기 은일산수시를 전공하던 터에 시대를 내려오다 보니 은일장소와 산수대상이 결국 명·청 원림에 상당 부분 귀결됨을 발견하였다. 이리하여 진종주陳從周의 ≪원종園綜≫을 구입하여 <원림기園林記>를 읽게 되었다. <원림기>를 읽다 보니 사라져 버린 많은 원림의 모습을 그려볼 수 있었고 원림 안의 일상을 훤히 들여다 볼 수 있었다. 원림의 형태는 이행렬 교수님의 몫이라고 여겼고, 원주의 일상은 나의 몫이라고 생각하였다. 그래서 2부 제2장에 올려놓은 <원림기> 번역은 많은 부분 배제되었고 내용 또한 간추린 부분이 적지 않다. 또한 지면 관계로 강소성편만 올려놓은 것도 아쉬운 부분이다.

이 책의 내용은 크게 두 부분으로 나눌 수 있는데, 이행렬 교수님이 서술한 1부는 '원림을 위한 후원'이라고 한다면, 본인이 서술한 2부는 '원림을 통한 후원'이므로 각각의 특색을 지니고 있다. 따라서 겹치는 내용이 없고 중돌하는 의견도 찾아볼 수 없다.

지난 몇 년 동안 원림만을 생각하고 그것과 관련된 자료만을 찾다보니 서가에는 어느새 원림서적으로 가득 찼다. 그리고 '후원'이라는 역사적

사실을 찾다보니 역사서적도 만만치 않다. 전공인 시와는 멀어지는 것이
아닌지 염려도 하였지만, 요즘 학계에서 요구하는 융복합 학문을 선도적
으로 시도하였다는 점에서 자부심을 가진다. 하지만 결과물에 대해선 언
제나 부끄러운 마음 금할 수 없다. 여러분들의 많은 질정 바란다.

  이 책의 출판을 맡아준 한국학술정보(주) 관계자들에게 심심한 감사를
표한다.

2009년 8월
비온 뒤 맑은 햇살을 고맙게 생각하며
삼가 글을 올린다.
심우영

제1부 원림을 통해 본 명말청초 원림 후원문화

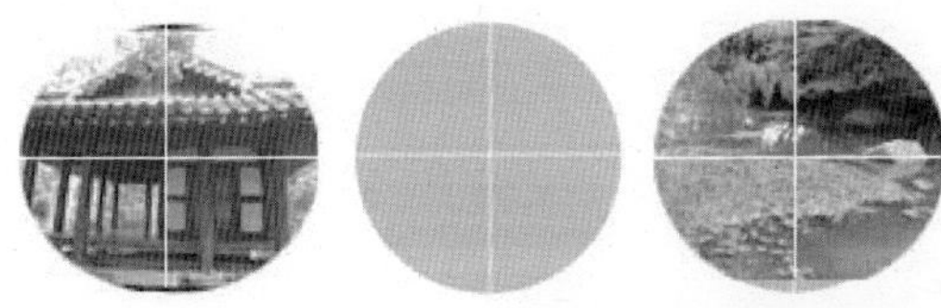

제1장

명말청초의 원림문화 후원시스템[1]

1. 개념적 정의

　중국 강남지역의 원림은 원나라 이후부터 집중적으로 발생되어 온 지역으로 중국 고전원림 중에서도 민가원림의 극치를 이룬 지역이다.[2] 이들 원림은 문인관료와 상인 및 지주들의 정취와 이상을 정교하게 담은 공간으로서[3] 북방의 황가원림에 비해 규모가 작고 덜 호화스러웠다. 명 중엽에는 관료와 지주가, 청 중엽에는 관료와 상인이 남경·양주 및 강남

---

1) 본 내용은 이행렬의 「The Garden Patronage System between the Late Ming and Early Qing Dynasties, Journal of Korean Institue of Traditional Landscape Architecutre vol.6, 2008.12.」 내용을 토대로 하여 재구성하였음.

2) 楊澤君과 陸鵬亮(2001), 叢"雅集"到"市集"—松江園林与明清社會經濟的變遷, 中國社會經濟史研究 제1기

3) 劉風云(2001), 清代文人官僚与城市私家園林的興衰, 明清歷史 총93기, 古宮博物院院刊

일대에 많은 원림을 조성하였는데, 그 대표적인 예가 소주蘇州의 졸정원拙政園, 무석의 기창원寄暢園, 남경의 첨원瞻園 등이 있다. 특히 양주 수서호瘦西湖의 원림군은 염상鹽商의 상업자본과 원림문화의 관계를 보여주는 전형적인 사례가 된다. 중국의 원림에 영향을 미친 후원자에 대한 연구는 국내연구는 거의 없으며 중국 등에서도 최근에 와서야 그러한 연구가 시도된 정도이다. 국내연구의 경우 지금까지 진행되어 온 연구는 주로 황가원림 또는 민가원림의 특성을 밝히는 방면으로 진행되어 왔다. 민경현과 장미아는 중국의 원림을 그 공간구성 측면에서 특성을 밝힌 바 있다.4) 최만봉은 대만의 판교板橋 임가화원林家花園의 작정作庭 배경으로 1778년 중국 복건성에서 대만으로 이주한 부상富商 임가林家에 의해 조성되었다고 밝힌 바 있다.5) 그러나 구체적인 후원 동기와 특성에 대하여는 연구된 바가 없다. 강태오는 황가원림의 발전과정을 기원, 형성기, 전환기, 전성기, 성숙기 및 완성기로 구분하여 사상적 배경, 계획과 설계 수법 및 시공 기술 등의 특성을 밝혔다.6) 특히 명청대에는 주례고공기周禮考工記를 중심으로 황도인 북경에서 다양한 형태의 원림이 조성되었다고 하였다. 그러나 아직 황제의 후원 방식에 대하여는 자세한 연구가 이루어지지 못하였다.

이유직은 중국원림의 차경借景이론을 제시한 계성計成의 원야園冶에 관하여 연구한 바가 있다.7) 이 연구에서 차경이론은 산림지가 가장 적합한 부지조건이지만 도시 내에 있으면서 산림의 경관을 느낄 수 있는 것

---

4) 민경현과 장미아(1991), 중국 원림의 구성요소와 경관해석, 한국정원학회지 제10권

5) 최만봉(1996), 臺灣의 園林 『板橋 林家花園』에 關한 研究, 한국정원학회지 제13권 제1호

6) 강태오(1997), 中國 古典園林의 發展過程 − 皇家園林을 중심으로 −, 한국정원학회지 제15권 제2호

7) 이유직(1997), 計成의 『園冶』 연구─園林造營理論을 중심으로─, 서울대학교 대학원 박사학위논문

을 가장 최고로 여겼다는 점에서 강남의 원림 발전에 단서를 제공하고 있음을 알 수 있다. 그러나 계성이 원림 조성에 미친 후원자로서의 영향력에 대하여는 본격적인 연구 진전이 되지 못하였다. 따라서 중국의 원림 특히 강남원림의 후원 양식과 그에 따른 발전 특성을 밝히는 연구가 절실하다고 하겠다.

중국의 문화예술분야에서 후원자後援者 또는 찬조인贊助人이 본격적으로 등장하는 것은 청대 강희제康熙帝와 건륭제乾隆帝의 소주와 양주지역의 원림을 방문한 이후 양주지역의 염상 등을 중심으로 한 거상들에 의해 본격적으로 화가들에 대한 후원이 이루어지면서라고 하겠다.[8] 양주지역에 있어서 특히 염상들이 다수의 원림을 수서호를 중심으로 하여 조성한 것은 황제를 환대하기 위한 일환인 것으로 여겨지며, 따라서 원림조성과 함께 화가들에 대한 지원이 이루어짐으로써 양주화파楊洲畵派가 발생하였다. 시인과 화가의 역할이 단순히 시와 그림을 그리는 것에 국한하지 않고 원림에 대한 제화題畵와 제화시題畵詩 형태로 발전하면서 시사詩社가 결성되고 이를 통하여 다시 원림문화가 발전되어가는 순환고리를 형성하였다는 점에서 원림의 후원시스템이 성립된다고 본다. 그러므로 이러한 후원시스템에 대하여 연구하는 것은 중국 원림의 전반을 이해하는 것이며, 이것은 곧 우리나라의 원림 연구에도 중요한 기여를 할 것이다. 그러나 아직까지 원림의 후원시스템에 대한 본격적인 연구가 부족한 실정이며, 학문적인 정립이 미흡한 실정이므로 이에 대한 학제적 연구가 필요한 것으로 여겨진다. 따라서 중국의 원림 중에서도 민가원림이 성행하였던 강남지역을 중심으로 하여 후원시스템이 어떻게 성립하였는가를 밝

---

8) 李鑄晋(2003), 中國畵家与贊助人(1), 荣宝斋 第1期, 中国美术出版总社 : pp.224~237

히기 위해 세부적인 연구목적을 다음과 같이 정하여 진행하였다.

첫째, 원림 후원자의 개념에 대한 정의와 후원자의 유형과 특징.

둘째, 원림의 발생과정을 보면 원림의 소유주가 주체인 경우, 문인·화가 등과 같은 전문가 경우. 그리고 전혀 별개의 전문기술자, 즉 조원가에 의해 원림이 만들어져서 공급되는 경우 등으로 생각된다. 이들의 조성에 관여한 인물들을 조사하여 원림의 경영관계를 살펴봄으로써 원림을 조성하는 과정에서 어떤 후원자에 의해 영향받았는지를 알 수 있다.

본 연구는 중국의 원림 중에서도 민가원림이 성행하였던 강남지역을 중심으로 하여 원림후원시스템이 어떻게 성립하였는가를 밝히기 위한 기초연구로 진행하였다. 연구의 시간적 범위로는 명나라와 청나라가 교체되는 '역사적인 획기劃期'의 시대인 명말청초(16~18세기)를 시대의 중심으로 하며, 공간적 범위로는 원림문화가 번성하였던 남경, 소주, 항주, 양주, 소흥 등을 중심으로 하는 강남지역을 대상으로 하였다. 그 공간적 범위는 <그림 1>과 같다.

내용적 범위로는 명말청초기 강남을 중심으로 하여 원림 발전에 영향을 미쳤던 후원자들이 있었는지, 이들 후원자들은 어떤 유형으로 존재했으며, 또 어떤 인물이 후원 활동에 참여하였는지를 밝히는 것이 연구의 목적이다. 따라서 이를 규명하기 위해 후원자의 주체를 설정하고 여기에 포함되는 인물들을 중심으로 하여 그들의 일생과 원림활동과의 관계, 이들이 영향을 미쳤다면 어떤 측면에서 영향을 미쳤는지를 연구의 대상으로 하였다. 따라서 연구 대상이 되는 인물에는 황제를 비롯하여 문인, 화가, 서예가, 조원전문가, 상인 등 다양한 계층에서 관련되는 인물을 설정하여 조사하였다.

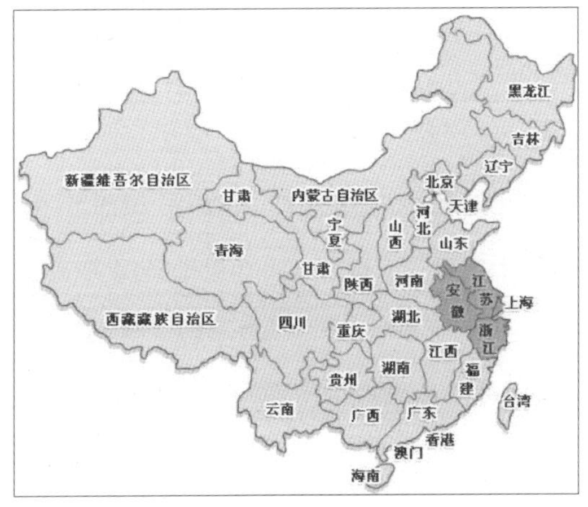

〈그림 1〉 연구 대상지(붉은 색 부분이 강남지역)

〈그림 2〉 강남지역 상세도

어떤 개인이나 학회, 업무, 예술 등을 지원하거나 장려 혹은 후원하는 사람을 지칭하며, 그에 수반되는 후원자(patron)의 행위를 후원 행위(patronage)라고 말한다.

역사적으로 후원자後援者(patron)란 서구의 이태리 르네상스기에 이를 가능케 한 메디치가와 같은 문화후원자文化後援者(art patron)를 지칭한다.[9] 하우저에 따르면 르네상스의 문화후원자는 소상인이나 수공업자들보다는 문화를 독점하려고 했던 비민중적이고 라틴화된 교양 엘리트집단을 지칭한다고 하였다.

2. 중국에서의 후원 양식의 출현

중국의 고전원림 발전에 대하여는 사회경제적 측면, 자연환경적 측면과 지리환경적 측면에서 접근할 필요가 있다.[10] 특히 사회경제적 측면에서 볼 때 제왕장상帝王將相, 봉건관료封建官僚, 문인묵객文人墨客 등의 역할이 주도적으로 이루어졌으며, 이러한 계층이 나중에 원림의 후원자로서 역할을 하였다고 볼 수 있다. 그러므로 이러한 틀을 기준으로 하여 후원자 유형類型을 정립할 수 있다.

명대 강남원림의 발전은 고도의 중앙집권체제로 문관집단文官集團 및 상인 출신의 상호공생적 관계에서 인문정신이 원림 창작에 변화를 가져

---

9) 아르놀트 하우저 저, 백낙청 · 반성완 역(2004), 문학과 예술의 사회사 2:르네상스 · 매너리즘 · 바로끄, 창작과 비평(서울)

10) 吳慧平과 劉桂良(1997), 略論地理環境与中國古典園林, 社會科學 제70기

왔으며, 시공기술 또한 예술창작에 큰 힘으로 작용하였다고 본다.[11] 이러한 관계는 원림의 후원시스템을 이해하는 데 큰 기여를 할 것이다.

청대 문인관료들이 사가원림의 발전에 크게 기여하였다는 점에서 주목할 필요가 있다. 즉 관료의 개인취향, 문화소양, 개인의 재력財力 등에 의해 사가원림의 성쇠가 결정되었다고 본다.[12] 또한 이러한 원림을 시회詩會와 같은 문화활동이 이루어지는 주요한 장소로 보았으며, 공간의 장소성場所性을 통하여 존재의 의미를 강화시킬 수 있다는 장소론 측면에서 볼 때 원림의 장소성을 통한 후원시스템을 파악할 수 있을 것이다.

양주楊洲의 염업이 지역의 경제를 부하게 하며 도시문화 형성 주요인이라고 하였다.[13] 특히 남송南宋이후 원림이 성하게되면서 16~7세기에 들어서는 계성의 『원야』 등과 같은 저명한 원림서적들이 나왔으며, 18세기에 들어서는 양주의 상인들이 부를 축적하는 과정에서 화가 등의 예술가들을 후원하는 특징을 보였다는 점에서 명청대 원림 후원시스템을 밝히는데 단초를 제공하고 있다. 특히 그들은 자신의 별저別邸와 정원을 중심으로 하여 시회, 아집雅集의 장소로 제공하면서 문화 후원자로서의 역할을 함과 동시에 그들 자신이 시문詩文과 서화書畵에 뛰어난 경지를 보였다.[14]

---

11) 李剛·李先光·王炎龍(2001), 論影響明代江南園林發展的諸因素, 合肥工業大學學報(社會科學版) 第15권 第3기
12) 劉風云(2001), 淸代文人官僚与城市私家園林的興衰, 明淸歷史 第93기
13) 王振忠(1995), 兩淮鹽業与明淸楊洲城市文化, 鹽業史硏究 第3기
14) 許英桓(2001), 中國畵論, 서문당(서울)

3. 이탈리아에서의 후원 양식의 출현

이탈리아 르네상스 미술의 후원은 14세기 공동자치제 하에서는 공공미술로, 15세기 메디치 가에서는 미술후원과 함께 가문을 위한 주문이 주로 이루어졌다.[15] 그리고 16세기 중엽 공작 치하에서는 미술이 정치적 도구로 변해가는 모습을 보이고 있으며, 이러한 모습은 바로 사회의 요구에 부응하는 미술의 양식이 되었다. 따라서 이미지는 우리가 생각하는 것 같이 순수하지도 않으며 그 의미도 다양하게 적용되어졌다. 특히 메디치가의 활약상은 과대평가되기도 하였지만 그들의 후원의 목적은 학문과 예술의 애호에서 비롯된 것만은 아니었다. 종교심, 이익의 사회환원, 감상의 즐거움, 그리고 학문과 예술에 대한 관심 등 여러 가지 목적에서 미술을 후원하였지만 사회적인 관점에서 보면 가문의 지위향상과 정치선전이 그 중에서도 으뜸가는 목적이었다. 그런 점에서 본다면 메디치가는 후원자이기 보다는 단골손님(client) 또는 고객이 더 적합할 것이다.

4. 영국에서의 문학과 후원 양식

17세기 영국 사회에서 귀족들의 후원 행위(patronage)는 각종 예술 분야에서뿐 아니라 당대 사회 구조의 저변에 자리 잡은 기본적인 삶의 양

---

15) 이은기(2002), 르네상스 미술과 후원자, 시공사(서울)

식으로 문인들은 생계와 신변의 안전을 자신의 후원자에게 크게 의존하였다.[16] 따라서 후원제도의 수직적 구도 안에서 글쓰기만으로 생계를 유지하는 영국 최초의 직업 작가의 발판을 마련한 벤 존슨(Ben Jonson, 1572~1632)[17]은 귀족의 계속적 후원을 보장받기 위해서 그들의 입맛에 맞는 작품들만을 생산하고 이에 따라 전업 작가의 작품은 진실성이 결여되고 아첨으로 점철된 것이라는 비판에 직면하게 되었다. 겉모습과 내면의 괴리에 대한 인식은 르네상스인들의 최대 관심사이기도 하였으며, 존슨 역시 스스로 자신의 작품의 진실성에 대한 우려를 하게 되었다. 그러나 존슨은 시인이 일방적으로 귀족 후원자에게서 경제적 도움을 받는 것이 아니라 이들이 나아갈 방향을 제시해주는 도덕적 스승의 역할을 수행하는 존재임을 작품 곳곳에서 천명함으로써 이를 극복하고자 하였다. 다시 말해 시인이란 상상력을 통하여 "공화국"을 창조할 수 있는 "창조자"이고, 이를 통해 "미덕과 이에 반한 모든 것에 대한 정확한 지식"을 세상에 전달하는 임무를 지닌 존재라는 것이다. 현실 세계에서 왕이 '행동하

---

16) 강나리(2003), 귀족 후원 제도와 벤 존슨-경구와 헌정시를 중심으로-, 이화여자대학교 대학원 석사학위논문

17) Ben Jonson (1572~1632)은 영국 국교회 목사의 유복자로 1572년 6월 11일경에 태어났다. 그는 웨스트민스터 학교에서 교육받았고, 그의 의붓아버지의 장사를 돕거나 벽돌공으로서 일했다. 그 장사가 전혀 마음에 들지 않았기 때문에 군에 입대했고 벨기에와 네덜란드의 남부 플랜더즈에서 복무했다. 1592년에 영국으로 돌아왔고, 1594년 11월 14일 앤 루이스(Anne Lewis)와 결혼했다. 존슨의 첫 독창적 희곡인 각인각색(Every Man in His Humour)은 1598년에 배역속의 윌리엄 쉐익스피어와 함께 글로우브극장에서 로오드 챔벌레인 조합에의해 상연되었다. 존슨은 명성을 얻었고 인간의 기질이나 해학으로 대표되는 각각의 괴팍스런 인물들이 포함된 문제의 희극 종류인 기질적 희극(comedy of humours)의 단기적인 유행을 이루었다. 엉터리시인(The Poetaster-1601)에서 그는 - 주로 Thomas Dekker와 John Marston같은 극작가들을 풍자했다. 데커와 마아스튼이 그들의 Satiromastix (1601)에서 존슨을 공격한 것에 대한 보복이었다. Satiromastix의 구상은 주로 존슨의 악용에 의해 빛을 잃게 되었다. 존슨은 "엉터리 시인(The Poetaster)"에서 호레이스처럼 그 자신을 묘사했고 Satiromastix에서 마아스튼과 데커는 드미트리우스와 크리스피누스가 호레이스를 비웃은 것처럼 쓸데없는 바보로 존슨을 소개했다.

는 자'(doer)라면, 시인은 '현자'(knower)로서 왕에 대한 찬양을 통해 그의 권위를 세우는 데서 더 나아가 그에게 조언과 충고를 아끼지 않는 역할까지 해낼 수 있는 막중한 임무를 지닌 존재로 자신의 위상을 자리매김하고자 하였다.

제2장

원림문화 후원시스템의 발생 요인과 구조

1. 명청시대 강남원림 발달에 영향을 미친 요인

중국 고전 원림의 긴 발전 과정에서 명대는 원림이 발전하고 완전해진 핵심단계이고 강남 개인원림의 흥성을 주요 지표로 여긴 시기이다. 명대 강남 원림의 왕성한 발전은 많은 요소의 공통된 영향 아래 이루어진 것이다.[18] 우선 명대 강남지역은 중국 정치·경제·문화의 중심지로 원림 건축이 발전할 수 있는 튼튼한 물질적 기반과 문화배경을 가지고 있었다. 부차적으로는 당송이래로 원림 의장이 점차 자연산수를 사실적으로 모방하는 것에서 인공 산수를 창조하는 것으로 변했으며 명 중후기에 이르러 이러한 창작은 인문정신의 영향 아래 확립되었다. 동시에 명대 예술가들

---

18) 李剛·李先光·王炎龍(2001), 論影響明代江南園林發展的諸因素, 合肥工業大學學報(社會科學版) 第15卷 第3期

이 원림 설계에 헌신하였고 공인들 모두 강남 원림의 흥성을 위해 끊임 없는 노력을 하였다. 이런 발전 과정은 중국 고전원림 체계가 성숙하고 완전해질 수 있게 한 결정적 작용을 하였다.

(1) 역사적 요인이 제공한 유리한 발전 환경

역사학자 황인우黃仁宇는 명조를 "내향적이고 비경쟁성 국가", "중국역 사에서 머지않아 변화의 핵심시대"[19]라고 지적했다. 정화鄭和장군의 서양 친출과 이마두(利瑪竇, Matteo Ricci)가 북경에 들어왔다는 것은 동서양 양 대 문화의 충돌이 곧 도래할 것임을 의미한다. 몽고시대에는 주변국과 왜 구에 의한 침입이 비록 자주 발생했지만 중앙 제국 구성에 대한 큰 위협 은 없었다. 명제국이 대외의 확장을 시도할 때 전면적인 축소 또한 매우 빨랐다. 경제 제도는 여전히 소농 경제 방식에 머물러 있었고 수공업과 상 업이 비록 큰 발전을 이뤘지만 결정적 돌파가 발생하진 않았다. 과학 기술 의 발전은 송대의 최고 전성기를 걸쳐 이미 정체상태에 빠졌고 서양 선교 사들이 가져온 문명의 불씨는 궁정의 기묘한 노리갯감만이 되었다.

명조는 정치상에서 고도의 중앙 집권의 특징을 가지고 있었다. 한당漢 唐 이래 점차 형성된 봉건 관료 체제는 이때 완전히 성숙하였고 정권 정 책 결정의 중심이 되었다. 문관 및 상인 신분 출신들이 관료계급縉紳을 형성하고 중앙 계층의 이익을 대표하고 한진漢晉의 사족士族들이 사회 중견세력이 된 것과 같다. 그들은 정치·경제·사상의식에서 주요 자리

---

19) 黃仁宇(1997), 万历十五年, 上海 : 生活、读书、新知三联书店

를 차지하였다. 이러한 주류의식은 사회생활의 각 구석까지 스며들었다.

진晉나라가 남쪽으로 수도를 옮김에 따라 중국의 경제 발전의 중심은 점차 남쪽으로 이동하였다. 남송에 이르러 강남 특히 양자강 중하류일대는 이미 정치·경제·문화·예술 각 방면의 발전이 제일 빠르고 성숙한 곳이 되었다. 태호太湖[20] 유역은 농업·어업이 발달하였고 또한 방직업·제조업의 번성이 특히 활발하여 "어미지향魚米之鄉"이라고 불렸다. 부상富商들은 한편으로는 정치 지위를 적극적으로 쟁취하며 자신의 이익을 보호했고 또 다른 면으로는 문화 예술 영역에 몸을 담아 사회 형상形象을 개선하였다. 강남 일대의 문화 예술 영역의 활약과 진보는 정교하고 세밀한 예술 풍경과 북방의 깊고 엄숙한 예술 풍격이 서로 비추어 빛나며 이루어진 것이다.

강남은 이미 부귀영화를 누리는 장소가 되었고 인문이 모이는 곳이 되었다. 사회 안정, 경제번영, 신흥계층의 궐기, 문화사상의 활약 이 모두가 강남 원림 건축의 발전과 성숙에 좋은 외부 환경을 제공하였다.

(2) 인문정신이 추진한 원림 창작의 변혁

명조 중엽 후기는 중국 고대 각 주요 사상체계가 융합되고 관통된 시기이다. 달마가 전파한 선종禪宗은 이미 중국 불교의 주류가 되었고 유도儒道 두 종교와도 교차하였다. 송명이학宋明理學[21]의 창시자 주돈이周敦

---

20) 태호太湖는 중국 5대 담수호 중의 하나로 수역면적이 세 번째로 크며, 위치는 강소성江苏省 남부와 절강성浙江省 북부의 교차점에 있다. "包孕吳越"의 칭호를 가지며 그 주변의 주요 도시로는 강소성에는 소주苏州, 무석无锡, 의흥宜兴 그리고 절강성에는 호주湖州 등이 있다.

頤는 많은 선사들과 교류하며 "궁선지객窮禪之客"이라 스스로를 칭했다. 왕양명王陽明은 선종의 깊은 영향을 받아 후대 사람들에게 "양명선陽明禪"이라 불렸다. 선학의 송명이학에 대한 영향은 다방면에 퍼져 있었으며 제일 근본적인 것은 선학의 자성自性사상이 유학의 내성內聖지설에 융합해 들어와 유학에 깊은 변화가 발생하게 된 것이다. 육왕陸王의 심학心學은 주관적 정신작용을 중시하고 자아의 주체성 발휘를 중시하여 "양지良知"를 말하고 "간역簡易"을 제창하며 유학대사들은 선학의 정신적 비판을 받아들였다.

도가道家와 선종의 교류는 더욱 밀접하였다. 선학禪學의 현지화 과정에서 도가의 장현庄玄의 깊고 오묘한 이치가 많이 유입되고 도가의 무위자연自然無爲 즉 도의 근본으로 되돌아가자는 사상이 점차 선학에 융합되어 들어가 한층 발전하며 인도 불교 전통의 수지형식修持形式(주로 禪宗)을 나타냄에 대한 극복이 이루어졌다. 그 후 도가 또한 선종으로부터 좋은 점은 많이 얻었다. 당말오대唐末五代부터 선종은 돈오頓悟의 실상에 직접 들어가 모든 불법을 흡수하며 사상에서 "돈견진여본성頓見眞如本性"을 제창하고 방법에서 활발하게 다양한 형식을 채용하였다. 선종의 이러한 지간지역至簡至易의 방법과 철저한 해탈의 경계는 도가의 선도수

---

21) 도학道學·이학理學·성명학性命學 또는 이것을 대성시킨 이의 이름을 따서 정주학程朱學이라고도 한다. 유학儒學은 중국 사상의 주류를 이루는 것으로, 그것이 성립되던 상대上代에는 종교나 철학 등으로 분리되지 않은 단순한 도덕사상이었으며, 그 대표적 인물에 공자孔子와 맹자孟子가 있다. 송·명 시대에 이르러 유학은 정치적 또는 종교적 사회체제의 변화에 따라 노불老佛 사상을 가미하면서 이론적으로 심화되고 철학적인 체제를 갖추게 되었다. 즉, 북송北宋의 정호程顥는 천리天理를 논하였고 그 아우 정이程는 '성즉리性卽理'의 학설을 폈으며, 그 밖에 주돈이周敦·장재張載·소옹邵雍 등이 여러 학설을 편 것을 남송南宋의 주희朱熹(朱子)가 집성集成·정리하여 철학의 체계를 세운 것이 성리학으로, 일명 주자학朱子學이라고도 한다. 한편, 이와는 달리 육상산陸象山은 '심즉리心卽理'를 주장하였는데, 이것을 왕양명王陽明이 계승하여 육왕학陸王學을 정립, 이것 역시 성리학이라 하나 대개의 경우는 성리학이라 하면 주자학을 가리킨다. 출처: NAVER 백과사전

런 학파에 대한 큰 흡입력으로 작용하였다. 선도수련은 내, 외를 중시하고 성명을 수련하는 것을 시작하여 불교 선학의 영향을 분명하게 볼 수 있다. 유교·불교·도교 세 종교의 교류와 투쟁은 송명시기의 사상 발전에 중요한 원동력이 되었다.

이러한 교류와 투쟁은 내성을 중시하고 자연에 운명을 맡기는 것을 핵심으로 한 인문정신이 최종적으로 형성 될 수 있도록 재촉하였다. 명대 예술가들 대부분이 진신 혹은 그에 종속되어 있었으며 그들은 초연쇄탈超然灑脫, 소소청광蕭疏淸曠의 의취를 표현한 예술 작품의 창출을 도모하였다. 이러한 경향은 산문, 시사와 회화 등 예술 형식에 남김없이 드러나 있다. 그들이 건축 창작에 헌신할 때 관식官式 건축은 <영조법식>에서 포고된 후 정형화되며 다시 발전 변화의 여지가 없었다(동시에 이것은 관료체제가 과도하게 성숙했다는 일종의 표현이다). 그들의 예술 창조력은 원림 건축에 기울어져 있었고 그 대표 인물로는 계성이 있다. 계성은 창작에 직접 참여했을 뿐만 아니라 번잡한 건축 이행에서 정련한 설계이론과 설계수법을 유명한 저서인 <원야>에 기록하였다.

관식건축의 방향과는 다르게 명대 원림 조영은 발전과 변화에 있어서 중요한 시기이다. 북송이래 "문인화", "산수화"의 발전 추세는 사실寫實에서 사의寫意를 중시하는 방향으로 변화되었고 시경선취詩景禪趣의 경향은 그림 속에 표현되었다. 원림 창작의 맥락 또한 자연산수를 모방하는 것에서 인공 산수를 창조하는 방향으로 변하였다. 인공 모방과 자연 풍경의 창조가 한대漢代에 시작했고 서한西漢 때 이미 산수배합山水配合, 화목花木, 방옥房屋 원림풍경의 조원풍격을 이루었다는 기록이 있다. 당대唐代에는 원림 안에 정자와 누각 등의 요소를 넣는 것이 성행하였다. 당

唐 장안長安의 택원宅園들은 인공으로 못과 축산으로 이루어졌으며 "산지山池는 개인원림을 부르는 대표 명칭이 되었다. 북송北宋 변양汴梁과 낙양洛陽은 조원의 풍조가 성행하였다. 각 원림은 축산보다는 수경과 화목으로 발전하여 "원지園池", "원포園圃"라 불렸다. 당송 문인들은 돌을 감상하는 것을 좋아해 권석拳石[22]을 명산名山 거악巨嶽에 비유하였다. 송 휘종徽宗이 만든 "곤악艮岳"의 대규모 첩석조산은 조운漕運의 힘으로 이루어진 것으로 "화석강花石綱[23]"의 시초가 되었다. 원림에 보편적으로 사용된 첩산疊山은 남송 오흥吳興[24]에서 시작되었고 이후 첩석조산疊石造山[25]은 원림 조경의 주류가 되었으며 퇴토성산堆土成山[26]은 그 다음으로 밀려났다. 원림에 기석奇石을 배치하여 경치를 이루는 것도 점차 유행이 되었다. 명 중후기에 이르러 소주 원림을 대표로한 강남 개인 원림 예술 풍격이 점차 형성되고 창작수법도 활기차고 자유로워졌으며 건축형식도 풍부하고 다채로워져 전당 누각의 침울한 풍경을 없앨 수 있었다. 산·물·나무·돌·집·길 각 요소의 조합의 관계에는 정해진 규칙이 없다. 강남의 강·호수·지류들이 그물처럼 뒤얽혀 있는 지대 때문

---

22) 원림의 가산(假山)을 지칭한다. 당나라 백거이(白居易)가 지은 ≪过骆山人野居小池≫라는 시에 "拳石苍苔翠, 尺波烟杳眇"라는 표현이 있다.

23) 중국 송 나라 휘종徽宗 때에 꽃과 돌을 운반하던 한 무리의 배. 휘종이 진기한 꽃이나 나무, 괴석·진금珍禽·기수寄獸 등을 좋아하여 모아들이자, 이런 물건들을 먼 곳에서 구하여 운반하는 배가 잇달았음. 그 한 떼의 배를 '강綱'이라 하여 이렇게 이름붙임.

24) 오흥吳興은 절강성浙江省 호주시湖州市의 옛날 지명으로 三国吳甘露2년(266) 때 오나라 왕 손호孫皓가 "오국흥성吳国兴盛"의 뜻을 취하여 오흥이라 개칭하였으며, 오흥군吳兴郡을 설치하였고, 현재의 호주시 전 지역과 전당钱塘(지금 杭州), 양강阳羡(지금 宜兴) 등과 같은 지역을 포함하는 범위를 가졌다. 수나라 때 인접한 태호太湖를 포함시켜 호주로 개칭하면서 오흥을 휘하의 현으로 하였다. 현재의 호주는 오흥구를 설치하였으며 시정부가 소재한다. '삼오三吳' 중의 한 곳으로 강남 문물의 명산지로 유명하다.

25) 돌을 쌓아서 산을 만드는 기법

26) 흙을 쌓아서 산을 만드는 기법

에 물이 많고 땅이 좁아 태호석을 채취하기가 편했다. 때문에 수면을 중심으로 물위에 섬을 배치하고 섬 위에 정자를 건축하였는데 그 예로 졸정원拙政園이 있다. 혹은 석가산 첩석을 중심으로 산암山岩이 층차를 가지고, 괴석이 겹겹이 우뚝함을 추구하였는데 예로 사자림獅子林이 있다. 기석奇石과 아름다운 나무를 배경으로 하여 송인宋人의 유풍을 따른 것도 있는데 예로 유원留園이 있다. 이러한 원림들은 명대 조원가들이 계승하고 전시대 사람들의 예술 사상과 창작 이론을 발휘하며 이러한 토대 위에 대담하게 탐색하고 기존의 격식을 타파하여 인공적인 것이 천연적인 것보다 나은 개인원림을 창조해 내었다.

실천의 경험이 쌓여감에 따라 전문 조원가들의 출현이 시작되었다. 예를 들어 계성計成, 장련張漣, 주병충周秉忠 등이 있다. 그들은 문인 출신으로 글과 그림에 정통하였으며 원림 설계와 시공에 참여하여 자신의 심미적 정취와 징신적 추구를 표현하는 것을 도모하였다. 그리하여 실천과 이론 두 방면에서 조원 예술에 대한 작용을 높혔다. 그중 계성의 <원야>는 세계 원림과학사에서 제일 오래되고 체계가 잘 갖춰진 저서로 획기적인 의의를 가지고 있다.

명대 가구는 유명하다. 그것은 외국의 단단한 나무를 재료로 모양이 간약하고 청명하게 묘사 되었으며 부재가 원숙하며 매끄럽고 장부를 엄밀하게 끼워 맞춰 조형을 조화롭게 통일하여 목재의 결과 빛깔의 아름다움을 충분히 발휘하였다. 이 모든 것은 시대의 특징과 인문 정신의 변화에 따라 사람의 심미 체험과 가치 방향 또한 끊임없이 발전하고 변화하여 생산과 생활의 각 방면에 반영된 것임을 나타낸다.

(3) 시공 기술의 발전과 원림에의 영향

중국 목가구 木架構 건축발전은 명대에 들어와 이미 완전하게 성숙하였다. 원대元代의 간략화를 거쳐 명대에 이르러 새롭게 정형화된 목가구 형식이 형성되었고 두공斗栱[27)]의 구조작용은 감소되며 대들보와 기둥 구조의 총체성이 강화되고 부재가 간략화되었다. 동시에 벽돌담의 하중을 견디는 방법도 이미 보편화되었다. 명대에 이용한 들보머리梁頭는 집처마의 중량을 받쳐 들고 처마와 들보를 선택하여 직접적으로 교각의 첫머리에 놓았다. 이렇게 해서 기둥머리의 포작鋪作[28)]은 더 이상 중요한 구성작용이 아니고 사앙斜昻[29)] 또한 순수한 장식의 부재가 되었다. 그러나 화려하고 아름다운 외관을 표현하기 위해서 두공은 소실된 것이 아닐 뿐만 아니라 더욱 많고 빽빽해졌으며 목구조의 장식이 되었다. 다른 방면으로는 시공의 간략화를 위하여 주망柱网의 규칙[30)]을 엄격히 하고 기둥은 더 이상 "생기生起"의 방법[31)]을 채용하지 않았고 금원시기金元時期의

---

27) '두공斗栱은 별칭으로 두과斗科、박로欂栌라고 한다. 중국 목가구 결구구조의 가장 중요한 부재가 되며, 가로방향 들보와 입주立柱 사이에 돌출되어 하중을 받치며, 처마의 초과하중을 두공을 거쳐 입주로 전달하는 역할을 한다. 두공은 또한 일정한 장식작용을 하며 중국고건축의 현저한 특징 중 하나가 된다.

28) 포작은 협의의 의미로 두공斗拱을 말하며, 광의의 의미로는 두공이 있는 결구층结构層을 말한다. 당, 송대 건축에 있어서 두공이 있는 포작결구층은 목구조의 중요한 작용을 하며, 기타 두공의 유형을 나타내는데 사용되기도 한다. 예로 4포작四铺作은 두공이 하나 나온 것을 말하며, 두공이 2개 나온 것을 5포작五铺作, 3개 나온 것은 6포작六铺作 등으로 부른다.

29) 사앙은 각과두공(角柱 위의 두공으로 清代에는 각과角科, 宋代에는 전각포작转角铺作이라 칭하였다)을 치켜세우는데 사용되며, 시옷자 모양의 처마와 함께 양면에서 각 45도에 위치한다. 그래서 사앙이라 불리우며, 사두앙斜头昂, 사이앙斜二昂 등이 있다.

30) 주망柱網은 평면상 기둥프레임상 종횡방향의 배열을 말한다. 주망의 배치 목적은 기둥배열형식과 기둥간 거리柱間距離를 확정하는데 있다. 따라서 건축의 사용 목적에 따른 요구사항을 만족시켜야 하며, 동시에 구조의 합리성과 시공가능성도 만족시켜야 한다.

31) 생기법이란 건물 첨주檐柱의 각주를 중앙의 양주兩柱 높이보다 2~12치 더 높게 두는 것을 말한다.

감주법減柱法[32] · 이주법移柱法도 없어졌다. 처마기둥의 "측각側脚"[33]은 점차 없어지고 사주梭柱,[34] 월량月梁[35] 또한 직주直柱, 직량直梁으로 대체되었다. 시공공예의 성숙은 공인들이 대담하게 시대 요구의 건축형식을 창조할 수 있게 하였고 전시대 사람들이 정해놓은 규칙에 얽매이지 않을 수 있었다.

강남 원림 건축의 큰 특징은 처마의 각을 치켜세워 사용 기능의 제한을 받지 않게 하였고 외부 형상의 요구를 따랐다. 약동적인 지붕곡선은 그림에 나타난 아름다운 하늘 경계선으로 "여조사혁如鳥斯革, 여휘사비如翬斯飛"[36]라고 하였으며 자유 예술 풍격을 충분히 표현하였다. 원림의 건축물은 친경襯景 · 대경對景[37]을 하며 모양의 변화가 다양하다. 정자를

나머지 첨주도 그 추세에 따라서 기둥의 높이를 올려줌으로써 완만하게 상승하는 곡선의 처마선을 조성하여 입면선에 변화를 주는 것을 말한다.

32) 감주법이란 건축 최외측에 인접한 처마의 일렬배치를 첨주檐柱, 사각의 기둥을 각주角柱, 담주 내에서 용마루에 몇 개 되지 않는 기둥을 모두 금주金柱라고 한다. 용마루 바로 아래에 있는 일렬의 기둥을 중주中柱, 그 중 양측면 벽인 산장山墻에서 용마루로 연결되는 기둥을 산주山柱라고 한다. 전통적인 목조건축에서 4개의 기둥으로 된 공간단위를 '칸間'이라 칭한다. 건축면적을 계산할 때 정면의 "면활面闊"은 가로길이를 표시하는데 사용되며, 측면은 "진심進深"으로 표시하여 세로길이를 나타낸다. 좌우평면이 대칭 되도록 유지하면서 건축에서 내주內柱 부분을 빼거나 또는 이동시켜서 개방된 공간을 얻을 수 있으며, 이러한 수법을 일러서 감주법減柱法 또는 이주법移柱法이라 하며, 종교건축에서 많이 사용되고 있다. 이 방식은 11세기 이후에 등장하였다. 요금遼金 시대 사묘건축에서 종종 사용되었으며, 실내공간을 보다 넓게 만들 수 있었다. 명대 이후에는 거의 사용되지 않는데, 자금성 내 보화전保和殿, 건청궁乾淸宮, 곤령궁坤宁宮 등에서 여전히 이 방법이 유지되고 있었다.

33) 측각側脚이란 한 채의 건물의 담벽을 말한다. 아래에서 위쪽으로 직선으로 쳐올린 것을 직벽이라 하며, 직벽이 높으면 감각이 불안정해지므로 경사를 주어서 사람들에게 안정감을 주는 것을 측각이라 한다.

34) 사주梭柱란 중간 부분은 원통형으로 하고, 상단 또는 상하 양단을 배틀북에 가까운 형상으로 만든 기둥을 말한다. 당, 송대 건축 중의 한 양식이다.

35) 월량月梁이란 들보의 윗면을 호형으로 만들고, 들보의 바닥은 오목하게 만들며 측면은 악기모양으로 조각을 해서 외관이 수려하게 만든 것을 말한다.

36) 시경詩經 소아小雅 '鴻雁之什—斯干'에 나오는 싯구로 "如跂斯翼 如矢斯棘 如鳥斯革 如翬斯飛 君子攸躋"의 한 구절이다. 즉 "그 집은 말돋움한 듯 날개를 모은 듯, 모서리는 곧은 화살 같다네. 추녁 끝은 새가 깃을 펼친 듯, 처마는 오색 꿩이 날아오르는 듯하니, 이곳은 군자가 살 집이로다"라고 표현하고 있다.

예로 들면 사각형·원형·부채꼴·삼각형·육각형·팔각형·매화형·방승형方胜形[38] 등 많은 형식이 있어 원림 경관 설계의 각종 요구에 맞출 수 있다. 명나라 공인들의 창조는 강남 원림의 발전에 중요한 공헌을 하였다.

2. 명청시대 사회와 경제의 특징

(1) 강남지역의 사회경제적 발전

이 시대 사회경제적 발전의 특징은 선진적인 강남지방에서 직물업 등 공업이 발달하면서 미곡생산의 중심지가 이동하여 경제 중심지가 분화되었다는 점이다. 소주, 항주杭州 등이 견직물업의 중심도시가 되었고 송강松江 일대는 면직물업의 중심지가 되었다. 또 상주常州, 진강鎭江은 마직물의 중심지가 되었다.

이렇게 강남지방이 공업 중심지로 발전하자 강남으로 인구는 몰리는데 농경지는 상품작물 재배지로 전용되는 등 부족하게 되어 곡물이 부족하게 되었다. 부족분은 다른 미곡 생산지에서 들여와야 하였는데 명말에는 강서, 호광湖廣이 미곡생산의 중심지가 되었다. 그래서 "호광지방에 풍년

---

37) 대경對景이란 원림 중에서 또는 누정, 대, 누각 등과 같은 건축물에서 관상점 A에서 관상점 B를 향할 때 관상점 B에서도 관상점 A를 보는 방법을 말한다. 소주 졸정원에 있어서 雪香雲蔚亭과 遠香堂이 서로 마주 하면서 내려다보고, 올려다보는 대경의 경치가 좋은 예가 된다.

38) 비단을 마름모꼴로 접어 옆으로 거듭 포갠 머리 장식물과 같은 형식의 건축물.

이 들면 천하가 풍족하다"는 표현이 나올 정도였다. 청초 이후에는 사천의 쌀이 중요해졌다. 이와 같이 지역에 따라 경제적인 분화가 이루어지자 자연히 지역간 물자 이동을 활발히 하여 상업이 발달하는 계기를 마련하였다.[39]

직물업 등 공업의 발달에 따라 농민의 상품작물 생산이 증가하면서 각 지역마다 소규모 정기시가 번영하였고 이러한 지역시장은 대도시와 연결되었다. 상업의 발달은 대자본을 보유한 대상인 집단을 발생시켰고 특히 산서山西상인과 신안新安상인의 활약이 두드러졌다. 중국 내에서 원거리 교역이 이루어져 이를테면 강남의 수공업 제품이 화북, 변방, 양자강 오지로 팔려 갔고 화북, 양자강 유역 각 성의 곡물, 면화 등 원료가 강남지방으로 팔려 왔다. 이리하여 미곡, 소금, 직물, 도자기, 차 등이 전국적인 교역품목이 되었다.

한편 이 시대에는 지리상의 발견을 이룩한 서양상인이 중국에 와서 활발한 무역관계를 맺은 것이 또한 특기할 만한 사항이었다. 명대에 포르투갈인이 맨 처음으로 중국에 와서 마카오에 근거지를 두고 중국, 일본과의 무역을 독점하였다. 스페인은 마닐라에서 중국상인과 교역을 하였다. 이어 명말로부터 청초에 걸쳐 네덜란드인이 활약하였다. 청조가 18세기 중반 해외무역을 광주廣州로 제한하여 광동廣東무역의 시대로 들어가면서 영국이 중국과의 무역에서 주도권을 잡았다. 이들 유럽상인은 중국으로부터 견직물, 도자기, 차 등을 수입하였고 은이 대량으로 중국에 유입되어 중국의 은경제가 발전하였다. 이제 중국의 국내 경제는 무역과 긴밀한 관

---

39) 楊澤君과 陸鵬亮(2001), 叢"雅集"到"市集"—松江園林与明淸社會經濟的變遷, 中國社會經濟史研究 第1期

계를 맺게 되었다.

농업생산력의 발전, 상공업과 도시의 발전은 자연히 서민의 지위향상을 가져 왔다. 송대 이후 계속된 지식보급의 결과 농촌에서도 서원 등을 통해 교육을 받은 지식인층이 나왔다. 과거응시 인구가 급격히 증가한 데서도 전체적인 식자층의 증가 정도를 엿볼 수 있다. 생산력의 향상, 상품작물의 재배와 부업을 통한 수입 증가 등도 서민의 지위가 향상될 만한 요인이었다. 소작료 거부투쟁抗租, 조세 거부투쟁抗糧, 직물노동자의 반란 織傭의 변變 등 밑으로부터의 투쟁이 격렬했던 것은 그만큼 수탈이 강화된 것을 의미하기도 하지만 한편으로는 농민, 노동자의 자의식의 성장을 반영하는 것으로, 그리하여 자신들의 지위를 향상시키려는 노력의 일환으로 해석할 수도 있다.

(2) 송강도시의 사회경제적 발전

명청시기는 강남 경제 발전의 제일 중요한 시기이며 중국 고전 정원의 발전에 있어서 마지막 절정시기라고 할 수 있다. 동준童雋은 "(이곳 강남지역은) 중국의 모든 부유한 환관, 대상인과 문인이 있는 지역이고 거의 모든 개인 정원이 모여 있는 장소이다. 거의 대다수가 뛰어나고 우수하며 실제로 강남 한구석에 모여 있었다."[40] 라고 당시의 사회상에 대해 말하고 있다. 특히 송강지역 정원의 흥폐는 중국 고전 정원 발전의 결과뿐만 아니라 명 중엽 이래 송강의 경제 특히, 도시 경제의 높은 발전의 산물이

____

40) 童雋≪江南园林志≫序≪, 江南园林志≫,p.3

라고 할 수 있다.[41] 경제 발전은 인문의 흥기와 명문의 흥성을 가져왔으며 인접한 소주지역의 영향이 더해져 송강 정원이 흥기하는 동시 점차 중요한 변화가 발생했다. 명청 송강 지역의 정원은 왕성한 경제·인문 흥기의 추진아래서 마치 우후죽순처럼 송강의 각 지역에 퍼져 일어났다.

명나라 옛 규정에 따르면 문무 관리의 집은 공터를 많이 차지할 수 없었고 민가에 지장을 주는 것을 피했다. 동시에 저택 안에 못을 파고 물고기를 기르는 것을 금했다. "옛 시대의 대가들이 원유園囿인 것이 드물었다."[42] 강남의 정원들은 정덕正德·가정嘉靖 년간에 나타나기 시작했다. 이것은 명 중엽 강남 경제의 빠른 발전과 관계가 있다. 당시 사람들은 "오늘날 하늘 아래 재화는 수도에 모여 있으나 동남에서 반이 생산되고 있고, 모든 기술과 예술을 가진 사람들 또한 동남에 많다. 강소성이 제일 많고 그 다음은 절강 그 다음은 민閩, 월越이 차지하고 있다."[43] 당시 송강의 부세 납부는 천하제일이라고 할 수 있었다. 엽몽주叶夢珠는 "소주는 절강의 성 전체보다 납부를 많이 한다. 송강의 둘레는 소주의 10분의 3이지만 세금은 오히려 소주의 10분의 1이다. 강남의 부세는 소주·송강보다 무겁지 않지만 송강은 더욱 심하다"라고 말했다.[44]

송강 경제의 고도 발전은 송강 문화 교육의 발전을 촉진시켰다. 소주·송강일대는 과거에 급제한 기록이 매우 많으며 도시·마을뿐만 아니라 과거 급제가 이미 강남사회 전반에 깊숙이 들어가 있음을 볼 수 있다.[45]

---

41) 楊澤君과 陸鵬亮(2001), 叢"雅集"到"市集"—松江園林与明淸社會經濟的變遷, 中國社會經濟史研究 제1기, pp.25~30

42) 顾起元《客座赘语》卷5 ,古园, 楊澤君과 陸鵬亮(2001)에서 재인용, p.25

43) 张瀚《松窗梦语》卷4 ,百工纪, 楊澤君과 陸鵬亮(2001)에서 재인용, p.25

44) 叶梦珠《阅世编》卷6 ,赋税, 楊澤君과 陸鵬亮(2001)에서 재인용, p.25

공부하여 벼슬길에 들어서는 풍조는 강남 일대를 석권하였고 특히 뛰어
난 인재들이 배출되었다.[46] 명대 상해는 이미 천하제일의 마을이었고 인
문은 한동안 크게 성행하였다.

인문의 궐기는 송강지역의 유명한 명문귀족의 대량 출현을 재촉하였
다.[47] 명문귀족의 흥성은 사람들에게 비교적 직관적 인상을 주었는데 그
것이 바로 원림저택의 건축이다. 귀족들은 돈이 있는 것을 자랑하기 위해
왕왕 원림건축에 투자하였다. 귀족들은 관료가 되어 돈을 벌어 원림을 건
축하였고 사치의 풍조는 이 때문에 성장하였다. 당시 사람의 기록에 따르
면 명문의 정원 건축의 비용은 어마어마했으며 저택 건축에 못지않았다
고 한다. 동태고董太皋가 지은 새로운 정원은 비용이 어마어마했으며 그
의 부친 동지학董志學은 평생 축적하여 부자가 되었지만 그의 아들은 나
머지를 정원의 비용으로 사용하였다.[48]

명청시대 송강 지역 경제의 빠른 발전 때문에 정원의 흥조에 물질적
자원을 제공하였고 이에 따라 일어난 인문 흥성과 귀족분립은 송강 정원
이 더욱더 농후한 문화적 분위기를 품을 수 있게 하였다. 명 중엽에서 청
초까지 송강의 많은 유명한 정원 예를 들어 의원猗園、예원豫園, 쌍원雙
園 등은 모두 이 때문에 출현하였다. 후대 사람들은 강남 도시 어디에나
정원이 있다고 말하였다.[49]

---

45) 王家范《晚明江南士大夫的历史命运》,载《史林》,1987 ,2, 楊澤君과 陸鵬亮(2001)에서 재인
용, p.26

46) 王琦《寓圃杂记》卷5 ,吳中近年之盛, 楊澤君과 陸鵬亮(2001)에서 재인용, p.26

47) 吳仁安《明清时期上海地区的著姓望族》, pp.127〜129 ,上海人民出版社,1997 年, 楊澤君과
陸鵬亮(2001)에서 재인용, p.26

48) 范濂《云间据目抄》卷5, 土木, 楊澤君과 陸鵬亮(2001)에서 재인용, p.26

49) 童寯, 앞 책, p.40, 楊澤君과 陸鵬亮(2001)에서 재인용, p.26

(3) 사회경제의 성쇠와 원림문화

명말 청초 사회 혼란 때문에 강남 원림 역시 전에 없던 큰 재난을 만났으나 청나라 강희·건륭때 회복되기 시작했다. 동시에 사회 경제의 변천 때문에 강남 원림의 기능 또한 중요한 변화가 발생했는데 제일 중요한 것이 바로 아회雅會에서 시장으로 변화한 것이다. 명 멸망후 강남 사회가 불안한 가운데 곳곳마다 노변奴變[50]이 발생했고 정원에 심각한 파괴를 가져왔다. 예를 들어 남상진南翔鎭의 의원猗園의 정원 주인은 노변을 만나 죽고 정원은 성황당으로 변하였다.[51] 동시에 청나라 군사의 남하 역시 강남 정원의 큰 재난이 되었다. 증우왕은 "마을 향신의 누대정사와 부속 건물은 황폐해졌으며, 훼손되었고 예전의 영화는 이미 없어졌다"라고 하였다.[52]

더욱이 청조는 강남에 대해 억제 정책을 취하면서 세금을 부과해 많은 명문귀족, 부유한 관리, 대상인들이 가산을 탕진하고 파산하면서 정원 역시 몰락하였다.

강희 후기에 이르러 강남 원림은 다시 부흥하여졌고 점차 상품화되기 시작했다. 실제로 원림은 권력가·상인의 낭비의 장소로써 그 자체의 소비는 일종의 상품경제의 활동이었다. 일찍이 만명 때 송강은 이미 사치와 교활한 저속으로 일컬어졌고 더 이상 순박함은 없었다. 가융嘉隆이래 문

---

50) 노변은 명말에서 청초 강희년간(1662~1722)에 이르기까지 약 20년 간에 화중, 화남에서 발생한 노복들에 의한 대규모 폭동을 말한다. 가장 대규모 노변은 명조 멸망 이듬해인 순치 2년(1645)에 강소 소주부 태창주에서 발생한 것으로 왕조가 바뀌었으므로 노비도 양민이 대어야 한다고 주장하며 일어난 봉기를 들 수 있다. 오금성 외 4인(1999), 명말 청초사회의 조명, 한울아카데미, pp.108~111

51) 姚承緒≪吳趨访古录≫卷7 嘉定.园亭.猗园, 楊澤君과 陸鵬亮(2001)에서 재인용, p.28

52) 曾羽王≪乙酉笔记≫, 楊澤君과 陸鵬亮(2001)에서 재인용, p.28

벌의 집은 사치스러웠다.[53] 사치의 풍조는 송강 전체에 가득찼으며 심지어 전재산을 원림에 사용하는 소비자가 나타나기도 하였는데 예를 들어 하삼외何三畏의 지원芝園에 대하여 범렴范濂은 다음과 같이 기술하였다. "몇십 묘畝 안에 관호당觀濠堂, 가풍관歌風館 및 정대죽목亭台竹木이 흥성하였다. …영구히 생산을 하지 않고 조세를 세입하거나 사방의 어진 이들은 정원의 비용을 선사한다. 등을 달고 연회를 열어 시인과 친구들을 초대하여 모여 산수 경치의 정취를 느낀다."[54]

이 시기의 송강 정원은 여전히 문인의 아회의 장소였다. 그러나 중엽 이래 강남 상품경제의 빠른 발전은 이런 면모를 천천히 변화시켰다. 명말 예원豫園 주인 반윤단潘允端의 ≪옥화당일기玉華堂日記≫에 정원 내에 다량의 경제 작물을 재배하고 가축류를 사육하여 시장에 나가 판매하였는데 이것은 원림이 상품생산과 결합하는 경향을 가져오게 하였다고 기록되어있다. 특히 도시에서 비교적 가깝거나 혹은 도시 내의 정원은 점포가 뒤섞여 있어 상업기능의 혼용을 피할 수 없었다. 이러한 모습에서 강남의 원림이 갖는 기능이 변화해 갔음을 알 수 있다.

---

53) 范濂 ≪云间据目抄≫ 卷5, 风俗, 楊澤君과 陸鵬亮(2001)에서 재인용, p.28
54) 范濂 ≪云间据目抄≫ 卷5, 土木, 楊澤君과 陸鵬亮(2001)에서 재인용, p.28

3. 명청시대의 사상과 문화

(1) 유교사상의 영향

중국의 고전원림 형성에 영향을 미친 사상은 크게 유교와 도교를 들 수 있다. 노장 사상은 도가 사상의 근원이다.[55] 노자는 "도", "덕"을 말하고 "무위無爲"를 제창하였으며 "소국과민小國寡民"을 이상적인 정치 양식으로 주장하였다. 장자는 더욱 진일보하여 "天地與我竝生, 而萬物與我爲一",[56] "至人無己, 神人無功, 聖人無名"[57]를 주장하였다. 노장 사상의 핵심은 "天道", "無爲"이며, "無爲而無不爲"[58]를 주장하였고 자연과 조화로운 생활 방식을 추구하였다.

유가와 도가의 병존은 중국 전통문화의 핵심이다. 장지언張智彦은 "중국 전통 문화의 근원은 공자를 대표로 하는 유가와 노자를 대표로 하는 도가가 공통으로 조성된 것"이라고 말하며 "노자는 자연을 중시하고, 공자는 사회를 중시 한다"고 하였다. 임어당林語堂은 "유가와 도가의 병존은 중국인들의 자연을 좋아하고 어떠한 환경에도 잘 적응하고 만족하는 민족성에 의해 결정된 것"이라고 주장하였다.

유가와 도가의 병존의 이원론은 전통문화의 발전에 매우 중요한 작용

---

55) 李剛·李先光·王炎龍(2001), 略论儒道思想对中国古建意匠的影响, 合肥工業大學學報(社會科學版) 제14권 제4기

56) 천지와 나는 함께 생겨났으며, 만물과 나는 하나가 된다.

57) 지극한 경지에 이른 사람은 자기를 내세우지 아니하며, 신의 경지에 이른 사람은 공을 내세우지 아니하고, 성인은 자기 이름 그 자체가 없다.

58) 하는 것이 없되 하지 않는 것이 하나도 없다

을 하고 있다. 유가가 제창한 "인의예지仁義禮智"는 봉건 전통제도와 서로 결합되어 사회 정치의 이론 방면에 주도적인 위치를 차지하고 있다. 노자가 말한 "청정위천하정淸靜爲天下正",59) "천지도天之道, 손유여이보불족損有餘而補不足"60)은 문학과 예술 영역에서 매우 큰 영향을 주었다.

중국 고대 문명의 특수성은 "초안정구조超穩定結構61)"에 있다고 하겠다. 상·주나라의 중원中原 문명과 주변의 문명이 하나가 되어, 진·한나라의 봉건 통일 제국 국가를 대표로 하는 중화문명을 형성한 이래 이천 년 동안 외래 문명의 강렬한 충격과 도전이 없었다. 그리하여 연속적·안정적·반봉건적·중국 중심의 형태 아래 발전하였다. 비록 다른 문명의 풍부한 문화를 끊임없이 흡수하였지만 그 방향은 시종 중국 전통문화에 의해 한정 되었다. 문화의 담체로서 중국 고건축 설계 의장은 유가와 도가, 양대 사상 유파의 영향을 필연적으로 받을 수밖에 없었던 것이다.

유가 사상의 고건축 의장에 대한 영향은 주로 두 방면에 있다. 첫 번째는 국가 규정의 예법·예식이다. 유가는 상고의 "제예작락制禮作樂62)"의 전통을 계승하고 체계화·이론화하며 사회이론에 완전히 부합되는 체계를 형성하였고 사회 정치 생활에서 운용하며 "예제禮制"가 되었다. 고건축의 형성은 도시의 구성에서 채색된 도안에 이르기까지 모두 "예제"에 따라 엄격하게 운행되었다. 두 번째는 현학玄學이다. 음양오행설의 기원은 중국 고대 원자론과 무서巫筮63)에 있다. 그중 상징적인 원소, 예를 들

---

59) 맑고 고요함은 천하를 바르게 한다.
60) 하늘의 도는 남는 것을 덜어 부족한 것을 보충해 주는 것이다.
61) 변동이 없는 구조를 초안정구조라고 한다.
62) 예와 악을 제정하는 것
63) 중국 상고시대의 무(巫 : 무당, 의사), 서(筮 : 점대, 점을 치다)란 의약(医药), 복점(卜筮), 간상(看相),

어 상덕象德, 사령四靈, 사계四季, 방향, 색깔 등은 일찍이 건축에 반영되었다. 이러한 응용은 점차 발전되어 현학의 일종인 풍수설風水說이 되었으며 오늘날까지 영향을 주고 있다.

(2) 도가사상의 영향

도가道家 사상의 고건축 의장에 대한 영향은 주로 원림 건축 체계를 통하여 잘 나타나고 있다. 이윤화李允鉌는 중국 건축 중 원림은 건축과 독립적으로 다른 체계로 발전해 왔으며, 독립적이며 독자성을 지닌 작은 세계를 만드는 것이라고 했다.[64] 그는 영국의 건축사 Anderw Boyd의 분석을 인용하여 "방과 도시는 유가의 이념에 의해 형성되는데, 규칙적이고 대칭적이며 등급이 엄하고 사리가 분명하며 전통을 중시하는 일종의 인위적인 구조이다. 정원과 풍경은 전형적인 도가 관념에 의해 구성되는데 불규칙적이고 대칭적이지 않으며 변화가 많은 형상을 가지고 있고 자연에 대한 일종의 심미적·근원적·거대하고 지속적인 느낌을 가지고 있다."고 여겼다.[65] 이러한 논술은 모두 도가 사상의 원림건축 의장에 대한

산명(算命) 내지는 천문지리(天文地理) 등을 포함하는 말이다. 다른 말로 해서 현재의 과학자를 지칭한다. 고대중국에서는 공업과 상업이 일어나지 않았다고 보기 때문에 당연히 무서(巫筮) 또한 볼 수 없었다고 하겠다. 당시에는 무(巫)와 의(医)를 병행하였기 때문에 공자 또한 ≪논어(論語)≫에서 말하기를 "人而无恒, 不可以作巫医"이라고 했다. 즉 무의란 하나의 작은 도를 말하며 가장 최소한의 궁리를 모색하는 기능이라고 본다. 사람에게 꾸준한 마음(恒心)이 없으면 결심도 없게 되고, 견고한 의지도 없으며, 계속해서 무의(巫医)를 공부하는 것도 어렵다는 뜻이다. 출처:
http://www.woosee.com/wuwenhua/lunwen/nhj01.htm

64) 이윤화 저, 이상해·한동수·이주행 역(2000), 중국 고전건축의 원리, 시공사, p.349

65) 이윤화 저, 이상해·한동수·이주행 역(2000), 상게서, pp.351-352

거대한 영향을 강조하고 있다.

　도가사상이 원림에 반영된 요소 중에서 물의 사용을 들 수 있다. 물은 원림 조경의 가장 좋은 요소가 된다. 그것이 내포된 지면池面은 다른 원림 요소와 조화로운 대비를 이루며, 또한 생동적인 호광湖光과 수면에 비친 그림자는 주위 경치를 더욱 풍부하고 아름답게 한다. 중국 고대원림의 수면은 고요함을 위주로 하고 원림 중 크고 작은 수면 처리에 있어서 보통 '작은 것은 모으고 큰 것은 분리'하는 방법을 사용했다. 고대 장인들은 원림의 큰 수면 처리에 종종 "호중삼도湖中三島"의 구성방식을 사용하며 인간선경을 모방하는 상징적 방법으로 길상의 의미와 장생불노를 표현하였다.[66]

　고대에는 봉래蓬萊, 방장方丈, 영주瀛洲라고 불리는 세 곳의 선산이 있는데, 이곳은 신선이 살던 지방으로 그 속에는 장생불노의 약초가 있다고 한다. 진시황은 일찍이 사람을 보내어 세 곳의 선산에 가서 약초를 찾아오게 하였다. 한나라 무제는 장생불로를 꿈꾸며 신선과 방사의 설을 맹신하고 태액지太液池 내에 봉래蓬萊, 방장方丈, 영주瀛洲의 삼도를 건설하였다. 그리하여 원림 중에서 특히 황가원림 속에 인간선경을 모방한 상징적인 조경수법이 출현하였고 원림 호수에 쌓아 만든 "삼신산三神山"에 그들이 추구한 인간선경과 장생불로의 희망을 의탁하였다. 이러한 "삼도일지三島一池"의 수법은 후대 사람으로부터 "진한전범秦漢典範"이라는 명예를 얻었다. 이러한 생각은 봉건사회 후기에 이르러서도 여전히 계속되었다. 예를 들어 명청시기 이화원의 곤명호에는 호도湖島, 조감도藻鑒島, 치경각治鏡閣의 세 개의 섬이 배치되었고 북경 서원三海 의 경화瓊華, 수운사水雲

---

66) 王春林(1999), 旅游古建园林中的吉祥观念, 安徽大学学报(哲学社会科学版) vol.23 no.5, pp.52
　～53

榭, 영대瀛臺는 삼신산 三神山식의 선경을 상징한다. 이 밖에도 원명원의 봉도요대蓬島瑤臺와 신선삼도神仙三島 및 항주 서호 풍경 중에 특히 아름다운 세 개의 작은 섬과 소주 유원 연못의 소봉래小蓬萊 등은 모두 길상과 장수를 나타낸 것으로 도교사상의 영향이 강하게 나타난 예가 된다.

(3) 고건축술 문화의 고도화와 원림 발달

중국 고건축은 매우 일찍 표준화·규범화되어 발전하였다. 이것은 기술공예의 성숙한 체현이고 일정한 정도상에서 예술사상 창조의 발휘를 제한하였다. 송나라 때 ≪영조법식營造法式≫의 반포는 건축 구조의 정형을 명시하였으며 건축 설계는 새로운 경지에 도달하기 어려워졌다. 이와 동시에 도시의 신흥 상업경제 활동이 발전하며 "이방제里坊制"라는 도시 구성 형식의 상투적인 방식을 벗어났고 외향적인 거리 건축과 상업거리가 출현하기 시작했으며 도시의 면모에 근본적인 변화가 일어났다. 중간 계급 민중의 정치·경제적 지위는 매우 높아졌다. 그들은 자연 농업경제가 주도하는 사회생활 형태에 불만을 가졌으며 신흥 생산 생활방식에 적합한 건축의 창조를 요구하였다. 송나라 장택단의 '청명상하도清明上河圖' 그림에서 다양한 모습의 건축유형과 각양각색의 신기한 지붕양식(이것은 고건축 예술 창작의 주요부분이다)을 볼 수 있으며, 상업과 수공업 건축이 "예제禮制"의 속박에서 벗어나 획득한 거대한 발전과 인간의 자연 창조에 대한 요구를 충실하게 기록하였다. 이러한 요소들이 건축 설계 관념의 변화를 촉진하였다. 궁궐건축과 주택건축은 제도를 넘을 수 없도록 규제되었기 때문에 제약을 덜 받은 원림 건축은 기술혁신과 예술 창작의 진원지가 되었다.

원림 건축에 대해 창조자와 감상자(주로 사대부 계층과 중간계층의 백성)는 "자연회복"과 "자연창조"가 기본적인 목적과 요구라고 말한다. 고대 장인의 손안에서 "6법六法"[67) 인 산·물·나무·돌·집·길은 변화무궁하며 기교가 매우 훌륭하다. 풀 한 포기 나무 한 그루를 선택함에 있어서도 아무런 의식없이 가져오는 것이다. 경景을 만지게 되면 정情이 나오게 되고, 정에 따라서 경이 다르게 된다. 때에 따라서 웅기 험준한 경景이기도 하고, 섬세하고 아치가 있는 경이 되기도 한다. 유한의 공간에서 무한의 의미가 만들어지는 것이요, 세속의 마음에서 세상을 벗어나는 마음을 구하는 의경의 세계가 펼쳐지는 것이다. 고전원림과 "금기서화琴棋書畵"와 같은 문인의 고상한 도락道樂간에 내재적인 관계가 존재하고 있으며 미학 관념과 예술 사상의 토대를 공통적으로 가지고 있어 공통적인 의경意境과 감정을 나타내고 있다. 주목할 점은 원림 건축의 귀결이 도가 의식만을 반영하고 있지 않고 중국인의 사상과 감정, 가치와 미학관념이 충분히 응집되어 전통문화의 정수를 나타내고 있다는 것이다.

(4) 강남지역의 원림 출판문화

명·청대는 중국 원림 건축 발전의 황금시대이다. 그 중에서도 명 중기

---

67) 六法은 원래 중국화 중 인물화를 품평하는데 사용하였던 용어로 남조 때 사혁(谢赫)의≪고품화록(古画品录)≫에서 처음 사용하였다. 여기서 六法이란 "气韵生动、骨法用笔、应物象形、随类赋彩、经营位置(或经营置位)、传移模写(一作传模移写)"을 말한다.

강남의 개인 원림들이 홍성하였는데 주로 강소성 일대에 집중되어 있었다. 대표적인 원림으로 소주의 졸정원拙政園과 이원頤園 등이 있다. 명말 북경에서도 유명한 개인정원이 출현하였는데 예를 들어 작원勺園과 반묘원半畝園이 있다. 이론적인 저술도 나왔는데 예를 들어 계성計成의 ≪원야園冶≫, 이어李漁의 ≪일가언一家言≫ 등이 있다. 이 모든 것들은 청나라 조경 풍조의 견실한 사상 및 예술과 기술의 기초를 다졌다고 하겠다. 이러한 원림관련 출판문화의 발전은 원림문화 형성에 지대한 기여를 하였다. 그 중에서도 의경意景의 발전을 특징으로 꼽을 수 있다.

청나라는 고전 원림 발전의 전성기라고 할 수 있다. 기능성과 향토성 등 요소의 차이 때문에 북방 황실정원과 남방 개인 정원에는 다른 정취가 표현되어 있다. 황실 정원은 "이궁離宮"으로 궁성 밖의 정치, 경제, 문화 활동의 중심지이다. 원명원圓明園과 피서산장避暑山庄이 대표적이다. 광활한 자연환경(혹은 인공으로 개조한 반 자연환경)에 건축물들은 주로 정원식 구성을 채용하고 있다. 축선軸線을 강조하고 형태가 엄격하며 황실의 존엄을 유지하도록 애쓰기 때문에 자유롭고 활발한 분위기는 매우 적다. 소주의 원림은 개인정원으로 대표되며 굴레에서 벗어나 소탈하며 자유롭고 활발한 예술 성격이 나타나고 있다. 땅이 협소하여 강남 개인정원들은 주로 "퇴산체지堆山砌池"의 방식을 채용하여 '방촌천지方寸天地'의 의경意景을 구한다. 즉 산을 쌓고 연못을 파서 한촌의 작은 공간에서 천지우주를 이룬다는 의경意景의 개념을 추구하는 것이다. 여기에는 '전체의 3분은 물이요, 2분은 대나무, 나머지 1분은 당옥堂屋'으로 한다는 원칙이 적용된다. 건축은 원림에서 배경 역할을 하고 있으며, 조형은 경景을 만드는 것에서 더 나아가 승화의 경지에 이른다. 다시 말해 유한의 공간에서 무한의 감각을 추구한다는 중국 전통원림의 사유구조를 유지하고 있으며, 그 기저에는 의경에 대한 오랜 전통(주로 산수화와 문학에서의)과 적용이 자리하고 있다.

4. 원림발전과 산수화의 관계

중국 산수화와 중국 고전 원림의 관계는 매우 밀접하다. 그것은 산수화와 원림의 발전사를 종합하여 볼 때 원림은 거의 산수화의 성장에 따라 발전하였고 산수화의 각 시기 특징의 변화에 따라 변하여 왔기 때문이다. 따라서 중국 고전 원림을 연구하려면 반드시 산수화를 연구하여야 한다고 본 것이다.[68] 산수화는 중국 전통화의 한 부류이고 민족 회화 유산의 구성부분이다. 또한 유구한 역사 속에 독특한 민족 풍격을 가지고 있는 산수화는 그러므로 중국 회화에서 중요한 위치를 차지한다. 인류의 풍부한 지혜와 감정이 응집해 있고 동방예술의 숭고한 심미적 이상을 체현하고 있다고 하겠다. 중국인들은 대자연을 묘사하여 그린 작품을 "산수화"라고 부르고 "풍경화"라고 부르지 않는 것은 독특한 의미를 가지고 있기 때문이다. 여러 상황에서 "하산河山"과 "산하山河"는 "조국"이라는 말과 동의어로 여겨지는데 그것은 산수화를 중국 예술 측면에서 볼 때 애국주의 정신이 반영된 것이라고 말할 수 있으며 중국 고전 원림도 마찬가지로 고전 문화

---

68) 肖友民·黃兵橋(2001), 論中國山水畫与古典園林的關係, 湖南環境生物與業技術學院學報 第7券 第4號, pp.4～9

의 구성부분으로 볼 수 있기 때문이다. 즉, 예술 형태 사회의 정신자원은 실용적 기능의 사회물질 자원도 가지고 있다고 하겠다. 예전의 기능으로는 사냥, 신통력, 신에게 비는 것, 생산이 주를 이뤘지만 문학, 회화의 침투와 영향에 따라 점차 휴식을 취하고 감상하는 것으로 변해갔다.

중국 산수화와 중국 고전 원림의 관계의 오랜 발전을 통해 그림을 원림에 담고 그림으로 인해 풍경이 완성된다는 전통이 형성되었고 심지어 적지 않은 원림작품은 어떤 화가의 의도와 어느 유파의 화풍에 의해 조원의 밑그림이 직접적인 영향을 받았다고 하겠다. 역대 문인, 화가들의 조원 참여는 사회적 기풍으로 되었다. 그들은 자신을 위하여 조림하거나 혹은 다른 사람의 초빙을 받아 이루어졌다. 전문적인 조원 명사 또한 자신의 문화적 소양을 높이는데 노력하였고 많은 회화에 관한 일에 정통해 있어 원림의 창조뿐만 아니라 품평과 감상에 모두 깨달음이 있었다. 명말 양주 문인 모원의茅元儀는 정원훈鄭元勛의 영원影園을 보고 자신이 소장한 그림이 비록 많지만 모두 이 정원을 그림에 담은 것만 못하다는 것을 느꼈다. 많은 문인들이 원림 예술에 발을 들여 놓으며 시·서·화·원림은 하나가 되었다. 따라서 중국 산수화와 고전 원림 관계를 연구하기 위해서는 반드시 시대별 발전 및 중국 역대 산수화의 고전 원림에 대한 영향을 연구해야하는 이유가 여기에 있다.

(1) 중국산수화와 고전 원림의 형성초기

중국 산수화의 형성은 인물화보다 비교적 늦었다. 육조 이전의 산수화는 인물화의 마을 배경으로만 나타났다. 이전 시기의 도자기, 청동기, 특히 한나라 무덤 화상석畵象石과 화상전畵象磚에서 배, 차, 다리, 구름, 물 등의 문양을 볼 수 있었으며 위진 남북조 시대에 들어와 그림의 산수와 수목은 역시 테두리에 표현되었을 뿐이다. 예를 들어 동한의 <염장화상전鹽場畵象磚>과 <어렵漁獵, 수획화상전收獲畵象磚>에서도 소금을 끓이고 사냥하는 등의 인물 활동 환경을 더욱 두드러지게 하고 있다. 같은 시기의 중국 원림의 유형과 조원활동의 주류는 황가원림이다. 그 기능은 사냥, 신통력, 신에게 비는것, 생산이 주를 이루었지만 점차 휴식하고 감상하는 것으로 변하였다. 천연 산수원山水園 혹은 인공 산수원, 간단히 산책할 수 있게 지어진 건축물 할 것 없이 얼마만큼 설계하여 계획 운영된 것인지는 말할 수 없다. 원시적 산천숭배, 제왕帝王의 봉신封神 활동[69] 더욱이 신선 사상의 영향 때문에 사람들 마음속의 대자연은 일종의 짙은 신비감으로 여겨졌다.

유가의 "군자비덕君子比德"은 인간은 이론, 실리적 각도에서 자연의 아름다움을 인식하였다고 설명하고 있으며 대자연 산수풍경에 대해서 초보적인 자각적 심미의식을 세웠다. 당시의 원림이 비록 풍경식 방향을 따라서 발전했지만 단지 대자연의 객관적 묘사뿐이었다. 비록 자연에 근본을 두고 있지만 아직 자연보다 높다고 할 수는 없다. 당시의 원림 안에 이루어진 심미적 경영은 초보적인 수준에 머물렀고 조원의 활동도 아직 예술 창조의 경지에 완전히 도달하지 못했다.

---

69) 흙을 모아 담을 쌓고 신을 모심.

(2) 중국 산수화와 고전 원림의 성장기

진晉대는 중국 산수화의 성장시기이다. 산수화는 이미 인물화의 배경 수준에서 벗어나 독립적인산수화가 시작되었다. 형식은 비교적 유치했지만 새롭게 나타난 것이었으며 자연의 아름다움을 깊이 탐색하고 충분한 표현이 막 발생 성장하기 시작했다. 동진東晋의 고개지顧愷之는 산수화가 인물의 배경에서부터 벗어나는 과도기 형식을 형성하였고 하나의 대표 인물 방향으로 산수화의 독립을 추진하였다. 그의 <화운대산기畵雲臺山記>는 비록 도교 제재적 이야기 줄거리로 그림의 구도가 설계 되어 있지만 기록에 따르면 이 이야기 줄거리 그림에 표현되어 있는 산수 배경적 구성은 주요한 것이며 게다가 마치 음양지법, 하늘과 물의 균형적 색채, 물에 비친 그림자가 표현되어 있는 듯하다고 전해진다. 위진 명사들은 산과 물가에 가서 구애받지 않고 말하며 산수를 감상하길 좋아했다. 은둔을 숭상하는 것은 사회의 풍조가 되었고 지식인 계층이 대자연의 산수에 대해 다시 인식하게 되며 심미적인 관점에서 가까이 다가가 산수를 이해했다. 남조南朝의 산수화가 종병宗炳과 왕미王微는 산수화를 독립적인 그림의 소재로서 이론적 논술을 가해 <화산수서畵山水序>와 <서화叙畵>를 썼다. 두 작가 모두 논저에서 산수화의 주요 기능이 인간의 정신을 맑게 하는데 있으며 예술의 미감을 즐기는 효과에 대해서도 긍정적으로 보았다. 또한 한 폭의 산수화를 감상하는 요지 역시 정신을 맑게 하는 데 있다고 주장했다. "창신暢神"이란 산수화 창작의 주관적인 것과 객관적인 것이 서로 하나 되는 것을 말한다. 이것은 중국 전통 사고방식 및 천인합일天人合一의 철학적 이론 표현이다. 당연히 사람들이 대자연 자

체의 아름다움을 감상하는데 어느 정도의 영향을 미쳤으며 사람들이 자
연계의 산수풍경을 창신과 이정移情의 대상으로 인식하게 되었다. 진나
라가 남쪽으로 수도를 옮긴 시기에 사람들은 강남 일대의 아름다운 산수
풍경들을 점차 인식하기 시작했고 일반적인 남도 선비들은 일정한 기간
을 정하고 산수를 즐길 장소를 선택하며 연회의 모임을 가졌다.

위에서 말한 이유로 인해 대자연은 진한秦漢 이래로 심미적인 외투를
벗었으며 유가의 군자비덕의 순수한 공공의 이익과 윤리의 비위를 맞추
는 것에서 벗어났다. 산수의 본래 모습인 무한하며 오묘한 생태환경과 심
미적 대상으로 사람들의 앞에 나타난 것이다. 사람들은 한 방면으로는 산
수 실천활동을 통하여 대자연의 자아와 조화에 전념하며 순수한 감정을
털어놓고 다른 방면으로는 이론을 결합하여 깊게 토론하며 자연의 아름
다움에 대한 인식을 심화시켜 자연 풍경 구성의 내재적 규율을 발굴하고
감지하였다. 그래서 사람들은 자연 풍경의 심미적 관념에 대해 높은 수준
에 들어섰으며 성숙하게 되었다. 그것이 상징하는 것은 산수화의 빠른 성
장과 산수 조원造園의 대흥성이라는 점이다. 산수화의 빠른 성장은 산수
조원예술의 흥기와 발전을 이끌어내는 요소이고 후자의 흥성 또한 돌이
켜 말하면 전자의 발전을 추진하여 중국 역사에서 양자가 동시에 발전하
며 밀접한 관계가 형성되었다. 자연의 아름다움이 시대의 핵심적인 미학
사조가 된 직접적 영향 아래 중국 고전 풍경식 원림은 자연의 재현에서
자연을 표현하는 정도에까지 이르게 되었고 자연산수를 단순하게 모방하
는 것에서 적절하게 요약, 정련이 첨가되는 정도에 이르게 되었지만 시종
"유고자연有苦自然"의 기조는 유지하고 있었다. 원림의 계획과 설계는
이전의 조방한 방법에서 비교적 정교하게 변했으며 자각적인 경영과 조

원 활동은 예술 창조의 경계에 완전하게 도달할 수 있게 되었다.

(3) 중국 산수화와 고전 원림의 전성기

수당隨唐 시기에 중국 산수화는 이미 독립적인 그림의 소재가 되었다. 성당盛唐 시대에 이르러 중국 산수화는 중국 회화 영역에서 이미 제일 높은 위치를 차지했고 수많은 유명한 산수화의 대가들이 탄생하였다. 예를 들어 수나라의 전자건展子虔의 대표 작품인 <유춘도遊春圖>는 현재까지 남아 있는 최고 오래된 독립 산수화권이다. 그 한 폭의 그림에서 수대 산수화가 이미 새로운 단계로 발전했고 산석수목과 인물의 비율이 점차 정확해졌으며 위진 남북조시대의 사람을 산보다 크게 그리는 현상을 극복하며 "원근산수遠近山水, 지척천리咫尺千里"를 이뤘음을 볼 수 있다. 당대唐代 역시 수많은 유명한 산수화의 대가들이 탄생하였다. 이사훈李思訓과 오도자吳道子가 대표되는 "밀체密體"와 "소체疏體" 화체畵體가 출현하기 시작했고 이때에 이르러 산수화에 새로운 변화가 생겨나기 시작했다. 산수화에 보이는 뚜렷한 변화는 바로 시詩·화畵가 서로 스며든 것이다. 대표적인 인물로는 왕유王維, 노홍일盧鴻一이 있다. 그들은 시인이면서 또한 산수화에 깊은 조예를 가지고 있었다. 소동파는 일찍이 왕유의 시를 일컬어 "시 안에 그림이 있고 그림 안에 시가 있다"라고 하였으며 노홍일의 <초당십로시도草堂十老詩圖>가 전해지고 있는데 송宋 주밀周密은 "유신유팔겁기상有神遊八极氣象"이라고 평하였다.

<그림 3> 전자건展子虔의 유춘도遊春圖, 북경 고궁박물관 소장

이 시기의 중국 고전 원림의 새로운 발전이 있었는데 첫째는 황가원림인 "황가기파皇家氣派"가 이미 형성되었다는 것이고 둘째는 개인원림의 예술성이 이전시기보다 승화되어 원림의 풍경을 묘사하는 전형적 성격 및 부분적 세밀한 처리에 심혈을 기울인 것이다. 특히 중당 이후의 산수화가들은 조원에 직접 참여하였고 몇몇 원림들은 이미 원림 산수풍경에 시화의 정취가 부여되어 있었다. 예를 들어 유명한 시인이자 산수화가인 왕유王維는 망천별업輞川別業을 구입하였는데 당시 망천별업이 이미 황폐한 모습이어서 경영에 심혈을 기울였다. 천연 산수지모 및 지형과 식물을 정비하고 다시 건립하여 좀 더 나은 원림이 되었다. 만년에 왕유는 불교를 깊이 믿고 불리를 정밀하게 연구하였는데 그런 까닭에 원림조경 특히 시정화의詩情畫意를 중시했다. <망천별업>, <망천집輞川集>, <망천도輞川圖>가 동시에 출판되었으며 이 측면에서 산수원림, 산수시, 산수화의 밀접한 관계를 충분히 알 수 있다.

송원宋元 시대의 중국 산수화는 중국 산수화의 전성시대이며 중국 고전 정원 역시 대단한 발전을 하였다. 오대五代, 양송兩宋 시대의 회화 예술은 최고 경지에 도달했다. 오대의 남당南唐, 서촉西蜀 때 중국 역사상 정식적으로 처음 화원畵院이 만들어졌다. 이 시기의 산수화는 당대唐代의 전통위에서 계승 발전 되었다. 형호荊浩, 관동關仝으로 대표되는 오대의 산수화가들은 새로운 의미를 창작하지는 않았으며 대신 화격畵格이 더욱 웅후하고 고상해져 산수화는 당唐의 오도자吳道子, 이사훈李思訓, 왕유 이후 큰 변화가 생겨났다. 그들의 전경식全景式 화폭에서 높은 산, 험준한 고개와 골짜기, 무성한 수풀, 들판과 마을의 집, 누대위에 지은 정자를 볼 수 있다. 사실寫實과 사의寫意가 서로 결합한 방법으로 "가망可望, 가행可行, 가유可遊, 가거可居"의 사대부 마음속의 이상세계를 표현하고 있다. 그들의 성취는 후세 산수화 발전에 큰 영향을 주었고 앞과 뒤를 이어주는 다리 역할을 하고 있다.

송대宋代는 중국 산수화의 황금시대라고 불린다. 송대는 역사에서 회화 예술을 제일 중시했던 시대로 심지어 가장 높은 통치자인 황제 송 휘종徽宗 조길趙佶 역시 명화가였다.

화가들은 사람들의 존경을 받으며 높은 위치에 있었다. 오대에 이어져 양송兩宋 시대에도 정부는 화원을 특별히 설치하고 유명한 화가들을 초빙하여 인물, 산수, 화조 세 분야의 흥성을 정립하였고 많은 유명한 산수화가들을 배출하였다. 예로 북송北宋의 동원董源, 이성李成, 범관范寬 등은 형호荊浩의 토대위에서 더욱더 발양 광대해졌고 필묵의 기세는 오늘날까지 빛나고 있다. 남송南宋의 이당李唐, 유송년劉松年, 마원馬遠, 하규夏珪에 이르러서 기법은 더욱 간결하고 세련되고 굳센 방향으로 발전하며 산수화가 정점에 달했다.

주목할 것은 양송의 산수화 모두 각종 건축물에 자연풍경을 드러내는 것을 매우 중시하였다. 화면 구도는 어느 정도 인물 경관이 두드러지고 자연풍경과 인문이 서로 결합된 경향으로 나타났다. 게다가 직접적으로 원림을 대상으로 묘사한 것도 적지 않다.

북송에서 남송까지 원림풍경과 원림 생활은 점점 많은 화가들의 중요한 제재가 되었다. 오대, 양송시대는 중국 고전 원림이 성숙한 시기로 진입한 첫 단계이다. 이 단계의 유림 정원의 흥성과 문인 산수화가들은 원림의 계획적 설계에 광범위하게 참여하고 있었으며 원림에서 시화詩畵의 정취를 취하는 것도 당대唐代보다 더욱 자각적이었고 원림의 경계를 창조하는 것도 중시했다. 개인 정원뿐만 아니라 황실과 사원정원 역시 같은 추세였다.

산수시, 산수화, 산수정원이 서로 스며든 밀접한 관계가 송대에 들어와서 완전히 확립되었다. 송대 원예 기술이 발달하고 화목의 감상이 당대보다 더욱 보편적으로 화가, 사대부의 정신 생활영역에 들어왔다. 북송시대의 화가들이 화목의 아름다운 자태를 묘사하는 것은 이미 매우 보편화되었으며 유명한 작가 최백崔白, 조길의 화조화와 문동文同의 묵죽화, 중인仲仁의 묵매화 등이 있다. 남송에 이르러 이러한 상황은 더욱 정밀하고 아름다운 경지에 달했다.

화가들은 원림의 계획적 설계에 참여했고 "화양궁華陽宮"이라고 불리는 유명한 황가원림 간악艮岳이 있다. 간악의 규모는 큰 편은 아니지만 조원예술 방면의 성취는 뛰어나며 획기적인 의의를 가지고 있다. 간악의 정원 건설은 유명한 화가 송 휘종 조길이 직접 참여하였다. 휘종은 글과 그림에 정통한 높은 소양을 지닌 예술가이다. 구체적으로 건설 공정의 주도는 환관 양사성梁師成이 하였다. 두 사람이 한데 모여 만든 간악은 높은 문인文人 원림의 정취를 지니게 되었다. 정원의 건설은 우선 세밀한 계획 설계를 걸쳐 도안을 제작하였다. 간악 조원예술의 성취는 여러 방면에 걸쳐 있다. 원림 축산筑山 기법은 봉황산鳳凰山을 모방하는 것으로 일종의 상징적인 방법이며, 중요한 것은 독특한 구성사고와 정교한 경영에 있다. 만세산萬歲山은 모든 석가산石假山 산계山系에 있어 중요한 위치를 차지하고 있다. 서쪽의 만송령萬松嶺이 측면에 있고 동남쪽의 부용성芙蓉城은 나머지 산줄기들과 길게 이어져 있다. 남쪽에는 수산壽山이 산계의 대상체로서 위치를 차지하고 있다. 물과 만수산은 멀리 떨어져서 서로 호응하고 있다. 이것은 주객이 분명하고 원근이 호응하고 있는 것을 나타내고 있다. 나머지 산줄기를 확장하여 완전한 산맥을 이루어 전형적인 천연의 산악으로 만들었다. 이것은 산수화론에 있어 "먼저 주객의 위치를 정하고 원근의 형성을 결정한다(衆山拱伏, 主山始尊)"는 구도 원칙을 실현시킨 것을 보여준다. 하나의 산줄기를 정리하는데 있어서도 "낮은 산과 언덕은 서로 연속되며, 동서로 마주 보며, 앞뒤로는 서로 이어지는(崗連阜屬, 東西相望, 前後相續)." 원리에 따라서 산줄기 또한 연관되며, 각자 고립적인 산을 만들되 산의 위치 방법 또한 "산형세는 흐트러 놓데, 뾰족한 산은 모으고, 석맥은 나누는(佈山形, 取巒向, 分石脈)" 그림 이론과 부합되도록 하였다. 석봉石峯 특히 태호太湖 석봉의 특별한 제조수법은 송대 원림안에서 이미 보편적으로 운용되어 왔으며 송대 그림에서도 이러한 경향을 많이 볼 수 있다. 후세 화론 중 소위 "산맥이 서로 통하는 것은 그 물줄기에 달렸고, 물길이 서로 통하는 것 또한 산형에 달렸다(山脈之通按其水徑, 水道之達理其山形)."는 화이론畵理論은 간악의 산수관계의 처리에 영향을 미쳤다.

원내 식물의 배치방식에는 고식孤植, 종식從植, 혼교混交 방식이 있으며 대량으로 식재하여 구성하는 것 또한 중국 산수화 중 "빽빽하게 하여 바람이 통하지 않도록 하거나, 성기게 하여 말이 뛰놀 정도(密不透風, 疏可跑馬)"의 화이론에 부합되도록 하였다. 원내의 건축구성은 소수의 특수한 기능의 요구를 만족시키는 것을 제외하고 대부분이 조경의 요구에서 출발하여 "점경點景"70)과 "관경觀景"71)의 역할을 충분히 발휘하고 있다. 누각건축의 형성 역시 당대唐代보다 정교해졌으며 송대宋代 사람의 산수화에 자주 등장하였다.

송대의 개인 정원은 문인정원이 주류를 이루며 그 풍격의 특징은 대체로 간단하면서도 깊이가 있음簡遠, 청명하고 쾌활함疏朗, 우아함雅致, 자연스러움天然의 4가지 방면으로 나눌 수 있다. 간원함은 경관을 간략하게 나타내고 의경意景의 경지를 심오하게 나타내는 것으로 이것은 대자연의 풍미에 대한 정련과 개괄이며 역시 창작방법이 사의로 가는 경향의 특징이다. 간약簡約은 송대 예술의 보편화된 풍조이다. 이성李成의 <산수결山水訣>에서 산수화를 논할 때 "上下云煙起秀不可太多, 多則散漫無神, 左右林麓陳不可太繁, 繁則堆塞不舒"라고 하였고 <선화화보宣和畵譜>에서는 "정이조소精而造疏, 간이의족簡而意足"을 주장하였다. 마원과 하규의 창작에서는 더욱 분명하게 화면의 대부분이 여백으로 남겨졌거나 어렴풋이 먼 평야를 나타내고 가까운 풍경은 산바위나 나뭇가지뿐이어서 사람들로 하여금 아득히 멀고 광활한 공간감을 느끼게 하고 있다. 산수

---

70) 점경이란 원림 중에 하나의 경관물, 경관대상, 경관점을 선정하고 이것을 주변의 환경 또는 경관과 조화될 수 있도록 결합시켜서 고도의 높은 예술적 성취를 이루는 것.

71) 관경이란 경관 대상을 바라 보는 지점 또는 시점장에서 느껴지는 예술적 감흥이 고도의 수준을 이룰 때의 경관. 누정대각 등과 같은 원림건축물에서 지각되어지는 경관.

화의 이러한 화풍과 산수원림의 간약簡約의 격조는 일치하고 있다.

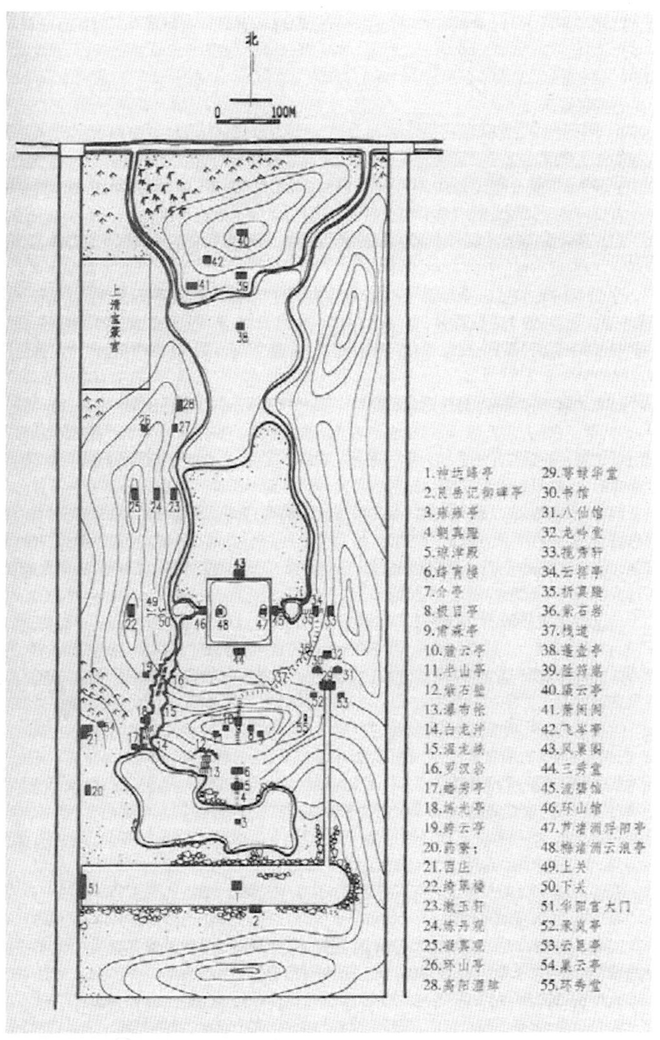

〈그림 4〉 간악과 화양궁 상상배치도

양송시대는 조정이 안팎으로 매우 혼란했다. 지식인과 관리사회의 부침, 화와 복이 헤아릴 수 없었으며 물러가도 또한 걱정이요 나아가도 또한 걱정이었다. 게다가 사회적으로 근심이 퍼져 있어서 비록 지위를 자치하고 있지만 근심 걱정에 쌓여 있었다. 따라서 일부 인사들은 이러한 세상에 대하여 무관심하거나 탈속적이며 고답적이고 은일을 추구하는 아취와 도피적인 자세로 일관하기도 하였다. 이러한 상황은 시詩·사詞·회화繪畵 등 의 예술에서만이 아니라 원림 예술에도 명료하게 반영되었다. 예를 들면 "정원에 대나무를 심는 것이 매우 보급되었을 뿐 아니라 큰 면적으로 재배를 하였다.<낙양명원기洛陽名園記>"에는 19곳의 정원 대부분 모두 대나무가 풍경의 주제가 되었다고 기록되어 있다. "三分水 二分竹 一分屋"이란 표현법은 원림에 대나무가 우아한 정취를 추구하는 문인들의 수단이 되었고 원림의 우아한 격조의 상징이 되었음은 말하지 않아도 알 수 있다. 국화, 매화 역시 시와 그림에 있어서 자주 볼 수 있는 제재가 되었고 개인 원림에서 대량 재배가 이루어졌다. 송대 소식蘇軾은 대나무와 돌을 주제로 하는 화체畵體를 창립하였고 점차 문인화에 광범위하게 사용되는 소재가 되었다.

송대 개인정원 중 "청명함"과 "자연스러움" 등 의 특징은 문헌과 송화宋畵의 기록과 묘사에서 찾아 볼 수 있다. 송대 정원의 의경과 문인화의 의경은 방법은 다르나 같은 효과를 내고 있으며 원림을 대상으로 묘사한 회화에서도 흔히 볼 수 있다. 송대 각각의 예술은 서로를 거울로 삼고 있으며 원림의 '화화畵化'를 촉진하고 '원리園理'가운데 종종 '화리畵理'를 내포하고 있다. 이와 같은 현상은 산수화와 원림의 동시 성행이 절대 우연이 아니라는 것을 보여주고 있다.

(4) 중국 산수화와 고전 원림의 성숙기

　원나라는 몽고족의 통치 아래 있으면서 한족 문인의 지위는 낮았고 지식인들은 다른 민족을 섬기는 것을 하찮게 여겼다. 이런 특수한 역사 환경 아래 산수화는 회화의 주류가 되었고 유명한 화가들이 배출되었다. 원대 산수화의 대표화가에는 황공망黃公望, 왕몽王蒙, 예찬倪瓚, 오진吳鎭 등이 있다. 그들의 공통된 풍격인 아결담일雅潔淡逸한 풍모로 산천을 표현하며 필묵기법에 있어서도 매우 높은 수준에 달했고 산수화의 완전한 격조를 형성하며 전통 수묵 산수화의 발전에 큰 역할을 하였다. 당송대 그림은 일반적으로 낙관을 사용하지 않았으며, 가장 많이 사용한 것은 소위 "궁관窮款"이라는 것으로 돌틈 사이, 나무 등에 숨겨서 표현하였으며, 나중에 소식 등이 "시화결합詩畵結合", "서화병묘書畵幷妙"의 주장과 함께 비로소 인식되어졌다. 원대에 이르러 그림마다 제발題跋이 기재되었으며, 서화書畵 이외에 인장印章이 사용되어졌으니 이제는 인장 또한 그림 구도 중의 일부가 되었다. 몽고족의 원元 왕조가 중국을 통치한 기간은 백 년이 안되었고 황가원림의 건축도 많지 않았다. 송대와 다른 점은 첫째, 규모가 거대해진 것이고, 둘째, 황실의 기풍이 뚜렷해진 것이다. 역사적인 원인으로 개인원림은 원대에서 잠시 쇠락했다. 그러나 이 시기의 산수화의 제발題跋과 인장章印은 원림에 매우 큰 영향을 주었을 뿐 아니라 명청 고전원림에까지 영향을 미쳤다.

　산수화는 명대에 들어와 파벌투쟁으로 인해 발전에 어려움이 있었다. 명대 산수화의 기풍은 작풍에서 원체파院體派, 절파浙派, 오파吳派 3대 파벌로 나눠진다. 명초부터 가정嘉靖기간까지 절원浙院 두 개의 파가 성행하였다. 가정 이후 오파가 독보적으로 성행하였다.

원체파는 주신周臣, 당인唐寅, 구영仇英으로 대표된다. 그 특징은 남송 유송년劉松年의 청록금벽산수青綠金碧山水를 모방하여 작풍이 세밀하고 깔끔하다.

절파는 대진戴進, 오위吳偉로 대표되며 산수화가 절묘하고 매우 뛰어나며 마원馬遠, 하규夏珪의 수묵을 모방하여 고아한 풍격을 이루며 남송이 중후한 정취가 웅건하고 날카로운 기풍으로 변했다.

오파는 심주沈周, 문징명文徵明, 동기창董其昌을 대표로 하며 그 특징은 왕유를 시조로 여기며 형호, 관동, 동원, 거연, 원4대가 등의 남종화南宗畵를 숭상하였다.

종파의 심화는 중국화 발전에 중요한 영향을 미쳤다. 비록 이와 같지만 산수화의 성취는 어찌됐든 과소평가 할 수 없다. 그 영향은 원림에까지 미쳤으며 사의寫意 창작의 위치는 견고해졌다. 이 시기의 산수화는 완전하게 성숙하였다. 중국 고전 원림은 이 시기에 이르러 성숙기의 제2단계에 들어섰고 예전과 비교할 때 뚜렷한 변화로는 화가들의 직접적인 조원 참여가 예전보다 확실히 보편화 되었다는 것이다. 개별적 심지어 전문적인 조원가가 되어 산수의 일부분으로 산수 전체를 상징하는 심화된 사의 창작방법이 출현하였다. 명말 조원가 장남항張南恒은 첩산유파疊山流派를 제창하고 큰 산의 일부분을 취하여 사람이 산의 전체 형상을 생각할 수 있게끔 하였다. 소위 "평강소판平崗小坂, 능부피타陵阜陂陀"는 이런 심화적 상징을 나타낸다.

의경의 표현방법 또한 다양해졌다. 상사狀寫,[72] 기정寄情,[73] 언지言

---

72) 그림을 그린다(描绘)는 의미로 사용되며, 高燨의 ≪題姚石子所得傅青主画山水尺页≫라는 시에서 "若非富邱壑, 状写安能真？" 라는 싯구로 사용된 예가 있다.

志,74) 비부比附,75) 상징象徵, 우의寓意, 점제点題76) 등이 있다. 원림 의경의 함축성은 더욱 깊어졌고 원림 예술은 이전보다 더욱 밀접하게 시문 및 회화의 정취와 융합되어 원림 자체에 짙은 감흥이 부여되었다. 명대 원림은 문헌에 적지 않게 기록된 것을 볼 수 있다. 그러나 그 중 제일 유명한 원림으로는 휴원休園, 영원影園, 졸정원拙政園, 기창원寄暢園, 청화원淸華園, 작원勺園 등이 있다.

휴원은 산수의 경관이 뛰어나며 산수는 전체 원림과 연결되어 있다. 비록 명확한 관광 풍치 지구로 구분되어 있지 않지만 경관의 변화가 비교적 많고 송대 원림의 간원과 청명함의 특징을 보존하고 있다.

영원은 당시 유명한 산수화가와 조원가가 설계와 시공을 주관하며 조원예술이 최고 수준에 이르렀다. 이 정원의 전체가 고요하고 우아하다. 원림의 주인 정원훈鄭元勛 역시 시화에 능숙하였고 대화가大畵家 동기창이 친필로 원림의 이름을 썼다.

졸정원은 명 정덕正德 초년에 조영되었다. 원림의 주인은 왕헌신王獻臣이고 유명한 산수화가 문징명이 <왕씨졸정원기王氏拙政園記>를 썼고 또한 <졸정원도拙政園圖>를 그렸다. 여기에서 당시 산수화가의 조원 참여가 열정적이었다는 것을 볼 수 있다.

---

73) 사물에 정취를 맡겨서 그 정취를 표현하는 것을 말하며, 원림의 경우 태호석 등과 같은 사물에 산수하천 등의 경관을 부여하는 수법으로 볼 수 있다.

74) ≪서경·舜典≫에 "시언지詩言志"라 하여 시란 자신의 생각을 담는 그릇이라는 의미로 사용된다. 의경의 수법으로 본다면 원림에 사용되는 경물에 자신의 정취를 담아내는 것이라 하겠다.

75) 견강부회하는 것을 말하며, 의경의 수법에서 본다면 미미한 사물에 어떤 정취를 부여해서 의미를 확대하는 수법으로 볼 수 있다.

76) 점제란 핵심적인 말을 사용하여 대화나 문장 중의 중심 생각을 표출하는 것을 말한다. 의경의 관점에서 본다면 정취를 대표하는 사물을 사용하여 원림에서의 정취를 나타내는 수법으로 볼 수 있다.

작원의 주인 미만종米萬鍾은 명말의 유명한 시인이며 화가였고 서예가였다. <작원수계도勺園修禊圖>는 그가 만년에 작원의 경물을 직접 그려 완성한 것이다. 작원과 청화원은 우아하며 간원하고 화려하며 원림예술에 있어서 매우 높은 조예를 이루었다. 그러나 작원이 좀 더 짙은 문인의 정취를 가지고 있고 청화원보다 약간 우세하다고 하겠다.

〈그림 5〉 문징명의 졸정원도(일부)

청초淸初 화단은 석도石濤와 팔대八大가 우선 새로운 화풍을 창조했고 이후 양주팔괴揚州八怪가 흥성하여 혁신적인 기상을 드높였다. 특히 석도는 예술에 있어서 혁신과 발전과 창조를 주장하였는데 이를 위해서는 "유법필유화有法必有化"라는 말로 분석적인 학습방법을 강조하였으며, 그 목적을 변화와 예술상의 창신創新에 두었다. 이러한 예술상의 진보는 다른 예술 영역에도 영향을 미쳤다.

청대 초기의 원림은 중국 고전 원림의 성숙기 제 2단계에 해당하며 그 조원 방법은 명대에 비해 더욱 접근해 있다. 청 중엽과 청 말은 중국 고전 원림의 성숙 후기로 역시 중국 고전 원림 발전 역사의 한 종결시기이다. 이 시기의 원림은 전시대의 전통을 계승하며 눈부신 성취를 얻은 동시에 봉건 문화 말기의 쇠퇴 현상을 나타내고 있다. 이 시기의 원림 사물은 제대로 보존되어있으며 대다수는 보수를 통하여 관광지로 개방되어 있다. 따라서 사람들이 이해하고 있는 중국 고전 원림은 사실 성숙 후기의 중국원림이다.

청대의 많은 원림은 명대 후기에 창건되었다. 예를 들어 졸정원, 유원 등이 있다. 유명한 원명원圓明園의 경우 최초의 출발은 명대의 개인 원림에서였다. 당시 원림의 대부분 주인은 관료로 시문과 회화에 정통했고 혹 산수화가를 초빙해 조원에 관계된 일을 주관하여 원래의 모습은 양주의 영원과 비슷한 특징을 많이 가지고 있었다. 사회 가치관의 변화에 의해 문화인은 조원기술을 더 이상 보잘 것 없는 것으로 보지 않았다. 그래서 몇몇의 문인 화가들은 직접 조원의 첩산기술을 터득하여 명가가 되었고 소수는 여가의 취미에서 시작하여 전문적인 조원가가 되었다. 계성, 석도는 그중 대표 인물로 "유법필유화有法必有化", "수진기봉타포고搜盡奇峰打草稿" 등 주장은 첩석조산의 기예에 스며들어 갔다.

청대는 산수화가는 조원에 참여했을 뿐만 아니라 전문적인 조원가가 되었다. 그중 몇몇의 조원의 대가들은 자신의 문화수양을 높여 시문화에 정통했으며 종종 문인을 대신해 계획 설계를 주관하는 조원가가 되었다.

장남항 부자는 그중 최고였다. 장남항의 문화적 소양은 비교적 높았고 그래서 그의 첩산 작품 또한 사람들에게 제일 많이 추종받았다.

문인 산수화가, 조원가와 공장工匠 세 사람의 결합을 통하여 이러한 귀중한 경험이 체계화되고 이론화되도록 촉진되었다. 그중 전문적인 서적인 <원야>, <일가언>, <장물지>는 비교적 전면적이며 대표적인 세 작품이다. <원야>의 작가는 계성으로 위에서 설명한 적이 있는 영원의 건설에 참여한 유명한 문인 산수화가이다. 강소성江蘇省 오강吳江 사람으로 명말청초에 태어났다. <원야>를 전면적으로 보면 이론과 실천이 서로 결합되어 있고, 기술과 예술이 서로 결합되어 있으며 말은 간결하나 뜻은 포괄적이고 독특한 견해가 매우 많다. 그것은 강남 원림을 체계적으로 논술한 한 권의 책으로서뿐만 아니라 세계 조원 명작 중 하나로 그 이름이 부끄럽지 않다.

<일가언>은 <한정우기>라고도 부른다. 작가는 이어李漁이고 역시 명말청초 사람이다. 그는 회화, 사곡詞曲, 소설小說, 희극, 조원에 정통한 다재다능한 문인이다. <일가언>에는 차경借景 기법 및 "사면개실四面皆實, 독허기중獨虛其中, 이위변면지형而爲便面之形"이 제기되어 있다. 이것은 바로 "광경框景"의 방법으로 사면을 벽으로 둘러싸고, 그 가운데 비어 있는 곳을 두어 그 속에 있는 풍광을 형태로 삼는다는 것이다. 이어는 이것을 "척폭창尺幅窓" 또는 "무심화無心畵"라고 불렀다. 그가 설계 제작한 창窓의 예로 방형, 편형, 능형이 있다. 그의 이러한 차경기법과 산수화의 구도 경영법칙은 방법은 다르나 같은 효과를 내는 오묘함이 있다.

<장물지>의 작가 문진형文震亨은 장주長州에서 태어났고 명말청초 사람이며 명대 유명한 산수화가 문징명의 증손이다. 그는 시화에 능통했으며 다재다능했다. 원림에 대해 비교적 체계적인 견해를 가지고 있었으며 당시

문인 원림관園林觀의 대표로 볼 수 있다. 그 책 중 '화목花木' 편에는 원림에 자주 상용된 수목과 화훼 감상을 부분별로 나눠 열거하였다. '수석' 편에서는 첩산이수疊山理水의 원칙을 제기하였다. 이러한 원칙과 중국 산수의 구도, 경영 구성 법칙 역시 방법은 다르나 같은 효과를 내는 오묘함이 있다.

<원야>, <일가언>, <장물지>의 내용은 개인 원림의 계획설계 예술, 첩산, 이수, 건축, 식물 배치의 기예에 대한 논술이 주를 이루고 있고 몇몇의 원림 미학의 범주까지도 언급하고 있다. 이런 서적은 같은 시기에 먼저 강남에서 간행되었고 작가들 모두 유명한 문인, 화가 혹은 조원가였다. 이것은 문인, 화가와 원림의 관계가 매우 밀접하다는 것을 볼 수 있고 시화 예술이 원림 예술에 깊게 스며들어 있음을 의미하고 있다. 그리하여 최종적으로 문인, 화가, 조원가의 전통이 형성되었다. 일반적인 문인 화가는 조원에 관한 일에 참여하지 않았지만 원림에 관심을 가지고 있고 원림을 누리며 원림을 품평하였다. 원림과 문인, 화가의 생활은 상통되며 그들이 원림을 토론하는 것은 마치 서, 화, 시문을 토론하는 것과 같다. 원림 예술은 서, 화, 시문 예술과 동등한 지위를 완전히 확립하였다.

이 시기의 강남 산수 원림은 황가원림에 상당히 큰 영향을 미쳤다. 청대는 황가원림의 건설이 유행한 최고 시기로 건륭乾隆황제는 일찍이 여섯 차례 강남을 살폈고 청아하고 아름다운 강남원림이 모여 있는 강녕康寧, 양주揚州, 무석無錫, 항주杭州, 해녕海寧 등지에 발자취가 고루 퍼져 있다. 그가 좋아한 원림에 그림의 명사를 수행하여 남순에 관한 그림, 즉 남순도南巡圖를 그려서 황가원림 건설의 참고로 삼아 남북원림 예술의 대결합이 형성되었다. 이러한 이정표적인 우수한 대형 원림작품이 출현하였다. 예를 들어 3대 걸작이라 불리는 피서산장避暑山庄, 원명원, 청의원淸漪園이 있다.

　　개인 원림은 줄곧 이전시대의 발전 수준을 답습하며 강남, 북방, 영남 삼대지방 풍격이 우뚝 솟았고 다른 지방의 원림이 삼대풍격의 영향을 받으며 또한 각종 풍격이 출현하였다. 개인 원림은 산수화와 밀접하게 결합된 일종의 예술이다. 산수화는 명대에서 청대에 나타난 무미건조함을 영향받아 생기가 부족했고 이 시기의 개인 원림은 비록 높은 기교를 가지고 있었지만 대다수가 이미 송·명시대와 같은 생명력을 나타내지는 못했다.

　　중국 고전원림은 봉건문화의 구성부분으로 그 내용의 깊이는 문화가 가지고 있는 방면에 관련되었고 다른 봉건 문화 형태의 영향을 받는 것은 필연적이다. 그리하여 전자에 대한 제약 작용과 추진 역량으로 후자가 형성되었다. 역사발전의 상황을 보면 많은 문화 형태 가운데 철학, 과학기술, 시문, 회화는 원림에 깊은 영향을 주었고 추진과 제약에 가장 큰 역할을 발휘하였다.

　　산수화와 화론이 원림 조성에 미친 영향력에 대하여는 이념으로는 의경意境,[77] 와유臥遊,[78] 조화와 추醜 등을 들 수 있으며, 이의 실천수단으로는 '의재필선意在筆先[79]' 과 '시서화詩書畵 일치 원리' 등으로 설명할 수 있다.[80] 이 중에서도 의경은 원림의 경관을 구성함에 있어 그 뜻을 먼저 생각하고 이에 합치되는 경관을 조성하거나 만들어진 경관에 대하여 그 뜻을 부여하는 방식으로 영련(楹聯), 대련(對聯), 편액(扁額) 등을 통해 표출하는 방식으로 적용되어졌다.

　　이러한 원리들은 계성의 원야를 통해서 잘 표현되어지고 있음을 볼 수

---

77) 정취와 경물이 합치되어지는 경계를 말한다.

78) 방안에 누워서 산수를 유람하는 것을 말한다.

79) 뜻이 붓보다 앞서야 한다는 것을 말한다.

80) 백윤수(2005), 원림론에 미친 화론의 영향-계성의 『원야』를 중심으로, 미학 제41집, pp.12~27

있다. 특히 의경의 표출은 산수화와 밀접한 관계가 있다. 그림을 그리기에 앞서 먼저 그 뜻을 생각해야 한다는 '의재필선'과 마찬가지로 원림에 하나의 경관을 연출하기 위해서는 먼저 그 원림에 어떤 경관을 연출할 것인지를 생각해야 하며, 이러한 생각이 결정되었다하더라도 이것을 어떻게 전달할 것인가에 있어서는 다양한 경관의 연출을 위한 의경의 기법이 반드시 수반되어야 했던 것이다. 따라서 산수화를 통하여 원림의 경관에 대한 연출 방법을 터득한 조원가들에 의해 원림 속에 그림이 다시 표현되어진 것이다. 이른바 왕유가 말한 '시속에 그림이 있고, 그림 속에 시가 있다(詩中有畵, 畵中有詩)'는 표현처럼 '원림 속에 그림이 있고, 그림 속에 원림이 있다'는 표현이 가능해 진 것이다.

중국의 미학가 종백화는 의경은 중국문화사상 가장 중심에 있는 세계 공헌하는 하나의 방면으로, 소위 "지자요수知子樂水, 인자요산仁子樂山", 즉 문인이 바라는 자연, 자연을 추구하고, 산수 중에 자신을 지키고, 자연의 이성적응 상태 중에 점차 승화되어 물외지정에 떠나가서 "물아양망"의 경지에 도달하는 것이라고 하였다. 이러한 종류의 의경은 외형미 위에 가일층 높은 미학의 경지로서 대단히 풍부하고 함축적인 내포內涵를 가지고 있으며, 중국 특유의 고전미학 명제 중의 하나로서, 중국전통예술품의 성공여부를 평가하는 척도와 기준이 된다고 보았다.[81] 따라서 중국 고전원림을 이해하는 관점에서 의경이 차지하는 중요함을 재인식할 수 있으며 이것은 산수화의 창작과 밀접한 연관을 가진다.

---

81) 周蘇寧(2005), 園趣, 學林出版社, pp.176~178

<표 1> 산수화와 중국 원림의 관계

	시대	산수화 특징	원림 특징	대표사례
형성 초기	~六朝 (~221)	인물화의 배경 역할	황가원림이 중심역할, 君子比德(孔子), 隱逸숭상(老莊)	上林苑(秦始皇)
성장기	魏晉南北朝 (221~589)	독립된 산수화: 東晋의 顧愷之, 남조의 宗炳(375~443)	산수화와 원림의 관계 시작, 자연의 재현에서 표현으로	石谷園(西晉 관료 石崇), 謝家別墅(謝靈運)
전성기	隋(581~618), 唐(618~907)	독립적인 소재로 중국회화의 으뜸이며 시화가 상호 소통: 王維(699?~759)	황가원림이 발전, 민가원림의 발전과 성숙, 산수화가가 조원에 참여	輞川別業(王維), 廬山草堂(白居易)
	宋(960~1126)	산수화의 전성시대, 寫實과 寫意가 결합, 산수화에서 건축물의 배경으로 자연풍경 중시	원림풍경, 원림생활이 화가의 주요 제재, 儒林정원이 발달, 文人山水畫家의 원림 설계 참여, 민가원림은 간략, 청명, 우아, 자연의 특징(마원, 하규의 영향)	艮岳(陽華宮, 宋 徽宗), 獨樂園(司馬光, 1019~1086), 滄浪亭(蘇舜欽, 1008~1048)
	元(1271~1368)	이민족(원)에 대한 반발로 문인화가 주류를 이루며 雅洁淡逸: 黃公望, 倪瓚, 吳鎮, 王蒙(元四家)	황가원림이 부진한 반면 규모가 거대, 민가원림도 쇠락, 산수화의 題跋,章印이 원림에 영향(명청대까지)	獅子林(倪瓚, 1342)
성숙기	明(1388~1644)	파벌투쟁(院體派, 浙派, 吳派)으로 부진, 蘇州의 吳派(沈周, 文徵明, 董其昌 등) 득세: 宋元代 문인화 전통을 계승 발전시켜 주류로 함	원림의 성숙 2단계 진입: 화가들의 조원 참여가 보편화(文徵明). 원림에서 의경표현이 원숙해짐(시문, 회화 정취와 융합). 명말 강남에서 원림이론서(園冶) 발간. 원림의 작가는 문인, 화가, 조원가	休園, 影園(鄭元勳, 1634), 拙政園(文徵明, 1509), 寄暢園(秦金: 1511, 張連:순치년간), 淸華園, 勺園(米萬鍾:1570–1628)
	淸(1644~1911)	새로운 화풍(文人寫意畵) 창조: 石濤(1630~1724), 八大山人(1626~1705), 揚州八怪 활약. 산수화가들이 전문조원가로 원림 조성에 참여	전시대의 전통을 계승하고 疊石假山기법 보편화. 園主는 관료로 시문과 회화에 정통. 문인산수화가와 조원가 및 工匠의 긴밀한 결합. 황가원림에 민가원림이 영향(乾隆帝의 南巡)	頤和園(乾隆帝:1761), 圓明園(乾隆帝~康熙帝), 留園(劉恕:1794), 樂郊園(王時敏, 張連:1619)

자료: 肖友民과 黃兵橋(2001): 4~9, 趙思毅와 張贇(2006): 1~27. 필자 재작성

5. 원림 후원시스템의 구조

(1) 원림 조영의 주체인

원림 후원자에 대한 이해는 원림을 누가 조영하는가에 대한 문제의 선

결을 요구한다. 원림의 조영은 원림과 관련된 주체들의 문제이기 때문이다. 원림경영 또는 건설의 주체는 현대적인 의미에서 볼 때 크게 네 방향으로 파악할 수 있다. 즉 원림의 소유주(owner, client), 원림의 조영을 주관하는 인물 또는 설계자(master), 원림을 구체적으로 시공하는 인물(worker, craftsman), 그리고 완성된 원림의 이용자(user)로 본다. 이에 대하여 계성은 「원야」의 '흥조론興造論' 서두에서 이러한 구분에 대하여 다른 의견을 제시하고 있다. 그는 주인主人과 주主를 원림주와＋조영주관자, 주지인主之人과 주자主者를 조영주관자, 주장主匠과 장주匠主를 조영주관자＋장인으로 그리고 장匠 또는 장작匠作을 장인으로 분류하고 있다.[82] 즉 원주를 포함하여 전체를 네 개, 세분화해서 다섯 개의 역할로 구분하고 있는 것이다. 여기에 이용자를 포함하여 정리해 보면 다음 <표 1>과 같다.

『원야』에서 계성은 원림의 조영을 전반적으로 통섭하는 인물로 주자主者를 설정하고 있다. 주자는 원림의 설계에서부터 재료의 선택, 시공감독에 이르기까지 원림조영의 전반을 통섭하는 조경가인 셈이다. 일반적인 건설공사의 조영사업에 있어서 장인들에게 의존하는 정도는 30% 정도이며 나머지 70%는 조영사업을 주관하는 인물의 능력에 달려 있다고 보았다. 그러나 원림의 조영에 있어서는 인지因地와 차경借景에 더욱 교묘하여야 하며 체體와 의宜에 정통해야 하기 때문에 주자의 역할은 90%까지 이르러야 한다고 보았다.[83][84][85] 그리고 원림조영을 주관하는 이 인물은 원림

---

82) 백윤수(2005), 원림론에 미친 화론의 영향—계성의 『원야』를 중심으로, 미학 제41집 : pp.12~27, 金聖雨와 安大會 역(1993), 計成 저, 園冶, 예경(서울)
83) 이유직(1997), 計成의 『園冶』 연구—園林造營理論을 중심으로—, 서울대학교 대학원 박사학위논문
84) 이유직(1998), 中國園林의 借景理論 연구, 한국정원학회지 제16권 제6호
85) 이유직(2000), 동양정원의 조원가와 이론서, 건축역사연구 제9권 제24호

의 소유주와 동일인이 아니라는 점을 밝히고 있다. 즉 원림의 소유주, 조원가, 장인을 구분하고 있다. 그래서 어떤 장인에게 일을 맡기는가 하는 점보다도 어떤 조원가에게 일을 부탁하는가 하는 점이 더 중요하다고 강조하고 있다. 조원가의 역할이 단순히 만드는 역할이 아니라 그것을 통합하는 역할을 강조하고 있다. 반면에 장인은 단순한 기능공으로 그 역할을 한정하고 있다. 이러한 점은 현대 조경의 건설에 있어서 주체인을 크게 설계자, 시공자, 시공주 및 이용자 등으로 구분하는 점에서는 동일하지만 이들의 역할에 있어서는 설계자를 주인, 시공자를 장인으로 한정한다는 점이 오늘날의 역할과는 다소 차이가 있다고 여겨진다.

〈표 2〉 원림의 조영에 관여하는 주체들

주체			역할 일반조영	역할 원림조영	특징	사례
원주(園主)			20%	30%	원림의 소유주이자 주이용자. 주자의 의뢰인(client). 원림을 소유하고자 하는 욕구와 사회, 경제적 조건을 갖추었으나 직접 조영할 수 있는 전문적인 능력은 지니지 못하였다.	황제, 관료, 부호, 상인
주자 (主者)	원림주+조영주관자	주인, 주	70%	90%	원림주이면서 동시에 원림조성에 조예가 깊은 문인, 화가	왕세정, 정영훈, 미만종, 이어
	조영주관자	주지인, 주자	70%	90%	일반조영의 주자는 합의 득체함과 규칙에 얽매이지 않음을 특징으로 하며, 원림조영의 주자는 여기에 덧붙여 인지와 차경에 뛰어남.	문징형, 완대성
	조영주관자+장인	주장, 장주	70%	90%	문인, 화가로서 원림조성에 조예가 깊으면서 실제 전문기술도 가진 시공현장에 능통한 자.	계성, 이어, 육첩산, 장연, 계유량
장인(匠人)		장, 장작	30%	10%	실제적으로 시공함. 세공에 능함. 융통성이 없음.	무명씨로 전문기술자
이용자			10%	30%	원림의 주인으로부터 초청되어져 기숙하면서 각종 문화활동(시, 서, 화, 연극 등)에 참여하는 소비자로 부가적으로 원림조영에 관여하게 됨.	시인묵객, 화가, 시민 또는 원주 자신

(2) 원림 후원시스템의 모델

  예술 또는 원림 후원시스템을 구성하기 위해서는 우선 후원활동에 영향을 미치는 요인을 파악할 필요가 있다. 일반적으로 후원활동과 관련하여서는 크게 4가지 요인을 들고 있다.[86] 즉 인구사회학적인 측면, 후원문제의 인식 측면, 사회적 요인, 문화적 요인으로 꼽고 있다. 여기서 인구사회학적인 면은 후원자의 경제적 위치, 연령, 종교, 교육수준 등이 포함된다. 후원문제의 인식은 후원자가 어느 정도 후원의 필요성을 인식하고 있는지를 말하며, 앞에서 살펴 본바와 마찬가지로 후원자의 후원 목적이 이것을 설명해 줄 수 있다. 어떤 목적을 가지고 후원을 하는가 하는 것은 결국 후원에 대한 인식의 정도를 나타내기 때문이다.

  사회적 요인은 후원자와 피후원자간의 사회적 관계를 말한다. 여기에는 관계성, 시설의 인지, 조직의 특성 등이 포함된다. 마지막으로 문화적 요인은 현재의 후원 대상의 수준이 어떠한지를 밝히며, 이것을 토대로 하여 일반 대중에게 후원의 필요성을 전달하고 그에 공감하며 동참하기를 권고하는 홍보시스템과 후원활동을 통한 문화적 요구도를 충족시켜준다는 점에서 개인의 욕구수준과 일치하는 정도를 의미한다. 이것은 또한 사회의 문화적 수준과도 일치되는 점이 특징이다.

  이러한 원리를 적용하여 원림에 대한 후원시스템을 모델화시켜 보면 다음과 같이 상정할 수 있다. 즉 영향요인은 후원활동 특히 원림에 대한 후원활동이 발생하는 요인으로 앞에서 든 네 요인을 적용하여 설정하였

---

86) 유정하(2002), 후원대상 선호요인에 관한 연구, 전주대학교 행정대학원 석사학위논문, pp.16∼29

다. 반면 이들 요인에 의해 구성되는 구조 내지는 구성원, 발생되는 후원
활동과 그 결과물은 어떤 형태로 나타나는지를 추가하여 보면 다음과 같
은 결과를 얻을 수 있다.

〈표 3〉 원림후원 시스템의 구조와 특징

영향 요인	구조	활동의 특징	후원활동의 결과물
원림후원자의 유형	황제	권위적이고 지시적	황가원림 발전
	문인관료	동참, 교유	민가원림의 경영
	예술가(산수화가)	동참, 교유	원림의 이론적 토대 제공
	전문조원가	종속적	원림건설의 기술적 토대 제공
	상인	일방적 또는 교호적	민가원림의 경영
원림후원의 목적	정치적 과시욕	정치적 위치를 도모	황제의 원림경영, 양주염상의 민가원림 경영
	재산가치의 소유욕	수집품으로 장식	강남지역 원림
	순수 예술지원	예술활동의 산실	詩會, 雅會의 결성, 그림과 골동품 감상
원림후원의 관계	피후원자와의 관계	종속관계	경제적 후원과 원림을 경영에 의한 문화의 발생
	후원활동의 배경처	원림공간 제공	원림을 통한 문화활동 발생
	피후원자의 신분	예술가, 전문조원가	그림제작, 출판후원, 원림조성
원림후원의 배경	산수자연관	은일사상 표출	城市에서 자연경관을 도입
	詩社와 雅集의 결성	문학서클로 확대재생산	원림의 詩會, 雅會의 모임장소화
	문인화 관념	문인화의 극성기	원림의 意境化

　　한편 이러한 후원활동을 물질의 소통관계로 이해하고 기업가와 예술찬
조에 있어서 상호작용에 의해서 다양한 가치가 만들어진다는 이소혜李小
慧(2002)의 연구[87]를 원림에 적용하여 보면 <그림 6>과 같이 그려진다.
여기서 원림후원은 물질의 제공이라는 공급자와 물질의 후원에 의해 생
성된 문화적 가치의 생산자간의 상호관계로 이들을 규정할 수 있으며, 이
들 사이의 관계는 항상 正의 과정만이 존재하는 것이 아니라 反의 과정

---

87) 李小慧(2002), 藝術贊助与企業多元價値創造, 中共福建省委黨校學報 제11기

도 동시에 존재할 수 있다는 생태학적인 피드백 관계가 있다. 즉 후원을 받은 피후원자 또는 원림의 주자主者는 그들이 생성한 문화적 가치를 후원자에게 제공함으로 인해 역으로 후원자에게 긍정적 효과 내지는 물질의 생산가치가 발생할 수 있다는 점을 시사한다. 즉 상호교통 모델로 볼 수 있다. 원림의 후원관계에 있어서는 원림을 직접 건설하는데 관여하는 주인(計成이 언급한)에게 물질적 기여를 제공할 뿐만 아니라 원림의 이용자(원림에 초청된 문인 및 예술가들)들이 반대로 원림의 형성에 직·간접적으로 참여하게 된다는 점이 특징적인 관점으로 된다.88) 특히 이들이 재생산한 시詩,89) 서書, 화畫,90) 연극 등은 당대의 문화를 주도하는 역할을 했다는 점에서 그 가치를 평가해야 할 것이다.

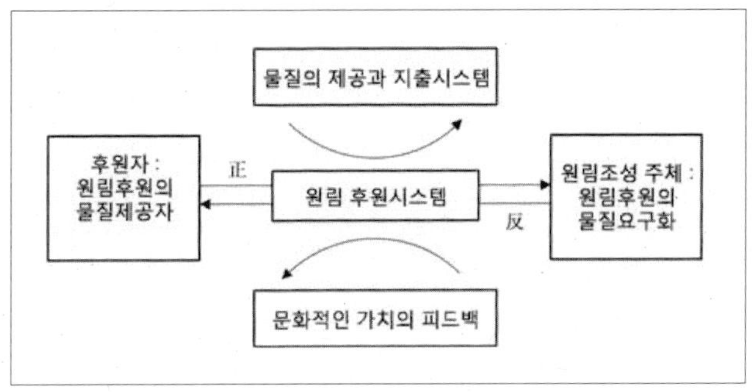

자료: 李小慧, 2002 : 45. 예술찬조와 기업과의 관계를 원림 방면의 후원시스템으로 필자가 재구성하였음

〈그림 6〉 원림후원시스템의 모식도

---

88) 劉風云(2001), 清代文人官僚与城市私家園林的興衰, 明清歷史 總93기期, 古宮博物院院刊

89) 楊澤君·陸鵬亮(2001), 叢"雅集"到"市集"-松江園林与明淸社會經濟的變遷, 中國社會經濟史研究 第1期

90) 肖友民·黃兵橋(2001), 論中國山水畵与古典園林的關係, 湖南環境生物與業技術學院學報 第7券 第4號, pp.4～9

제3장

명말청초 원림문화 후원시스템의 유형

1. 황제와 원림문화 후원

　명청대의 고궁건축은 중국고전건축의 전통을 승계하여 발전시킨 것으로 볼 수 있다. 특히 명나라는 남경에서 건국하였지만 영락제에 와서 북쪽의 변방수비라는 목적을 근거로 하여 북경으로 천도하는 것에 성공하였다. 북경은 원래 원나라의 수도였던 곳으로 이를 바탕으로 하여 황제의 거처공간으로 발전시켜 나갔다. 원림 또한 이러한 고궁건축의 목적에 부합될 수 있도록 황제의 별장 또는 휴식을 목적으로 배치하였다. 명나라 시대에 자금성 서쪽에 서원西苑을 세웠으며 이 역시 금원시대의 이궁으로 사용하였던 옛터에 만든 원림이다. 강남원림의 발전에 영향을 미친 황제로는 명대보다는 청대에 들어서 일 것이다. 그것은 명 후기에는 환관의 난 등 여러 가지 내치의 혼란으로 황가원림의 축조 등에 여력이 못 미쳤을 것으로 여겨진다. 그러나 청대에 와서는 18세기를 기점으로 하여 원림건축을 더욱 발전시켜 오늘날 우리가 보게 되는 규모로 확대시켰다. 즉 북경 서북쪽 교외지역에 아름다운 원명원圓明園, 장춘원長春園, 만춘원萬春園, 정명원靜明園, 정의원靜宜園, 청의원淸漪園 등을 세웠다. 그리고 북경 이외 지역인 승덕(承德)에 대규모 피서산장을 건립하여 명실공히 중국 황실원림의 전성기를 이룰 수 있었다. 그러나 이러한 황실원림의 처리수법과 의경의 표현방식은 강남의 명승과 민가원림에서 많은 영향을 받거나 직접 그것을 모방하였다(劉敦楨, 2000). 따라서 강남지역의 원림 특성을 이해하면 중국 황가원림의 특징을 파악하는 것이 보다 용이할 수 있다. 이러한 점에서 볼 때 황제원림이 민가원림 특히 강남의 민가원림에 영향력을 미치는 점보다는 오히려 강남원림의 영향력이 황가원림에 작용하였음을 파악할 수 있다. 그러나 황제의 권력구조상 문화의 발전에 우선적으로 작용함을 고려할 때 이러한 관계는 다른 맥락에서 파악해 볼 필요가 있다. 즉 황제의 순행, 특히 강희제와 건륭제의 6차에 걸친 남순南巡 활동에 주목할 필요가 있다.

(1) 청나라 강희제와 원림문화 후원

강희제(康熙帝, 1662~1721)는 이름이 현엽玄燁, 묘호는 성조聖祖이며 연호는 강희이다. 재위기간 중에 민정을 헤아리고 하천방재를 위해 직접 시찰을 하는 등 활발한 정치활동을 하였다.[91] 특히 강남지역의 반청 감정을 가진 민중을 위무하기 위해 강희 23년(1684년)부터 강희 46년(1707년)까지 모두 6차례의 남순을 거행하였다. 황제 일행이 북경을 출발하여 때로는 차마車馬로 때로는 배를 이용하여 절강성 소흥紹興까지 순행巡行을 하였다. 여기에는 지방의 수많은 관원들을 포함하여 지방민들이 모두 동원되었는데 이러한 점은 지역의 정치와 경제 및 문화를 활발하게 하는 역할도 하였다. 강희 28년(1689년) 제2차 남순에서는 조전임曹筌任에게「남순도南巡圖」제작 감독을 맡겼는데 모두 12권의 남순도를 만들게 되었다. 이 작업에는 왕휘王翬 등이 참여하여 그렸다. 주요 경로를 살펴보면 영정문지남원(永定門至南苑, 1권), 평원지제남(平原至濟南, 2권), 제남지태안(濟南至泰安, 3권), 산동지강소(山東至江蘇, 4권), (5권, 유실), 상주(常州, 6권), 무석지소주(无錫至蘇州, 7권), 소주지항주(蘇州至杭州, 8권), 전당지소흥(錢塘至紹興, 9권), 구용지남경(句容至南京, 10권), 남경지금산(南京至金山, 11권), 영정문지태화전(永定門至太和殿, 12권)으로 되어 있다. 다음 <그림 7>은 강희제의 2차 남순을 그린 작품으로 소흥 가교진 柯橋鎭[92]을 묘사하고 있다. 그림에서 교량 근처에 희대戲台를 설치한 모습을 묘사하고 있으며, 희대 맞은편에는 사묘祀廟가 있고 희대 주변에는 관중이 에워싸고 있는 모습을 보여준다. 당시 강남지역에는 강희제의 남순에 때맞추어 많은 원림이 조성되었음을 남순도를 통하여 당시의 정황을 파악할 수 있다.

---

91) 네이버 백과사전, 2008
92) 절강 소흥 서쪽 40리 운하 濱에 위치하며 蕭山县과 길이 통한다.

자료 : http://chinaneast.xinhuanet.com/2006-06/09/content_7030321_1.htm

〈그림 7〉 강희남순도(부분)

(2) 청나라 건륭제와 원림문화 후원

건륭제(乾隆帝, 1735~1795)는 이름을 홍력弘曆, 묘호는 고종高宗이며 옹정제雍正帝의 넷째 아들로 청 6대 황제이다. 조부 강희제 때부터의 재정적 축적을 토대로 안정되고 문화적으로도 난숙한 '강희·건륭 시대'라는 청나라 최성기를 이룩하였다. 초기에는 민중을 계도하고, 만인滿人·한인漢人 간의 반목을 막는 등 내치에 전념하였으며, 만년에는 중가르 등의 대외 원정 등으로 국력을 쇠진케 하였다. 또 조부 강희제를 본떠 남순

南巡 등 내지 순회도 하였다.93) 이두李斗의 「양주화방록揚州畵舫錄」에 강남의 문인관료들이 말하기를 "항주는 호산湖山의 명승지이고, 소주는 시사市肆94) 의 명승지라면 양주는 원정園亭의 명승지라" 할 정도로 이 당시 양주에는 수십 곳의 원림이 조성되었다. 양주는 청대 중기 특히 건륭년간 정원이 흥성 하였는데 이는 건륭제가 이곳을 여섯 차례나 방문하는 과정에서 양주의 염상들이 황제의 환심을 얻기 위해 정원 건축이 성행하였다는 점을 그 이유로 들 수 있다95).

원목袁牧이 「양주화방록揚州畵舫錄」 서문에서 "신미년 천자가 남순을 하여 관리들이 장사아치들로 인해 그 뜻을 세웠으니 공사를 부과하고 노동을 모아 공사를 하였다. 그 영광이 증대되고 경관 또한 장식되었으니 그 사치가 널리 퍼졌다(自辛未歲天子南巡 官吏因商民子來之意 賦工屬役 增榮飾觀 爹以張之)"라고 쓴 것이 바로 이 점을 말해준다.

즉 건륭제가 양주를 방문하기 전후하여 수서호를 중심으로 염상들에 의해 수많은 정원이 조성되어졌으나 그 이후에는 다시 쇠퇴하여졌다는 점에서 정치적인 현상에 의해 원림의 흥쇠가 영향받았음을 말해준다. 이러한 관계는 나아가서 강남지역의 원림발달에 영향을 미친 정치적인 선순환 관계로 이해할 수 있다. 정치적인 선순환 관계란 황제로부터 정치적인 활동의 결과로 사대부 및 일반 대중에게 문화적인 현상을 나타나게 하였으며, 그 결과로 다시 사대부의 원림문화로부터 황실원림으로 문화현상이 전이되는 것을 의미한다. 반면 정치적인 선순환 관계가 끝났을 때에

---

93) 네이버 백과사전, 2008

94) 시가지와 가게

95) 張家驥(2004), 中國造園藝術史, 山西人民出版社

는 이러한 발전도 쇠락의 길로 걸었음을 알 수 있다. 이런 점에서 볼 때 황제의 역할 또한 원림발전에 대한 후원자로서 중요한 역할을 담당했다고 하겠다.

<표 4>는 건륭제의 6차에 걸친 남순의 연대와 주요 행적을 정리한 것이다. 이 표에서 보면 강남의 주요 원림에 대하여 이름을 하사하는 등의 행적은 지역의 염상, 관리들에게 원림 조성의 욕구를 만족시켜주는 행위로 이해할 수 있다.

〈표 4〉 건륭제의 남순과 주요 활동

연호	연대	차수	주요 활동
건륭 16년	1751년	1차	서호(西湖)행궁 중건, 절강 소유천원(小有天園) 이름하사
건륭 22년	1757년	2차	천평산(天平山)에 머뭄, 고의원(高義園) 이름하사
건륭 27년	1762년	3차	절강 안란원(安瀾園)에 가서 이름하사
건륭 30년	1765년	4차	절강 안란원에서 머뭄.
건륭 45년	1780년	5차	소주 서씨 동원(東園)내 서운봉(瑞云峰)을 직조부 행궁으로 옮김.
건륭 49년	1784년	6차	미상

자료: 張家驥, 2004: 374, http://www.ddyuanlin.com/html/article/2006-12/17/506.html, 필자 재작성

2. 文人과 원림문화 후원

앞에서 살펴본 것처럼 문인들은 원림에서 다양한 문화활동을 하는 것으로 알려졌다. 이 중에서도 특히 아집雅集은 원림과 밀접한 관계를 갖고 있는 문인 특유의 문화예술활동이라 할 수 있다. 원래 아집이란 풍아風雅

스러운 집회를 말하며 대개 상경賞景, 품명品茗, 음주, 부사賦詞, 작화作畵, 은곡听曲 등의 형식으로 활동을 전개한다. 이러한 활동은 문인사대부들의 고상하고 취미 높은 사교활동으로 문학예술활동과 함께 이루어진다. 또한 주로 원림의 아름다운 환경에서 함께 이루어짐으로서 일종의 문화현상으로 발전해 왔다. 즉 개인 원림은 그 조성과정에서 문인, 화가, 예술가들이 참여하여 만들어지는 것이 종종 있기 때문에 자연히 인문 정신이 농후하였으며 사람과 자연의 일체감 즉 천인합일 사상에 의해 모든 종교와 철학, 시가와 회화가 원림이라는 장소를 통하여 통일과 조화를 이룰 수 있었다. 그래서 문인이 원림에서 집회하는 것은 일종의 유행적인 우아한 활동이었으며 원림은 그 이상적인 문예 장소로 활용되었던 것이다.[96] 이러한 장소성이 잘 나타난 곳 중 하나로 송대에 조성된 소주의 창랑정(滄浪亭: 1044년 전후 건립, 1695년 중건)을 들 수 있다. 창랑정 아집은 900여 년의 역사를 가지고 있는 것으로 유명하며 원주와 함께 관원, 문인, 명사 등이 함께 어울렸던 모임이었다. 이곳은 원주 소순흠蘇舜欽의 정감과 '창랑탁영滄浪濯纓' 할려는 욕구가 함께 어우러져 은퇴한 명사 또는 고관들의 이상적인 은둔처로 여겨졌으며, 이러한 곳에서 하기 알맞은 활동으로 연집宴集,[97] 상영(觴咏,[98] 도곡度曲,[99] 관희觀戱[100] 등이 있으며 독특한 원림문화를 이루었다. 다음에 이러한 활동을 잘 보여주었던

---

96) 楊澤君과 陸鵬亮(2001), 叢"雅集"到"市集"−松江園林与明淸社會經濟的變遷, 中國社會經濟史研究 제1기

97) 연회에 모이는 것

98) 유상곡수에서 시를 짓고 음주를 즐기는 것

99) 곡에 맞추어 노래하는 것

100) 연극 구경하는 것

인물들에 대하여 살펴보자.

왕세정(王世貞, 1526~1590)은 자가 원미元美, 호는 봉주鳳州 또는 엄주산인弇州山人이다. 강소성 태창太倉 출생으로 1547년 진사가 되고 형부刑部의 관리가 되었으나, 강직한 성격 때문에 당시의 재상 엄숭嚴嵩의 뜻을 거역하였다. 엄숭이 구실을 만들어 고도어사古都御史인 그의 아버지를 사형시키자, 벼슬을 그만두고 아버지의 무고함을 주장하여 8년간이나 노력한 끝에 명예를 회복시켰다. 그 뒤 다시 지방관에 복귀하였고, 南京의 형부상서刑部尚書를 마지막으로 관직에서 물러났다. 젊을 때부터 문명이 높아 가정칠재자(嘉靖七才子: 後七子)의 한 사람으로 손꼽혔고, 학식은 그 중에서도 제1인자였다. 그는 「엄산당별집嚴山堂別集」 등 많은 역사 관계 논문을 남겼다. 문학·예술론은 「예원치언藝苑卮言」에 수록되어 있다. 「엄주산인속사부고弇州山人續四部稿」 권64에 <유금릉제원기游金陵諸園記, 1590>를 썼는데 금릉金陵(지금의 남경)은 육조시대의 고도로써 당시의 원림이 거의 사라졌다. 그래서 명대 개국공신 서달徐達이 만력万歷 이전의 원림들을 고쳤으며, 다행이 왕세정이 유기를 묘사하여 그 규모와 경물에 대한 개략을 얻을 수 있었다. 글 중에 동원東園, 서원西園, 위공남원魏公南園, 위공서포魏公西圃, 사금의동원四錦衣東園, 만죽원万竹園, 삼금의가원三錦衣家園, 금반리원金盤李園, 서구댁원徐九宅園, 막수호원莫愁湖園(서달의 후손 소유), 동춘원同春園 등에 대하여 원림의 개략적인 특징에 대하여 묘사하고 있다.[101] 그의 글은 송대 李格非의 「낙양명원기洛陽名園記」를 염두에 두고 쓴 글로써 당시 금릉의 원림의 화려함을 잘 전해주고 있으며 많은 조원가, 문인화가들에 의해 읽혀진

---

101) 김영빈 역(1987), 岡大路 저, 중국정원론, 중문출판사(대구), pp.96~110

글이다.

문진형(文震亨, 1585~1645)은 자는 계미啓美이며, 강소(長洲) 소주인이다. 그는 명대 서화가 문징명의 증손으로 명 희종 천계6年에 공생貢生이 되었으며, 중서사인中書舍人에 임명되었다. 저서로 「장물지長物志」가 있다. 평상시에 원림을 노닐며(游園), 원림을 노래하며(咏園), 원림을 그리며(畵園), 자기 스스로 집에 원림을 조성하기도 하였다. 「장물지」에서 직접 원예와 관계되는 것으로 실려室廬(건축물과 오두막), 화목花木, 수석水石, 금어禽魚, 소과蔬果 등의 항목을 두고 있으며, 기타 서화書畵, 궤탑几榻(책걸상), 기구器具, 의식衣飾, 주차舟車, 위치位置, 향명香茗(고급차) 등과 같이 원림에 간접적인 관계를 갖는 항목도 두고 있다.[102]

계성(計成, 1582~1642?)은 명 신종 만력 10년(1582) 송릉(松陵, 현재 강소성 양주시 吳江縣)에서 태어났으며 사망 연대는 정확하게 알려져 있지 않다. 자는 무부無否, 호는 부도인否道人이다. 소년시대에 산수화를 잘 그려서 이름을 얻었다. 그는 형호荊浩, 관동關同의 필(筆意를 따랐으며, 사실화파에 속하였다. 따라서 풍경명승을 유람하는 것을 즐겼다. 청년시절에는 북경을 거쳐 호광湖廣 등지를 다녔다. 중년이 되어서는 강남으로 내려와서 조원활동에 종사하였다. 명 천계天啓 3~4년(1623~1624)에 계성은 상주常州 오현吳玄에게 초빙되어 약 5무(畝: 6.667a)의 원림을 조성하였다. 이 원림으로 명성을 높일 수 있었다. 대표작품은 명 숭정崇禎 5년(1632년)에 의징현儀徵縣에 왕사형汪士衡을 위해 오원寤園을 수건한 것과, 남경의 완대성阮大鋮을 위해 석소원石巢園을 수건한 것과 양주의 정원훈鄭元勛을 위해 영원影園을 개건한 것(1634~1635) 등이 있다. 그

는 풍부한 실무경험을 바탕으로 하여 1634년 이론서인 「원야園冶」를 완성하였다. 그는 가산假山을 쌓는 작업에 직접 참관하면서 돌더미를 쌓아서 진산眞山 형태를 만들 것을 주장하였다. 특히 가산의 조성은 기악합주의 음악과도 같다면서 진짜 산수의 특징을 심도있게 연구해야 하고 아울러 돌의 결에 따라 첩산을 해야 한다고 주장하였다.[103] 「장물지」가 원림의 완상에 중점을 두었다면, 「원야」는 원림의 기술적인 문제에 더 비중을 두었다. 또한 「원야」는 강남의 조원을 실천하는데 지침이 되었는데 그것은 강남에는 화훼가 많고, 수원도 풍부하므로 계성이 이것을 잘 감안하였기 때문이다. 반면 「장물지」는 북방 조원을 만드는데 지침이 되는 것으로 그 까닭은 북방에는 초목이 희귀하며 수원도 부족하기 때문에 문진형이 이러한 점을 중시하였기 때문이다.[104]

이어(李漁, 1611~1680)는 자는 입옹笠翁이며 호는 각세패관覺世稗官, 호상입옹湖上笠翁이며, 절강성 난계蘭谿 출생으로 명말청초의 걸출한 희극이론가로 유명하다. 또한 그는 청대의 재자才子의 으뜸이었는 바, 문학, 미술, 건축, 미식, 복식 등 다방면에 걸쳐서 이름을 떨쳤다. 젊어서는 각지를 여행하였으나 만년에는 항주의 서호西湖변에 정주하였다. 희곡은 16종이 있지만 「입옹십종곡笠翁十種曲」이 대표작이다. 시문잡저詩文雜著를 편집한 「일가언집一家言集」 중의 '한정우기閑情偶寄'는 희곡이론을 포함, 곤곡崑曲 발전에 큰 영향을 미쳤다.[105] 이어는 자신을 음악과 원림 만드는데 탁월한 기예를 지녔다고 평하였다. 원림에 있어서 첩산疊

---

103) 計成 저, 김성우와 안대희 역(1993), 園冶, 예경(서울)
104) 김영빈 역(1987), 전게서, pp.64~65
105) 김영빈 역(1987), 상게서, p.65

山기법을 잘 사용한 것으로 유명하다. 특히 돌 대신 흙을 사용하여 가산을 만드는 기법에 뛰어났다. '거실부'에서 이러한 기법을 사용하면 물자를 절약하고 인공미도 없애며 화목을 심기도 수월하니 자연의 산과 혼연일체가 되는 경지를 얻게 된다고 하였다. 그가 조성한 원림으로는 고향에 만들었던 이원(伊園 또는 伊山別業), 강령江寧으로 이주한 뒤에 운거산雲居山 동쪽 기슭에 조성하였던 층원層園등이 알려져 있으나 현재 모습은 남아 있지 않다.

3. 畵家와 원림문화 후원

중국고전원림은 일찍부터 자연산수 속의 원園 또는 유囿에서 후기의 성시산림城市山林으로 발전하여 황가원림, 민가원림 및 사관원림寺觀園林 등 3 대 원림형식으로 발전하여 왔다. 이 과정에서 문인, 화가 등의 원림 조영에 참가하는 방식은 민가원림의 발전을 촉진시켜 문인사의원文人寫意園이라는 형식을 낳게 되었으며, 이것은 다시 황가원림과 사관원림의 형성에 영향을 미치게 된다. 이러한 문인사의원의 흥망성쇠는 중국고전원림의 발달과 성숙이라는 측면에서 볼 때 하나의 중요한 지표가 된다.106) 이러한 문인사의원은 '시서화동류詩書畵同類' 또는 그림을 '무성시無聲詩',107) 시를 '유형화無形畵'로 파악하는 문인 특유의 예술관, 가

---

106) 趙思毅·張贇(2006), 中國文人畵与文人寫意園林, 中國電力出版社, pp.1~2

107) 무성시(无声诗)는 "유형시(有形诗)"라고도 칭한다. 회화에 대한 별칭으로 원래 화의와 시정이 서로 통하기 때문에 이러한 명칭이 되었다. 유래는 북송 송적(宋迪)의 「소상팔경도(瀟湘八景图)」에 대하

치관에 의해 독특한 예술형태를 만들어 온 것이다. 이렇듯 그림과 시가 하나의 동류 예술형식으로 다루어지듯 원림 또한 '시서화 일치'의 틀 속에서 이해했던 문인산수화가, 산수화가들에게 있어서 원림은 더 이상 낯선 대상이 아니었던 것이다. 특히 남종화 또는 문인화가들에게 있어서 이러한 점은 더욱 중요하였다. 이러한 경향을 보였던 문인화가 또는 화가들을 살펴보면 다음과 같다.

문징명(文徵明, 1470~1559)은 문인이면서 전문화가로서도 활약을 하였다. 장주長州(현재 江蘇省 蘇州) 출생이며, 어릴 때 이름은 벽壁이고 후에는 자인 징명으로 불렸다. 또 다른 자는 정중征仲이며 호는 형산거사衡山居士이다. 심주와 동향으로 그에게서 그림을 배웠다. 그는 당백호, 심주, 구영과 함께 '명사가'로 불리웠으며, 또 당백호, 축지산祝枝山, 서정경과 함께 '오중사재자(吳中四才子 또는 강남사대재자)로 불리우기도 하였으며 시, 문장, 그림 및 글씨로 유명하여 '사절四絶'의 천재로 불리기도 하였다. 관리의 가문에서 출생하여 과거에 여러 차례 응시하였으나 합격하지 못하다가 50여 세에 추천에 의해 북경에서 편수사서로 3년 정도 일한 이외에는 일생동안 시문과 서화의 창작에 주력하였고 명사로서의 생활을 영위하였다. 오파의 일원이었던 문징명은 세밀한 작품을 많이 그렸고 조맹부를 배우고 왕몽을 참고하여 번잡하고 조밀한 가운데 우아함을 보여주었다. 특히 그의 산수화를 '청록산수화'로 칭하는데 이것은

여 사람들이 무성시라고 하고, 시승 혜홍(惠洪)이 「소상팔경도(潇湘八景图)」에 대하여 각각의 부(賦)를 부치고 이것을 자칭하여 "유성화(有声画)"라고 한데서 비롯된다. 또 황정견(黃庭坚)이「차운자첨우유제게적도(次韵子瞻于由题憩寂图)」에 대하여 "이후(李侯)가 하나의 구를 얻었는데 말하려 하지 않는다. (그는) 발묵(李侯)으로 그려서 무성시(无声诗)를 만들었다"라고 하던지 张舜民이 「발백지시화(跋百之诗画)」에서 "시는 무형화(无形画)요 그림은 유형시(有形诗)"라고 말한 것 등에서 사용 예를 볼 수 있다.

산수화를 그림에 있어서 청록색을 주조색으로 하여 묘사하였기 때문에 그런 칭호가 붙은 것이다. 오파의 일원이었던 문징명은 세밀한 작품을 많이 그렸고 조맹부를 배우고 왕몽을 참고하여 번잡하고 조밀한 가운데 우아함을 보여주었다. 그의 세필작품으로는 <강남춘도江南春圖>, <진상재도眞賞齋圖> 등이 있다. 전자는 예찬의 시문 <강남춘江南春>의 사의詞意를 그린 것으로 가늘고 섬세한 필치로 수향 강남의 평원한 경치를 묘사하였고 아름다운 봄경치와 담담하고 우아한 분위기 속에 우수에 젖은 정회를 토로하였다.108)

동기창(董其昌, 1555~1636)은 자는 현재玄宰, 호는 사백思白이고 송강 화정인으로 관직은 남경 예부상서禮部尙書에 이르렀다. 서화의 감정에 정통하고 서법에 뛰어났으며 산수화의 폐습을 극복하기 위해 산수화에 서법을 사용하여 필묵의 연결과 변화로 이루는 표현력을 추구하였다. 화론으로 회화사에 큰 영향을 미쳤다. 그는 문인화의 역사적 발전을 계통적으로 총괄하는 과정 중에 불교의 선종이 남북종으로 나뉘어지는 것에 비유하여 회화의 '남북종론'을 내세웠다. 즉 왕유는 '남종'이고 이사훈 부자는 '북종'이다. 따라서 '남종' 산수화의 미학적 가치가 '북종' 산수화보다 높다고 하는 '남북종론' 이론을 주창하였으며, 이후 청초의 화론에 많은 영향을 미쳤다.109) 또한 그의 생각은 문인화 중심의 산수화를 강조하게 되었으며, 자연 원림에도 이러한 영향력을 깊게 미쳤다. 회화에서 솔직담백하고 꾸밈이 없음을 추구하고 기술과 솜씨를 가볍게 여기며 사기士氣를 숭상하였고 화공畵工을 배척하고 필묵을 중시하였으며 격식을 경

---

108) 박은화 옮김(1998), 간추린 중국미술의 역사, 시공사, pp.251~253
109) 강관식 역(1994), 溫肇桐 저, 중국회화비평사, 미진사, pp.210~214

시하고 변화를 존중하며 세밀한 묘사와 형상화를 거부하였다. 그가 제시한 회화사의 발전은 역사적인 사실에 완전히 부합하는 것은 아니었지만 그가 제창한 미학관념은 심원한 영향을 미쳤다.

미만종(米萬鐘, ?~1629)은 자는 중조仲詔, 호는 우석友石 또는 석은石隱으로 북경 출신이다. 1595년 진사에 합격한 후, 여러 관직을 역임하고 강서안찰사가 되었다. 젊은 시절부터 문장과 서예로 이름이 알려졌는데 글씨는 미불米芾의 서법을 따랐고 행초에서 진가를 발휘하였다. 그리하여 동기창董其昌과 함께 '남동북미南董北米'의 칭호를 들었다. 그림은 산수화훼에 뛰어났다. 연경 즉 북경에 작원勺園을 조영하였다. 작원은 황폐화되었던 곳을 미만종이 새롭게 고쳐 원림으로 삼았던 곳으로 "해정일작海淀一勺"110)에서 그 뜻을 가져와 원림 이름으로 삼았다. 이곳은 명말까지 북경 서쪽 교외지역의 소교유아小巧幽雅111)한 원림으로 유명하였으나 청초에 들어서 이곳을 홍아원弘雅園으로 중건하였다. 건륭 이후에는 집현원集賢院으로 개칭되면서 관원들이 부임하여 원명원으로 입조하기 전에 잠시 들러서 휴식을 취하는 곳으로 변하였다. 현재 이곳은 북경대학 내에 위치하며 영빈관으로서 이용되고 있다. <그림 8>은 작원을 그린 그림으로 물공간을 끼고 있는 원림의 모습과 곡교의 모습, 청당 앞에 있는 큰 소나무, 버드나무 등을 확인할 수 있다.112)

---

110) 해안에 홀로 핀 작약이라는 의미.

111) 작고 정교하면서도 깊고 우아한 뜻.

112) http://baike.baidu.com/view/212895.htm

자료: http://baike.baidu.com/view/481353.htm

〈그림 8〉 미만종의 작원

〈그림 9〉 오늘날 북경대학에 남아 있는 작원의 흔적

　　주약겁(朱若极, 1642~약 1718)은 자가 석도石濤로 청초 화가이다. 그는 승려로서 법명이 원제原濟였으며 호는 고과화상苦瓜和尙, 대척자大滌子, 청상진인淸湘陳人 등으로 불리었다. 광서廣西 전주인全州人으로 산수를 그리는데 뛰어났으며 더욱이 자연경물을 살피는데 으뜸이었다. 그는 '필묵은 수나라 시대를 따라야하며 산수를 그리는자는 반드시 산천을 탈태脫胎하고 천하를 주유하며 기봉奇峰을 찾아가서 그것을 초고로 그려야 한다. 또한 하나의 법에 얽매이지 말고 자아를 먼저 세워서 그려야 한다'라고 주장하였다. 석도는 그림을 그릴 때 먼저 독창성을 추구해야하며 구도는 변화가 뛰어나야 하며, 필묵은 호방해야하며 의경은 창망蒼茫하고 참신해야한다고 주장하였는데 이러한 생각은 당시의 고풍을 모방해야 한다는 생각에 대하여 반대하는 의견이었으며 현대중국화에 심대한 영향을 미쳤던 화가였다. 그는 또한 원림첩석에 뛰어났으며 양주 만석원萬石園을 조성할 때에는 태호석을 수만 개나 사용하여 이름을 '만석원'이라 하였다. 또 양주 편석산방片石山房을 만들 때에는 원림 중에 월향루樾香樓, 임의臨漪, 원송각援松閣, 매방梅舫 등의 경승을 만들었으며, 그 중에서도 가산은 태호석을 삼면으로 둘러싸고 그 최고봉은 홀로 우뚝하여 빼어난 경치를 이루었다. 이러한 기법은 석도첩산 기법으로 '인간고본人間孤本'[113] 이라는 의미를 가지고 있다.[114]

---

113) 사람들 중에 홀로 존재한다.

114) 毛培琳・朱志紅(2004), 中國園林假山, 중국건축공업출판사, pp.12~14

4. 원림예술가와 원림문화 후원

전문적인 조원가라 함은 오늘날의 공인, 장인, 기능공, 기술자 등으로 볼 수 있다. 그러나 실제로 단순한 기능공 수준에 머무는 역할이라기보다는 좀 더 전문적인 장인, 전문가로 보아야 할 것이다. 반면 계성은 원야에서 장인을 '조각이나 교묘하게 잘하고 틀이나 잘 짜올리는' 단순히 기술을 가진 사람으로 보고 있다.[115] 그러나 이러한 인물들은 중국 문헌에서 찾기는 어려운 형편이다. 오늘날도 그렇지만 단순한 기능공에 대한 기록이 전무하기 때문이다. 그러므로 본 연구에서 단순한 기능공 수준의 전문가를 구분해 내기는 어렵다. 또한 이 분야에 전문가로 알려진 장인들은 육첩산, 장연가족, 과유량 등을 들 수 있는데 실제로 이들은 단순한 기능공이기 보다는 좀 더 전문적인 식견과 능력을 가진 장인으로 보아야 하기 때문이다. 아래에서 살펴보듯이 이들은 대개 화가로서의 자질을 가진 전문적인 장인이었기 때문이다. 그렇기 때문에 여기에서는 이들을 단순히 전문적인 조원가로 분류하기보다는 조영주관자이면서 동시에 장인으로 분류하여 살펴보는 것이 타당하다 여겨진다.

육첩산(陸疊山, ?)은 명나라 초기에 원림을 전문적으로 만드는 전문가로서 그 시초가 되었던 인물이다. 그는 항주인杭州人으로 그의 이름은 전하지 않는데 가산을 쌓는 일(疊山)을 전문으로 하였다. 산과 골짜기를 잘 만들었으므로 육첩산이라 불렀다. 흙을 쌓아서 산봉우리를 만들고 동굴을 만드는데 탁월한 솜씨를 가졌다. 당시 유명한 시인이 시로 표현하기

---

115) 金聖雨와 安大會 역(1993), 전게서

를 "아홉길 높이 산을 쌓는데 한 줌의 흙을 보태어 이를 완성하여 명성을 얻다(九仞功成指顧間)"라 하였다. 그의 작품으로 전하는 것에 항주 황룡동黃龍洞이 있다. 황룡동은 본래 자연산 형태의 바위동굴이었는데 그 바깥에 인공적인 장식을 가하여 진짜처럼 보이게 만들었다고(做假成眞) 한다.116)

　장연(張璉, 1587~?)은 명말청초의 조원가로서 송강松江 화정華亭 사람이나 후에 가흥嘉興으로 이사하였으므로 가흥인이라고도 한다. 자는 남원南垣이다. 인물화를 잘 그렸으며 아울러 산수화에도 뛰어났는데, 산수 화의畫意로써 가산假山을 쌓고 정원을 조영하여 명성을 날렸다. 그는 50여 년간 강남·북에서 활동하였으며 그가 조영한 정원은 매우 많다. 그 중에서 대표적인 정원으로는 송강松江 이봉신李逢申의 횡운산장橫雲山莊, 가흥嘉興의 오창시吳昌時를 위한 죽정호서竹亭湖墅와 주무시朱茂時의 학주초당鶴洲草堂, 태창太倉의 왕시민王時敏을 위한 낙교원樂郊園, 남원南園과 서전西田, 오위업吳偉業의 매촌梅村, 전증천錢增天의 조원藻園, 상숙常熟의 전겸익錢謙益을 위한 불수산장拂水山莊, 오현吳縣의 석본정席本楨의 동원東園, 가정嘉定의 조홍범趙洪范의 남원南園, 금단金壇의 우대복虞大復의 예원豫園 등이 있다. 장연은 철산掇山의 풍격을 바꾸어 놓았다는 점에서 중국 조원 철산 예술에 공헌하였으며 후세에 커다란 영향을 주었다. 그에게는 네 아들이 있었는데 모두 자신의 일을 이어 정원의 조영에 종사하였다. 그 중에서도 둘째 아들 장연(호는 도암)과 셋째 아들 장용(호는 숙상)이 유명하였다.117)

---

116) 모배림과 주지홍, 전게서, p.14
117) 모배림과 주지홍, 전게서, p.12

장연(張然, 1587~?)은 장연張璉의 둘째 아들로서 호는 도암陶庵이다. 28년간 북경의 궁중에서 일을 하였는데, 창춘원暢春苑, 옥천산玉泉山 정명원靜明園, 왕희王熙 이원怡園, 풍박만류당馮薄萬柳堂 등이 그가 조영한 것들이다. 그의 자손으로 장숙張淑、장원위張元瑋가 있는데 이들도 계속하여 궁중에서 일을 하여 '산자장山子張'이라고 불리며 100여 년간 이들의 계승은 계속되었다. 그는 조원 철산 이외에 분재도 잘하여 이름이 널리 알려졌다. 이들 가족들은 모두 원림의 유파를 이루었으며 누구나 그들의 작품을 보면 알 수 있을 만큼 유명하였다.

과유량(戈裕良, 1764~1830)은 무진현武進縣(현재의 常州市)사람으로서 자는 입삼立三이다. 가정이 빈한하여 어린 시절부터 조원과 첩산 만드는 일에 종사하였다. 화가로 으뜸이었으며 석가산에 뛰어났는데 그를 '첩산철장疊山哲匠(첩산기술에 뛰어난 장인)이라고 호칭하고 있다. 크고 작은 돌을 굽이지게 이어 환교還橋를 만들었는데 매우 견고하였다. 의징儀徵의 박원朴園, 여고如皐의 문원文園, 강녕江寧의 오송원五松園, 호구虎丘의 일사원一榭園, 손고孫古 운서청雲胥廳 앞의 석산, 상숙常熟 북문 안의 장씨蔣氏 연곡원燕谷園 등이 모두 그의 손을 거쳐 이루어졌다.

5. 상인과 원림문화 후원

원림조성에 관여한 상인은 주로 양주지역의 염상을 중심으로 한다는 점은 앞에서 밝힌 바 있다. 양주는 양자강 건너 북안에 있는 도시로 옛날부터 강남을 양주로 칭하기도 하였다. 즉 강소, 안휘, 강서, 절강, 복건성 일대를 양주라고 할 정도로 교통과 상업이 발달한 곳이다. 양주의 경제적 발전, 특히 18세기 양주는 거대한 염상들의 재부와 뛰어난 예술감각 때문에 부상대가富商大賈의 도시, 시인묵객의 도시, 풍류와 진괴珍怪의 도시가 되었다. 특히 휘주 출신의 염상들을 유상儒商이라고 칭하기도 하는데 그것은 이들이 단순히 부를 축적하는데 몰두하는 상인이 아니라 원래 신분은 유학을 익혔던 신사계층들로서 가정이 빈한하여 과거에 나아갈 수 없었거나 생업을 이을 수 없어 상업에 뛰어들었지만 마음만은 여전히 문인계층을 지향하는 신분이라는 측면에서 유상이라고 칭했다. 대표적인 유상으로는 휘주 상인을 들 수 있으며 이들 대부분은 염상으로 활약하였으므로 휘주염상을 유상의 대표라고 해도 과언이 아니었다.[118] 염상의 등장은 그들이 소금판매를 독점하게 된 명 중기 이후부터이며, 이때에 염상들이 양주로 이주해 오기 시작하였다. 청 건륭연간(1735~1795)에는 그 절정에 이르렀는데 염상의 재력과 자유로운 분위기는 양주를 문사와 예술가들의 활동무대로 만든 요인이 되었다. 또한 문학과 예술감각에도 탁월한 재능을 보인 일부 염상들은 그들의 별저와 정원을 시회詩會와 아집雅集의 장소 내지는 도서관으로 만들었으며, 서화, 골동, 고서를 수집하여 문인과 예술가들에게 감상하고 연구할 수 있는 기회를 제공하기도 하였다. 이들 중에서 유명한 염상들을 살펴보면 다음과 같다.

　　마왈관(馬曰琯, 1688~1755)은 자가 추옥秋玉, 호는 해곡嶰谷이라 한다. 안휘安徽 기문현 사람이다. 청대의 유명한 장서가, 염상이었으며 청대 양주 휘상徽商의 대표적인 인물이었다. 양주로 이주하면서 염업에 종

---

118) 朱正海 主編(2001), 鹽商与揚州, 江蘇古籍出版社

사하여 일가를 이루었다. 그는 이전에 공생貢生이었던 적이 있으며 전례에 따라서 주사主事가 되기도 하였다. 또한 그는 1736년 박학홍사博學鴻詞 특별고시에 참가하여 합격하기도 하였으나 부임은 고사하였다. 그는 당대 부호였으나 인물됨은 기개가 높았다. 또한 지방의 공공사업에 열성을 가졌으며 양주의 도로구거 건설, 대로와 누정의 건설 등에 많은 돈을 희사하였다. 그는 평생을 시와 장서를 모으는 것을 사랑하였으며 문인들과 교우를 갖는데 즐거움을 느끼며 살았다. 옹정연간에 양주에 소령롱산관小玲瓏山館을 건축하였으며 천하의 명사들과 교류하였다. 이들 저명한 학자 중에는 전조망全祖望, 나빙, 김농, 정섭, 진장陳章 등이 포함되었으며 이들이 언제든지 그의 집에 와서 기거하며 학문과 문학을 토론하고 서예와 예술활동을 하는데 부족함이 없도록 후원하였다. 그의 작품으로「사하일노집沙河逸老集」 10권과「해곡사嶰谷詞」 1권 등이 전한다. 소령롱산관에 대하여는 청대 이두李斗의「양주화방록揚州畵舫彔」에 기록되기를 이곳에는 간산루看山樓, 홍약계紅藥階, 투풍투월량명헌透風透月兩明軒, 칠봉초당七峰草堂, 청향각淸響閣, 등화서옥藤花書屋, 총서루叢書樓, 멱구랑覓句廊, 요약정澆藥井, 매료梅寮 등의 아름다운 곳이 있으며 수만권의 책을 보관하였다고 한다.[119)]

마왈로(馬日璐, ?)는 자를 패혜佩兮라 하며 호는 남재南齋 또는 반사半査이다. 안휘安徽 기문인祁門人으로 양주로 이주하였다. 생졸연도는 미상이나 대략 1729년 전후해서 살았던 인물이다. 형 마왈관과 함께 "양주이마"로 불리었다. 그는 사람을 널리 만나고 일에 몰두하여 깊이 연구하는 성향이었으며, 총서루목록叢書樓目彔을 편찬하였다. 한때 명사로 활

---

119) 周偉 主編(2003), 尋找徽商, 光明日報出版社

약하였으며 모든 사람이 흠모하는 바였다. 시는 청아하였으며 글씨는 단정하였다. 저서로 「남재집南齋集」이 있다. 「청사렬전淸史列傳」에 그의 이름이 전한다.[120)

강춘(江春, 1721~1789)은 자를 영장穎長, 号는 학정鶴亭이며 안휘 흡현歙縣 사람이다. 양주 남하에 살았으며 수월독서루(隨月讀書樓)를 건립했으며, 귀뚜라미를 길렀다. 그는 가장 전형적인 염상 중의 한 사람으로 강산康山, 강원江園(나중에 건륭제가 정향원淨香園이라는 이름을 하사), 심장深庄, 동원東園 등의 원림을 소유하는 등 청대 양주염상 중에서 가장 원림을 많이 보유했던 인물로 「양주화방록」에 소개되고 있다. 그는 건륭 30년(1765) 제 4차 남순 때에 홍교虹橋 동쪽의 강원江園을 수건하였으며 황제의 상찬을 받은 바 있다. 또한 건륭 45년(1780), 49년(1784)의 제 5차, 6차 남순 시기에는 황제가 직접 강춘의 강산康山 별업에 왔으며 완상한 뒤에 "평산당 밖에서 즐거움을 누렸는데 근처 작은 휴식처를 얻었도다(喜平山之外, 得近處小憩)"라고 만족해 하였으며 편액을 내리고 시를 지어 하사했다. 청대 「양주행궁명승전도揚州行宮名勝全圖」에 기록되기를 강춘이 세운 누랑정대樓廊亭臺는 모두 302칸에 달하였으며 그 다음이 황원덕黃元德, 홍충실洪充實 등의 염상이었다고 기록하고 있다. 이것을 보더라도 강춘이 건륭제 남순에 맞추어서 얼마나 많은 원림을 조영하였는지를 알 수 있다.[121)

---

120) http://baike.baidu.com/view/196292.htm
121) 朱正海 主編(2001), 鹽商与揚州, 江蘇古籍出版社, p.207

6. 원림후원자 유형분석

　문화후원자란 문화활동을 지원 또는 장려하는 사람을 지칭한다면 이러한 정의는 이태리 르네상스로부터 시작된다는 서구적 시각이 지배적이었다. 그러나 중국의 고전원림을 볼 경우 이러한 문화후원 양식은 명청대에 들어서도 서구와 마찬가지로 등장하기 시작했던 양식으로 파악된다. 따라서 이러한 문화후원의 양식이 고전원림에서 어떻게 발생했으며, 그 작동형식은 어떠한지를 파악하여 다음과 같이 정리할 수 있다.

　첫째, 명청대 강남지역에서 성행하게 된 원림 후원문화의 배경에는 여러 요인이 작용하고 있음을 알 수 있다. 정치적으로는 황제의 영향력에 의해 발생되는 경우가 있으며, 특히 청 강희제와 건륭제의 남순에 호응하여 황제의 환심을 얻고자 양주지역의 염상들에 의해 집중적으로 조영된 원림을 예로 들 수 있다. 또한 원림경영에 있어서 사상적, 이론적으로 영향을 미친 인물로는 문인관료, 문인화가, 문인들을 들 수 있다. 이들은 직접 원림을 경영하는 경우도 있으며, 원림의 원주로부터 초청을 받아 기숙하면서 시, 그림, 연극 등으로 재생산하는 특징을 보여주기도 하였다. 또한 원림과 관련된 문학작품(조설근의 홍루몽)을 통하여 원림이 다양한 문화현상이 발생할 수 있는 장소로 제공됨을 전달하기도 하였다.

　둘째, 원림 후원시스템의 형성에 중요한 역할을 하는 주체인을 살펴보면 계성의 「원야」에서 구분한 주자와 장인의 구분을 토대로 하여 크게 원주, 원림주 겸 조영주관자, 조영주관자, 조영주관자 겸 장인, 장인, 이용자 등의 그룹으로 구분해 볼 수 있다. 특히 조영주관자의 관점에서 볼 때 원림주와 장인의 역할을 겸하는 경우로 발전분화됨을 볼 수 있었으며, 이러한 구분을 통하여 관련 인물들의 역할을 구분해 볼 수 있다.

셋째, 고전원림 발전에는 산수화의 역할이 중요하게 작용하였음을 볼 수 있다. 산수화는 중국 고전예술의 중요한 개념인 '의재필선' 또는 '시서화 일치' 등을 탄생시킨 예술영역으로 고전원림 또한 시각적인 예술의 일종으로서 산수화 특히 문인산수화의 영향력을 지대하게 받았음을 알 수 있다. 특히 의경의 개념은 고전원림에서 중요한 역할을 하였으며, 이러한 원림은 또한 문인화가들에게 '시사결성', '아집' 등과 같은 문화공간의 제공이라는 점에서 상호작용함을 볼 수 있다.

넷째, 고전원림 후원시스템의 활동 영향요인을 원림후원자 유형, 후원의 목적, 후원의 관계, 후원의 배경 등으로 구분하여 살펴보고, 각각의 영향요인에 대하여 다시 구조, 활동의 특징 및 결과물로 그 양상을 살펴볼 때 좀 더 명확한 구조관계를 파악할 수 있다. 또한 이러한 구조를 물질의 교환이라는 관점에서 도해하여 '물질의 제공과 지출시스템'과 '문화적인 가치의 피드백 시스템'으로 파악할 수 있다.

다섯째, 강남지역에서 주로 발생하였던 원림 후원양식의 면면을 황제, 문인 겸 조원가, 화가 겸 조원가, 조영주관자 겸 장인 그리고 상인으로서의 후원자 등으로 구분하여 주요 인물들에 대해 조사하여 그들의 후원배경과 특징을 파악해 볼 때 보다 중요한 역할과 특징을 이해 할 수 있다.

이러한 연구의 결과는 중국의 고전원림의 발전 과정을 파악하는데 중요한 단서로써 '문화후원'이라는 개념이 적절하게 사용될 수 있음을 보여주는 것이라 하겠다.

제4장

명말청초의 원림예술가 文徵明, 計成과 李漁[122]

1. 원림예술가 개괄

(1) 연구의 배경

강남지역의 원림은 元나라 이후부터 집중적으로 발생되어 온 지역으로 중국 고전원림 중에서도 사가원림私家園林의 극치를 이룬 지역이다. 이들 원림은 문인관료文人官僚와 상인 및 지주들의 정취와 이상을 정교하게 담은 공간으로서, 북방의 황가원림皇家園林에 비해 규모가 작고 덜 호화

---

122) 본 내용은 이행렬의 「Trends of Famous Garden Masters between in the Late Ming and Early Qing Dynasties—With Special Reference of Wen Cheng-ming, Chi Chen and Li Yu—, Journal of Korean Institue of Traditional Landscape Architecutre vol.6, 2008」 내용을 토대로 하여 재구성하였음.

스러웠다.[123] 명 중엽에는 관료와 지주가, 청 중엽에는 관료와 상인이 남경·양주 및 강남 일대에 많은 원림을 조성하였는데, 그 대표적인 예가 소주蘇州의 졸정원拙政園, 무석無錫의 기창원寄暢園, 남경南京의 첨원瞻園 등이 있다. 이들 강남지역에서 발달한 사가원림은 멀리는 위진남북조魏晉南北朝 시대의 은일隱逸사상에서 원림의 자연관을 가져왔으며, 가까이는 남송南宋의 문인화文人畵 전통에 의한 산수화로부터 많은 것을 가져왔다.

그 중에서도 명대 文徵明의 산수화, 특히 원림을 그린 그림은 당시의 원림 풍경을 담고 있다는 점에서 명대 강남원림의 특징과 원림 발달에 영향을 미친 요소를 발견할 수 있다. 특히 문인화로 발전된 오문파吳門派의 영유領有 역할을 한 문징명은 그림, 문장, 글씨의 삼걸三傑일 뿐만 아니라 원림 조성에도 뛰어난 재능을 보였다. 그리고 명말의 조원가 계성計成은 당시 유행했던 원림의 기법들에 대한 이해, 산수화에 대한 이해와 실무경험을 바탕으로 하여 원림에 관한 이론서인 『원야園冶』를 집필하였으며 이후 중국의 고전원림의 발전에 획기적인 전기를 그은 작가이다. 한편 이어李漁는 희곡작가로 유명하지만 중국을 편력하는 과정에서 얻은 지식과 어려서 배웠던 회화를 바탕으로 하여 원림에 있어서도 일가견을 이룬 작가이다. 특히 그의 『일가언집一家言集』 중의 <거실부居室部>는 화목과 산석에 대한 높은 식견을 보여 주고 있다.

이와 같이 문징명, 계성, 이어와 같은 작가들은 비록 시대를 달리하지만 모두 산수화에 대한 깊은 이해와 지식을 가진 작가로써 원림조성에 대하여도 일가견을 가진 인물로 평해지고 있다. 따라서 이들 작가들의 작품을 통하여 명말청조의 강남 사가원림의 발전양상을 파악할 수 있다.

---

123) 劉風云(2001), 淸代文人官僚与城市私家園林的興衰, 明淸歷史 총93기, 古宮博物院院刊

(2) 연구사

　명청대에 있어서 원림발전에 영향을 미친 작가들에 관련된 연구를 살펴보면 작가 개인에 관한 작품연구는 비교적 일천한 상황이다. 연구의 문제를 보다 명확하게 파악하기 위하여 크게 두 방면으로 나누어 조사하였다. 즉 명청대 원림 형성에 영향을 크게 미쳤다고 인정되는 산수화와의 관계에 관한 연구와 개별 작가들 중 명청대의 과도기적 시기에 활동하면서 중국의 원림 발전 특히 강남지역의 원림발전에 중요한 역할을 담당했던 문징명, 계성 및 이어에 관한 연구로 나누어 진행하였다. 초우민肖友民과 황병교黃兵橋(2001)[124] 은 산수화의 성장에 따라 고전원림이 발전해 왔다고 밝혔다. 특히 고전원림의 발전단계를 형성초기, 성장기, 전성기, 성숙기로 구분하였으며, 이 중 명청대는 성숙기에 해당된다고 지적하였다. 정력鄭力(2000)[125]은 중국 고전원림은 중화민족의 철학과 미학사상을 적절하게 조화시켜 사람들에게 '시정화의詩情畵意'의 정취를 심어주는 역할을 한다고 하였다. 이에 대하여 김병종(1999),[126] 이중희(2000)[127] 등은 자연관이 산수화를 통하여 표출되는 특징을 보인다고 하였다. 따라서 산수화의 자연관이 중국의 고전원림을 통하여 표출되며, 이러한 자연관은 자연과 화가와 원림의 연속적인 관계를 통하여 직접적으로 표출된다는 점이다.

---

124) 肖友民·黃兵橋 (2001), 論中國山水畵與古典園林的關係, 湖南環境生物職業技術學院學報, 7(4): pp.4~9
125) 鄭力(2000), 園林 山水畵 芻議, 新美術
126) 김병종(1999), 산수화, 땅의 그림, 서울대학교 교수연구논문집
127) 이중희(2000), 동양 산수화의 조형의식과 시각, 동서문화 33(1), 계명대학교 인문과학연구소

개별적인 작가에 대한 연구는 그들의 주 활동영역을 중심으로 하여 진행되어져 왔다. 문징명은 화가, 문인, 서예가, 조원가 등의 다방면에 걸친 활동을 한 문인으로 알려져 왔다. 따라서 그의 문학작품과 회화작품에 대한 연구가 주류를 이룬다. 황가명黃嘉明(2004)[128]은 문징명의 '고의古意'에 대하여 논하였는데, 조맹부로부터 이어 받은 '고의'가 명말 남종화의 주류 형성에 큰 역할을 하였다고 보았다. 이러한 '고의'는 원림 형성에도 직간접적으로 영향을 미쳤을 것으로 생각되나 이에 대한 연구는 거의 없는 실정이다.

계성에 관한 연구로는 이유직(1997)[129]의 연구를 들 수 있다. 그는 계성의 생애와 그의 '원야'를 중심으로 한 원림 조영이론을 밝힌 바가 있다. 그 연구에서 부분적으로나마 계성의 작품에 대한 간략한 소개를 한 바 있으나 보다 심층적인 연구는 미진하였다. 이 밖에도 백윤수(2005)[130]는 화론 측면에서 원림에 미친 영향을 연구하였다.

이어에 대한 연구는 박홍준朴泓俊(1997), 유상석兪相碩(1997), 임주현林周玄(1998) 등 주로 희곡 작품에 대한 연구가 주종을 이루며 원림 분야에 대한 연구로는 두서영杜書瀛(1996)[131]의 연구가 있다. 그는 이어의 '일가언집' 중 '거실부'에서 논한 산석과 화목에 대하여 상술한 바가 있다.

이상의 연구를 종합해 보면 산수화가 고전원림 형성에 미친 영향력을 모두 인정하고 있으며, 명청시대에 있어서 특히 문인화를 중심으로 고전원림 발전에 큰 영향을 미친 것으로 보고 있다. 그러나 각각의 작가별로 나타나는 고전원림에 대한 영향력에 대하여는 연구가 미진한 바 본 연구

---

128) 黃嘉明(2004), 文徵明"古意"說與明代文人畵發展, 美術
129) 이유직(1997), 전게서
130) 백윤수(2005), 원림론에 미친 화론의 영향–계성의 『원야』를 중심으로, 미학(41)
131) 杜書瀛(1996), 李漁和造景環境學, 中國文化研究, p.12

를 통하여 산수화가 개별 작가들에게 어떤 영향력을 미쳤으며, 고전원림의 발전에 어떻게 기여하였는지를 밝힐 수 있을 것이다.

(3) 연구범위와 방법

시기별로는 명청대를 아우르면서 연구의 주 대상 작가인 문징명, 계성 및 이어가 활동하였던 1470년에서 1650년 사이를 범위로 하였다. 이 시대에 활동하였던 세 작가의 작품 특히 고전원림을 대상으로 연구를 진행하기로 한다. 그러나 이들의 작품들이 현재 거의 전하고 있지 못하므로 그들이 남겼던 그림들 중에서 원림과 관련되거나 원림을 그렸던 것으로 전해지는 작품들을 중심으로 연구를 진행하였다.[132]

〈표 5〉 연구 대상 작품

작가	작품	제작연대	위치	기타
문징명	東園圖	1530년대	南京 聚寶門	中山王 徐達의 원림
계성	文園	1628~1644 사이	揚州 江都縣 鑾江	汪氏 소유 원림
이어	半畝園	?1652~1677 사이[133]	北京 弓玄 胡同	소유주 모름

서로 연대가 다른 작가의 작품을 비교 연구하기 위해서는 연구의 틀이 필요하다. 본 연구는 명청대 활동했던 주요 조원가들의 작품 경향을 파악

---

132) 문징명의 작품은 文徵明書畵集 上卷(2003, 中國民族撮影藝術出版社)에 수록된 것으로 하였으며, 계성과 이어의 작품은 강남원림지(童寯, 김농오 역, 1994, 명보문화사)에 수록된 것으로 하였다.

133) 이어가 고향에서 항주로 이주한 것이 41세이던 1652년경이며, 이후 사방을 편력하고 1677년 항주로 돌아와서 정착하는 시기 사이에 반묘원이 만들어진 것으로 추정된다.

하기 위해서 그들이 그렸거나 만들었던 것으로 전해지는 그림들을 통해서 각각의 원림 구성 특징을 파악하는데 연구의 목적이 있다. 따라서 이들 작가 중에서 고전원림의 이론을 가장 잘 확립했던 계성의 『원야』를 중심으로 작품분석의 틀을 설정하였다. 이러한 방법은 손세관(2006)의 연구 방법[134]으로 제시된 '문헌적 고찰에 의한 역사적 접근방법'의 기본 틀을 참고로 하여 본 연구의 목적에 부합되게 적용하였다. 즉 그림을 통한 원림분석에 있어서 첫째 그림의 주제, 둘째 원림에서의 행태흐름 묘사, 셋째 원림의 특성, 넷째 원림이 갖는 의경意境 등으로 구분하였다. 이 중에서 원림의 특성은 다시 일반적 사항과 원림의 경관구조분석으로 구분하였으며 경관구조분석은 앞에서 설명한 『원야』의 내용을 토대로 재구성하였다. 의경의 분석은 그림을 통한 연구이므로 편액과 주련에 나타나는 시어의 분석이 불가능하기 때문에 주로 시각, 청각, 촉각 등의 공감각적 인식과 공간의 중첩기법에 의한 깊이감을 중심으로 하였다.

2. 意景과 원림

(1) 의경의 의미와 역할

중국 고전 강남원림 창작의 특징은 사의寫意 내지는 사실寫實에 있다하는데 이것은 모두 자연풍경의 특정한 기질을 과장되게 말하는 것으로 소위

---

134) 손세관(2006), 「성세자생도」에 묘사된 청대 소주의 공간구성적 특징에 관한 연구, 도시설계학회지 7(4)

"의경意景"을 만든다는 것을 최고의 규칙으로 하고 있다. 따라서 중국 고전 원림에 있어서 주된 사상은 의경의 함의와 본질에 있다고 하겠다.[135] 그러므로 의경은 서정성이 높은 작품 중에 나타난 그러한 종류의 정경情景이 교융交融되고, 허실虛實이 상생相生하며, 생명율동의 함축된 의미와 무궁한 시의공간詩意空間을 활성화시키는 것을 말한다. 만약 전형典型이 단일 형상에 대한 논의라면 의경은 소량의 형상形象을 구성하는 형상체계이며, 전체 형상이 나타나는 문학형상文學形象의 고급한 형태形態라고 하겠다.

다시 말해 우수한 예술작품, 가령 제백석齊白石[136]의 그림을 감상한다고 할 때 우리는 단순히 그림이 가지고 있는 외형적 가치에 도취하기 보다는 그 그림이 가지고 있는 내적인 가치 즉 "상외지지象外之旨" 또는 "현외지음弦外之音"과 같은 경지의 아름다움에 도취되기 때문에 훌륭한 예술작품이라고 평하게 된다. 이러한 "상외지지"와 "현외지음"의 경지를 나타내는 술어로 의경이라는 용어를 사용하게 된다.

(2)『유림외사儒林外史』에 나타난 원림의 의경 묘사

좀 더 쉽게 접근하자면『유림외사』[137]에 묘사된 원림을 통하여 의경에

---

135) 盛翀(2009), 江南園林意景－中國古典園林的審美方式, 上海交通大學出版社, p.11

136) 호 바이스白石. 이름 황璜. 후난성湖南省 출생. 40세 무렵까지 고향에서 소목장小木匠을 업으로 하면서 생계유지를 위해 그림을 그리다가 화초·영모(翎毛:가축이나 가금)·초충류草蟲類의 명수로 알려지게 되었다. 처음에는 송(宋)·원(元)의 그림에 촉발되고, 육방옹陸放翁의 시에서도 자극을 받아 시·서·화를 배웠으며, 전각(篆刻)에도 솜씨가 있었다. 50세 이후 베이징北京으로 이사하여 한때 미술전문학교 교수가 된 적도 있다. 그의 그림은 점차 석도石濤·서위徐渭·주탑朱耷(八大山人) 등 양저우계[揚州系] 화풍이 되었고, 자유롭게 감흥을 표현하는 중국문인화의 도미(掉尾)를 장식하였다. ≪화훼화책(花卉畵册)≫, ≪하엽도(荷葉圖)≫, ≪남과도(南瓜圖)≫ 등의 작품이 있다. 출처: 네이버 백과사전

대한 예를 살펴 볼 수 있다.[138] 중국 고전원림의 풍경감상은 원로園路의 유현幽玄함에 있으며, 이 길을 따라서 펼쳐지는 꼬부꼬불하며 유심하고 특별한 경지에 있다. 예로 양주揚州의 정원은 보통 규모가 작다. 그러나 정원주인은 오히려 제한된 공간에서 무한한 환경의 정림亭林을 구축할 수 있었다. 양주의 광릉로廣陵路(옛 左衛街)의 유장劉庄은 누각과 정자의 기세가 드높고 나무와 돌은 유아하다고 이름이 났다. 양주 정원은 화창花窓을 통해 풍경을 바라보고 정대亭臺, 산을 만들고 누각에 둘러싸인 연못을 만드는 방법 등을 채용하여 마치 야외에 있는 것 같고 작은 것을 통하여 큰 곳에 살고 있으며 가까운 곳에서 먼 곳을 보는 듯한 느낌을 주고 있다. 독특한 정원 구도 수법은 "산궁수진山窮水盡, 유암화명柳暗花明"의 시적 정취를 느낄 수 있게 한다. 소설에 묘사된 두 택원宅園을 보면 만가万家는 문루門樓를 들어가 천정을 지나 청당廳堂에 도착할 때까지 주택 내의 경치는 한 눈에 들어오며 곳곳에 사람의 마음이 표현되었다. 청廳안의 체경 뒤쪽의 두 개의 암문暗門을 지나면 시야가 확 트이며 유쾌해진다. 자갈로 이루어진 지면, 맑은 물의 연못, 정리되어 심어져 있는 나무는 양주 풍경 특색의 수양 버드나무이다. 길 위의 주홍색 난간에서 어렴풋하게 보이는 높고 낮은 누각들과 분명하게 볼 수 있는 화청花廳을 바라본다. 연못의 물이 출렁이고 산석 정사亭榭에 둘러져 있는

---

137) 중국 청나라의 오경재吳敬梓(1701~1754, 자는 민헌敏軒 또는 문목文木)가 지은 풍자소설. 전체를 일관하는 줄거리는 없고, 독립된 이야기를 사제師弟간·친구간 등의 관계를 가진 주인공의 교체로 '열전列傳'식으로 구성한 것이다. 여기에는 학자·관료·상인 등이 등장하는데, 그들이 명예와 출세를 얼마나 갈망하고, 이를 위해서 얼마나 과거科擧에 골몰했는가를 냉정한 필치로 묘사하고 있다. 이러한 이야기를 통하여 허위와 출세욕 밖에 없는 청나라의 유림세계가 이 작품의 구석구석에 그려져 있다.

138) 汪偉康(1999), ≪儒林外史≫与揚州園林, 東南文化 第4期 總第126期, p.124

것은 마치 한 폭의 푸른 산과 맑은 물이 펼쳐진 그림과 같아 사람의 마음을 즐겁게 하고 고아한 흥취를 증가시킨다. 송가宋家의 택원 또한 이와 같다. 防火를 위한 수항水巷에서 대청까지 특별한 곳이 없는 듯하지만 청 뒤쪽의 작은 문을 들어가면 아름다운 경치에 들어서게 되는데 풍경이 그림과 같이 아름답다. 문장에 묘사된 것을 보면 송가의 택원이 더욱 유심하고 꼬불꼬불하며 만가와 다른 점은 산수에 속해 있는 것에 비해서 주택 정원의 느낌이 더욱 강렬하다는 것이다. 이것 또한 양주 정원 풍경 구도의 뛰어난 전통 기법 중 하나이다. 정원 밖의 큰 정원院落안에 호석으로 쌓은 석가산의 기개는 위풍당당하고 연못의 물은 맑고 깨끗하며 서로가 어울려 흥취를 자아내고 있다. 그래서 소위 "편산다치片山多致, 척수생정尺水生情"라 말하며 경치와 감정이 조화를 이룬다. 연못 옆 주황색 난간은 푸른 물과 색의 대비가 분명하게 나타난다. 태호 석가산을 오르면 주위의 풍경을 볼 수 있고 수면에 비치는 헤엄치는 물고기도 볼 수 있다. 북경의 이화원, <홍루몽>의 대관원과 비교해보면 더욱 분명하게 양주 개인 주택 정원의 영롱하고 정교하며 꼬불꼬불하고 유심한 특징이 잘 드러게 되는 것이다. 이러한 소설 속의 정취가 원림 속에 그대로 표현되어지는 것이 원림에서 의경이 갖는 의미가 된다.

3. 문징명과 원림예술

(1) 일생과 작품 특징

장주長州(현재 강소성 蘇州) 출생이며, 어릴 때 이름은 벽壁이고 후에는 자인 징명으로 불렸다. 또 다른 자는 정중征仲이며 호는 형산거사衡山居士이다. 심주와 동향으로 그에게서 그림을 배웠다. 그는 당백호, 심주, 구영과 함께 '명사가'로 불리웠으며, 또 당백호, 축지산祝枝山, 서정경과 함께 '오중사재자吳中四才子(또는 강남사대재자)로 불리우기도 하였으며 시, 문장, 그림 및 글씨로 유명하여 '사절四絶'의 천재로 불리기도 하였다. 관리의 가문에서 출생하여 과거에 여러 차례 응시하였으나 합격하지 못하다가 50여 세에 추천에 의해 북경에서 편수사서로 3년 정도 일한 이외에는 일생동안 시문과 서화의 창작에 주력하였고 명사로서의 생활을 영위하였다.

오파의 일원이었던 문징명은 세밀한 작품을 많이 그렸고 조맹부를 배우고 왕몽을 참고하여 번잡하고 조밀한 가운데 우아함을 보여주었다.[139] 특히 그의 산수화를 '청록산수화'로 칭하는데 이것은 산수화를 그림에 있어서 청록색을 주조색으로 하여 묘사하였기 때문에 그런 칭호가 붙은 것이다.

---

139) 박은화 옮김(1998), 간추린 중국미술의 역사, 시공사, pp.251~253

(2) 동원도東園圖

그가 남긴 많은 그림 중에서 동원도는 특히 문인들의 시정화의詩情畵意의 세계를 잘 나타내고 있는 것으로 유명한 그림이다. 이 그림은 그가 61세 되던 1530년에 그린 것으로 이해 7월에 그는 예찬의 시문에 담긴 뜻을 <강남춘도江南春圖>로 그리기도 한 시기의 작품이다.

동원은 명대의 개국공신 중산왕中山王 서달徐達의 사원賜園으로 남경의 취보문聚寶門 내 동쪽에 있던 정원으로 그 이름이 여기서 유래하였다. 서달의 벼슬이름인 "태부"를 따서 "태부원太府園"이라고 불리었는데 그의 5대 손인 서진徐秦에 와서 건물을 고치고 별서를 조성하여 "동원"으로 명칭을 고쳤다.

〈그림 10〉 東園圖의 국면

서진은 정원에 문인들을 불러 모아 여러 행사를 열었는데 그림에서 그러한 모습들을 자세히 엿볼 수 있다. 즉 원내에 첩산疊山으로 산봉우리를 만들었으며, 하천과 못이 서로 통하게 하였고, 신비한 바위와 괴이한 돌로 둥글게 앞뒤로 포치하였으며, 기화이초로 우거지게 하였고 누정과 대와 누각을 배치하여 경치를 만들었다. 더하여 서씨는 벗들을 초청하여 아집雅集을 동원에서 열었으니 혹은 시를 읊고 글을 논하며, 혹은 차를 음미하고 거문고를 뜯으며, 혹은 잔치를 열고 바둑과 장기를 즐기며, 혹은 그림과 글씨를 감상하고 그 즐거움이 서로 통하며 상쾌한 마음이 자연스럽게 통하였다. 이러한 표현에서 동원이 가지고 있었던 기능 즉 "아회雅會" 장소로서의 기능을 발견할 수 있으며, 이것은 "시정화의詩情畫意"라는 문인화 특유의 회화미학과 "경정의景情意"라는 원림미학의 결합된 형태로 여겨진다.

국면(aspects)이란 그 공간에서 발생되는 활동으로 본다면 그림에 나타난 원림을 크게 3가지 국면으로 나타낼 수 있다. 각각의 위치를 그림에 나타내면 <그림 10>과 같다. 이들 국면에서 나타나는 원림의 주제, 공간에서 발생하는 행태, 원림공간의 경관구조, 의경 특성을 살펴보면 각각 다음 <표 6>과 같이 나타난다. 국면 분석처럼 전체적으로 벗의 방문, 시서화의 감상, 산책과 장기오락 등과 같이 당시 문인들의 친교와 시회詩會 활동의 다양한 모습들을 보여주면 또한 다양한 활동들이 어떻게 원림 내에서 이루어지고 있는지를 보여주고 있다. 이러한 활동들은 앞에서 설명했던 "아회"의 중심지로서 역할을 의미한다. 따라서 동원에서는 이러한 활동들이 발생하기 용이한 경관구조로 이루어져 있음을 알 수 있다. 각각의 국면이 갖는 내용들을 종합해 보면 문징명의 동원도에서는 당시의 원림에서 이루어졌던 "아회"와 같은 문예활동들을 잘 보여주고 있으며, 이러한 활동들은 다실茶室, 연못, 누대樓臺 등이 있는 원림에서 더욱 정취를 발휘할 수 있었다고 여겨진다.

(3) 동원도의 국면분석

〈표 6〉

[국면 1]

주제 : 벗의 방문

행태 흐름 : 판교를 건너서 친구 집을 방문하는 벗의 즐거운 모습과 이를 반가이 맞이하는 친구의 모습

원림 특성 : 향나무 숲과 집 앞을 흐르는 시냇물. 그 위로 걸려있는 판교. 시냇가에는 약간의 기암이
있다. 숲 가운데로 포장석이 깔려져 있어 깔끔한 주인의 성격을 보여준다.

의경 : 소나무 숲의 중첩과 다리, 굽이진 길 등에 의해 자연의 유원함을 느낄 수 있다.

〈그림 11〉 동원의 국면 1

[국면 2]

주제 : 시서화 감상

행태 흐름 : 방에서 그림 또는 글씨를 감상하며 문인활동을 하는 모습. 옆에는 시동이 차를 준비하고 있다.

원림 특성 : 당옥을 중심으로 여러 채의 가옥들이 있으며, 당 앞에는 태호석이 서너 개 입석으로 형상을 이루고 있다. 집 주변에는 소나무가 우거져서 운치를 나타내고 있다. 그림의 중심 공간 역할을 한다.

의경 : 건물에서 원림을 바라볼 때 보여지는 태호석의 형상에서 축약된 상징의 세계, 자연을 느낄 수 있다.

〈그림 12〉 동원의 국면 2

[국면 3]

주제 : 장기바둑놀이
행태 흐름 : 연못을 사이에 두고 대숲을 산책하는 선비의 한가로운 모습과 방에서는 바둑과 장기놀이를
　　　　 하며 즐거워하는 모습이 보인다.
원림 특성 : 연못이 방형으로 있으며, 연못가에는 돌로 축석을 하였다. 연못 가운데에도 태호석이 하나 구
　　　　 석에 위치하며 전체적으로 균형감 가운데 동적인 변화를 주고 있다. 주변에는 대나무 숲, 향
　　　　 나무 등이 숲을 이룬다.
의경 : 대나무 숲에서 불어오는 바람소리, 연못의 일렁이는 물결과 태호석의 거친 질감에서 자연의 공감각
　　　 적 인식을 하게 된다.

〈그림 13〉 동원의 국면 3

4. 계성과 원림예술

(1) 일생과 작품 특징

　명 신종 만력萬曆 10년(1582) 송릉松陵(현재 강소성 양주시 오강현吳
江縣)에서 태어났으며 사망 연대는 정확하게 알려져 있지 않다. 자는 무

부無否, 호는 부도인否道人이다. 소년시대에 산수화를 잘 그려서 이름을 얻었다. 그는 형호荊浩, 관동關同의 필의筆意를 따랐으며, 사실화파寫實畵派에 속하였다. 따라서 풍경명승을 유람하는 것을 즐겼다. 청년시절에는 북경을 거쳐 호광湖廣 등지를 다녔다. 중년이 되어서는 강남江南으로 내려와서 조원활동에 종사하였다.

명 천계天啓 3~4년(1623~1624)에 계성은 상주常州 오현吳玄에게 초빙되어 약 5畝의 동제원東帝園 원림을 조성하였다. 이 원림으로 명성을 높일 수 있었다. 대표작품은 명 숭정崇禎5년(1632)에 의징현儀徵縣에 왕사형汪士衡을 위해 오원寤園을 건설한 것과, 남경南京의 완대성阮大鋮을 위해 석소원石巢園을 건설한 것과 양주揚州의 정원훈鄭元勛을 위해 영원影園을 개건한 것(1634~1635) 등이 있다. 그는 풍부한 실무경험을 바탕으로 하여 1634년 이론서인 ≪원야園冶≫를 완성하였다.

그는 假山을 쌓는 작업에 참관하면서 더미를 쌓아서 眞山 형태를 만들 것을 주장하였다. 특히 가산의 조성은 기악합주의 음악과도 같다면서 진짜 산수의 특징을 심도 있게 연구해야 하고 아울러 돌의 결에 따라 첩산을 해야 한다고 주장하였다.[140] 이러한 첩산기법은 도시주택에 있어서 담장을 그림을 그리는 캔버스로 생각하고 자연의 경관, 풍경을 돌과 나무 등으로 표현한다는 의경意境의 관점을 의미한다. 따라서 시와 그림과 원림이 하나가 된다는 일치관을 엿볼 수 있다.

---

140) 計成 저,金聖雨와 安大會 역(1993), 園冶, 예경(서울)

(2) 문원文園

　문원이 있었다고 전하는 난강灤江은 현재 강소성 양주시구 강도시江都市에 있었던 것으로 추정된다. 또한 이 작품은 계성이 숭정 연간(1628~1644)에 새로운 정원 조성기법을 주장한 시기에 조성된 것으로 추정되며, 현재 원림의 유구는 남아 있지 않고 청대 도광道光20년(1840)에 간행된 판화로 전하고 있다.

　문원의 국면은 크게 4개의 단계로 나눌 수 있다. 여기서 국면 1은 대문을 중심으로 펼쳐진 경관이며, 국면 2는 대청과 홀을 중심으로 펼쳐진 경관이다. 국면 3은 하천을 따라서 펼쳐진 곡랑이 있는 경관이며, 국면 4는 누각을 중심으로 하는 경관이다. 전체적인 흐름은 국면 2에서 3과 4로 분기되는 형상을 하고 있다. 각각의 국면에 대한 분석 결과는 <표 7>과 같이 나타났다. 문원은 원림분야의 일인자로 알려진 계성의 작품으로 알려진 만큼 규모 있는 전원주택지에 부속된 원림으로 도시의 원림과는 규모와 내용 면에서 큰 차이가 있음을 알 수 있다. 또한 인접한 하천을 끼고 원림이 구성되어져 있기 때문에 중첩과 주종의 차이, 석가산, 다양한 원림건축물 등에 의해서 공간의 깊이감과 아늑함, 시선의 다양한 처리가 가능하다는 점에서 중국원림의 전형을 발견할 수 있다.

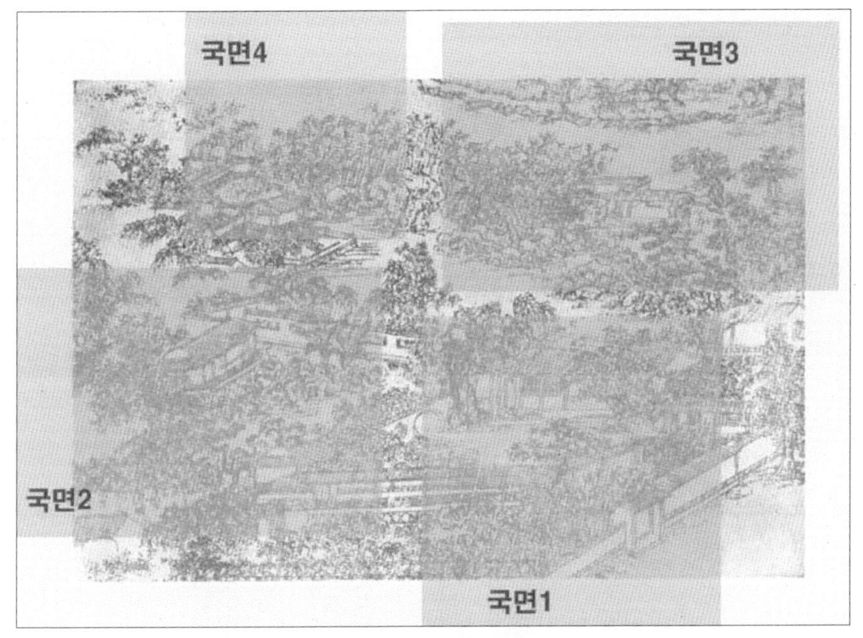

〈그림 14〉 문원의 국면도

(3) 문원의 국면 분석

[국면 1]의 분석

주제 : 대청 앞 주정원
행태 흐름 : 대문을 들어서면 작은 대청이 나오고 다시 문을 들어서면 큰 대청이 나오며 공간을 유도한다.
원림 특성 : 양진양로식兩進兩路式 사합원四合院 양식. 담장은 백분장白粉牆으로 아래부분에 약간
　　　　　장식을 두고 있다. 마당은 간결하게 비워두었으며, 구석에 나무를 심고, 문창門窓(월창식
　　　　　月窓式)으로 연결하였다.
의경 : 대문, 숲에 의해 공간이 중첩되고, 굽이진 길을 통하여 아늑함을 인식할 수 있다.

〈그림 15〉 문원의 국면 1

[국면 2]의 분석

주제 : 태호석이 있는 누대

행태 흐름 : 문창을 통해 다음 공간으로 가면 연못과 누대가 있는 공간이 나타난다. 담장 너머 차경
借景이 있는 위요圍繞된 공간이다.

원림 특성 : 태호석太湖石(서방산書房山 기법)으로 연못을 장식했고 그 뒤로 누대樓臺를 두어 연못
과 담장(사다리형 동창洞窓을 가진) 밖 차경을 감상할 수 있게 꾸몄다. 파초나무, 버드
나무 등을 연못 주변에 심었다.

의경 : 담장으로 위요되면서 누창을 통하여 중첩과 외부공간의 연계성으로 호중천지壺中天地를 지
각할 수 있다.

〈그림 16〉 문원의 국면 2

[국면 3]의 분석

주제 : 강을 따라 가는 곡랑曲廊
행태 흐름 : 마당을 거쳐 돌 사이를 지나가면 곡랑이 나타난다. 곡랑을 따라 걷다보면 강과 건너편
　　　　　경치를 감상할 수 있다.
원림 특성 : 기암괴석을 마당에 배치했으며, 그 사이로 굽어진 길을 내어 유현幽玄함을 더하였다.
　　　　　강을 따라서는 곡랑을 배치하여 강물과 대안對岸의 차경을 함께 즐기게 하였으며, 주변
　　　　　에는 대나무, 소나무 등으로 수식하였다.
의경 : 곡랑에 의해 연속경관을 연출하면서 대안對岸의 자연풍광을 원경으로 자연의 변화를 감상할
　　　수 있다.

〈그림 17〉 문원의 국면 3

[국면 4]의 분석

주제 : 강을 바라보는 누각樓閣

행태 흐름 : 담장을 지나면 넓은 공간이 펼쳐진다. 왼쪽으로 누대와 누각이 보이며, 오른쪽으로는 기암과 함께 곡랑을 볼 수 있다. 후원後苑공간이다.

원림 특성 : 넓은 대에는 난간을 둘렀으며, 2층 누각이 멀리 강물과 차경을 감상할 수 있게 꾸몄다. 그 뒤로 다시 담장을 굽이지게 두어 시선의 변화를 주었다. 누대 앞에는 태호석으로 큰 가산假山을 만들었으며, 거리를 두어 원산遠山의 경치를 묘사했다.

의경 : 2층 누각에서 조감하는 원림과 연못, 대나무 숲에 대한 시각, 청각, 촉각적 감각의 공감각을 느낄 수 있다.

〈그림 18〉 문원의 국면 4

5. 이어와 원림예술

(1) 일생과 작품 특징

자 입옹笠翁, 호 각세패관覺世稗官 또는 호상입옹湖上笠翁. 절강성浙江省 난계蘭谿 출생으로 명말청초의 걸출한 희극이론가로 유명하다. 또한 그는 청대의 재자才子의 으뜸이었는 바, 문학, 미술, 건축, 미식, 복식 등 다방면에 걸쳐서 이름을 떨쳤다. 젊어서는 각지를 여행하였으나 만년에는 항주의 서호변에 정주하였다. 희곡은 16종이 있지만 『입옹십종곡笠翁十種曲』이 대표작이다. 그의 창작태도는 명말·청초의 사조詞藻의 곡曲과 병려문騈儷文을 주로 한 대사에 반대하여, 통속적인 창창의 문구와 풍취 넘치는 평이한 대사를 구사하였기 때문에 공연에도 적당하고 대중심리에도 부합되었다. 시문잡저詩文雜著를 편집한 『일가언집一家言集』 중의 <한정우기閑情偶寄>는 희곡이론을 포함, 곤곡崑曲 발전에 큰 영향을 미쳤다.

<그림 19> 이어 조각상

　　이어는 자신을 소개할 때 음악과 원림 만드는데 탁월한 기예를 지녔다
고 평하였다. 원림에 있어서 첩산疊山 기법을 잘 사용한 것으로 유명하
다. 특히 돌 대신 흙을 사용하여 가산을 만드는 기법에 뛰어났다. ≪일가
언집≫ '거실부居室部'에서 이러한 기법을 사용하면 물자를 절약하고 인
공미도 없애며 화목을 심기도 수월하니 자연의 산과 혼연일체가 되는 경
지를 얻게 된다고 하였다. 그가 조성한 원림으로는 고향에 만들었던 이원
伊園(이산별업伊山別業), 강령江寧으로 이주한 뒤에 운거산雲居山 동록
東麓에　조성하였던 층원層園 등이 알려져 있으나[141] 현재 모습은 남아
있지 않다.

---

141) 單錦珩(1986), 李漁傳, p.50, 四川文藝出版社

(2) 반무원半畝園

　　본 그림은 청대 도광27년(1847) 간행된 홍설인연도기鴻雪因緣圖記에
게재된 판화[142]로 알려져 있다. 반무원은 북경 호동胡洞[143]에 소재한 소
규모의 사합원[144] 주택에 있는 정원으로 현재 그 유구를 찾을 수는 없다.
따라서 그림을 통하여 반무원의 대강을 엿볼 수밖에 없다. 반무원은 크게
2개의 국면으로 나누어 볼 수 있다. 국면 1은 주택의 주된 공간 즉 청당
廳堂이 위치한 곳이며, 국면 2는 그에 부속된 연못 공간으로 구획하였다.
각각의 국면에 대한 분석은 <표 8>와 같이 나타났다. 여기서 국면이 주
는 전체적인 공간감은 진입부의 중첩된 정원요소와 연못, 석가산 등의 기
법을 통하여 유한한 공간 속에서 다층적인 구조에 의한 공간의 깊이감을
연출한다는 점이다. 비록 소규모 주택이지만 그 속에서도 자연의 아늑함
을 추구하는 감정을 전달한다는 점에서 특징이 있다하겠다.

---

142) 童寯, 김농오 역(1994), 강남원림지, 명보문화사, p.30

143) 북경의 호동胡同은 주택과 주택 사이의 도로를 지칭하는데 가장 오랜 역사는 원대元代로 거슬러 올
　　라가며, 가장 많았을 때에는 6,000여 호동이 있었다. 역사상 가장 오래된 것은 조양문朝阳门 내에
　　있는 대가大街와 동서로东四路 사이의 일편호동一片胡同을 들 수 있다. 호동과 호동 사이의 거리
　　는 대략 같은 크기를 갖는다. 남북방향으로 난 길은 일반적으로 가街라고 하며, 상대적으로 폭이 비
　　교적 넓다. 예를 들면 북경 기차역에서 조양문내 대가의 남소가南小街와 북소가北小街를 들 수 있
　　으며, 마차를 위주로 한 길이기 때문에 마로马路라고 한다. 반면 동서방향으로 난 길을 호동이라고
　　하는데 상대적으로 좁으며, 주로 사람 위주의 길로, 그 양편에는 일반적으로 사합원四合院 주택이
　　배치된다. 호동의 특징은 지리적인 위치에 따라 구분되는데 전문前门 이북의 호동은 일반적으로 폭
　　이 넓고 계획도 비교적 질서정연하게 되어져 있다. 반면 전문 이남의 호동은 일반적으로 좁으며, 계
　　획도 불규칙적이다.

144) 사합원四合院은 북경의 전형적인 민거형식에 속한다. 공간구성은 정방正房(일반적으로 북방北房)과
　　동서방향의 상방厢房(사랑채), 남방南房으로 구성된 하나의 독립적인 원락院落(뜰, 정원) 구성을 하고
　　있다. 정방은 필요에 따라 동서방향의 이방耳房을 가질 경우도 있으며, 유랑游廊(지붕이 딸린 복도)으
　　로 그 사이를 연결해서 비바람을 피하게 한다. 호동 북쪽에 있는 사합원 대문은 일반적으로 동남각东
　　南角에 배치되며, 남쪽에 있는 사합문의 경우에는 완자院子(집, 정원)의 서편 모서리에 배치된다.

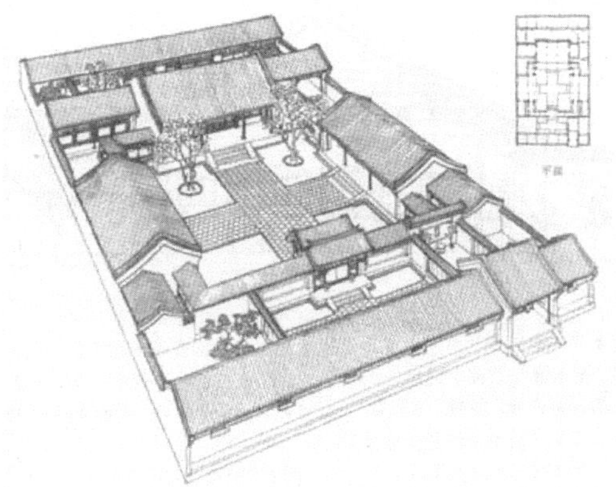

<그림 20> 사합원 건축평면

<그림 21> 반무원의 국면도

(3) 반무원의 국면 분석

〈표 8〉

[국면 1]의 분석

주제 : 화분이 있는 대청마당
행태 흐름 : 대문을 들어서면 바로 대청마당으로 들게 된다. 사방이 담과 장랑長廊으로 구획되어져 있어
　　　　　 안온함을 준다.
원림 특성 : 청당이 당당하게 공간의 중심을 차지하고 있으며 그 앞에 대臺가 붙어 있다. 대 앞쪽으
　　　　　 로는 두 그루 소나무가 위용을 보이고 있으며, 멀리 마당 끝에는 연못을 사이에 두고
　　　　　 네 개의 분재가 놓여있다.
의경 : 대문, 대청, 나무 등에 의해 중첩된 경관을 구성하여 공간의 깊이감을 느낄 수 있다.

〈그림 22〉 반무원의 국면 1

[국면 2]의 분석

주제 : 방형 연못과 태호석

행태 흐름 : 마당을 따라 나오면 방형 연못을 만나게 된다. 여기에서 고개를 오른쪽으로 돌리면 커다
란 태호석이 가산을 이루며 그 뒤로 시선이 유도된다.

원림 특성 : 마당을 따라 나오면 방형 연못을 만나게 된다. 여기에서 고개를 오른쪽으로 돌리면 커다
란 태호석이 가산을 이루며 그 뒤로 시선이 유도된다.

의경 : 가산假山과 연못을 통하여 자연풍경을 묘사하였으며, 담장의 누창을 통하여 중첩의 효과에
의해 더욱 아늑함을 느낄 수 있다.

〈그림 23〉 반무원의 국면 2

6. 세 작가의 특징 비교

이상으로 각각의 작가들이 남긴 원림회화에서 당시의 원림의 조성 방법과 특징을 살펴보았다. 분석과정에서 그림의 내용이 명확치 못하여 전체를 완전히 이해하지 못한다는 한계는 있지만 전체 원림의 구성과 특징들을 자세하게 파악할 수 있었다. 따라서 이러한 내용들을 토대로 하여 비교 분석하여 보면 이들 작가들의 작품의 공통점과 차이점을 발견할 수 있다. 이하 그 결과를 살펴보면 다음 <표 9>과 같이 나타났다.

이들 작가의 작품을 통하여 원림을 분석한 결과 문징명의 경우 비록 그가 화가이지만 조원造園에 대한 해박한 지식을 가진 문인임을 잘 알 수 있다. 특히 그의 작품에서는 문인화가다운 면모로 문인들의 아회와 같은 다양한 원림활동을 엿볼 수 있다는 점에서 문인화가, 문인들의 원림형성에 미친 영향력을 직접 확인할 수 있다는 점에서 그의 원림에 대한 인식과 가치를 발견할 수 있다.

한편 계성은 원림에 관한 이론적 지식이 풍부하기 때문에 그의 작품에서도 다양한 원림 경관 요소가 나타났으며, 특히 하천변에 입지한 전원주택지에서 다양한 공간구성에 의해 연속적인 경관구성을 시도하였다는 점, 예를 들면 원림내로 한정하지 않고 강을 넘어 원경의 풍경을 원림내로 끌어들이는 차경수법을 이용한다는 점과 다양한 유형의 원림건축물에 의해 조감과 부감의 경관을 연출한다는 점에서 특징을 찾을 수 있다.

이어의 경우에는 작품의 규모가 작기 때문에 원림에 대한 전체의 모습을 파악하기는 어렵지만 다른 작가들에게서 보기 힘든 假山을 동굴 형태로 조성한 점이 특이로우며 특히 분재 등과 같은 花木을 활용하여 공간을 구분하는 기교를 보여준다는 점에서 현대적인 조원술의 면모를 보여주는 특징을 파악할 수 있다.

<표 9> 작가별 원림의 경관구조 비교 분석

원림 구성 요소	문징명	계성	이어
원림 명칭	동원	문원	반묘원
원림의 유형145)	자연식(분산)	자연식(분산독립)	융합식(간단융합)
건립연대	1530년대	1628~1644	모름
건립자(주인)	中山王 徐達	汪氏	모름
興造의 역할146)	모름	계성	이어
相地	傍宅地	江湖地	城市地
立基	書房, 樓閣, 假山	廳堂, 누각, 廊房, 가산	청당, 가산
屋宇	閣, 樓	堂, 누, 廊	당
裝折	屛門, 欄干	병문, 난간	난간
門窓	없음	月窓式, 入角式, 漏窓	월창식
牆垣	없음	白粉牆	백분장
鋪地	亂石路	없음	없음
掇山	廳山, 樓山	청산, 루산	洞
選石	太湖石	태호석	태호석
借景	隣借, 俯借	인차, 부차, 仰借, 遠借	인차, 부차, 앙차

명청대明淸代의 과도기 기간 동안에 주요한 작가였던 文徵明, 計成,

---

145) 汪德華(2002), 中國山水文化与城市規劃, 東南大學出版社, p.71 왕덕화는 원림을 인간, 자연, 건축의 삼위일체 조합에 의해 이루어지는 것으로 보았으며, 이를 포치의 형식에 따라서 자연식과 융합식으로 구분하였다. 자연식은 자연 상태의 분산된 형태를 가지며, 융합식은 기능에 따라서 발전된 형식으로 보았다. 각각의 종류에 있어서도 다시 나누는 바, 자연식은 분산식과 분산독립식으로 융합식은 간단융합식과 주제집중융합식으로 구분하였다.

146) 계성은 『원야』에서 원림의 구성을 크게 흥조와 원설로 구분하였다. 흥조론은 원림을 만드는 사람에 대한 역할을 논하였는데 주자(주인), 원주, 장인으로 구분하였다. 이하 원설의 내용도 『원야』의 내용을 토대로 구성하였다.

李漁가 남긴 회화작품을 통하여 그들이 조성하였던 원림園林에 대한 특징을 조사한 결과 다음과 같은 결론을 얻을 수 있다.

첫째로 이들 작가들에게 있어서 원림의 주제와 관련된 활동 특성과 경관구성 요소를 파악할 수 있다. 문징명의 경우 "아회雅會"의 주요 공간으로 사용되었으며, 계성의 경우에는 강을 끼고 원경遠景과 근경近景의 경관을 즐길 수 있는 형태를 발견할 수 있다. 또한 이어에게 있어서는 성시城市 내 주택 원림의 간결한 형태를 볼 수 있다. 둘째 이들 작품들이 그들의 원림 조성의 특징을 모두 대변하는 것은 아니지만 원림의 유구遺構가 남아 있지 않는 상황에서 그들이 조성했던 원림의 국면局面을 이해할 수 있다는 점에서 유효한 자료가 됨을 알 수 있다.

셋째 이들 작품의 경관구조景觀構造 비교 분석을 통하여 각자의 특징을 파악할 수 있다. 문징명은 비록 그가 화가이지만 원림에 대한 풍부한 지식을 가졌음을 다시 한 번 확인할 수 있으며, 계성의 경우에는 원림이론가로서의 전문적인 지식을 확인하였으며, 이어의 경우에는 비록 소규모 원림이지만 동굴 형태의 가산假山과 분재화목을 이용한 공간구분법을 발견할 수 있다.

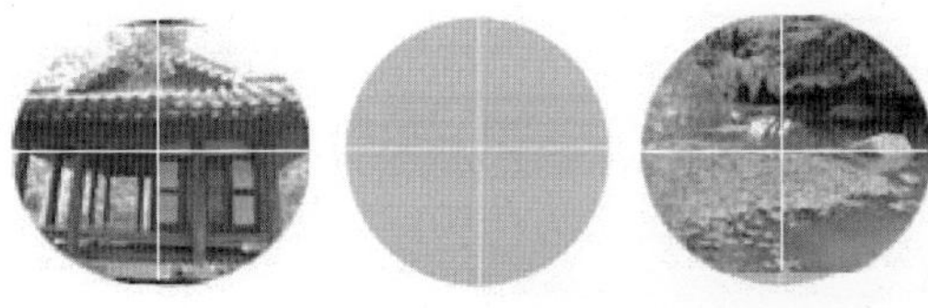

제2부

〈원림기〉와 명말청초
원림 후원문화

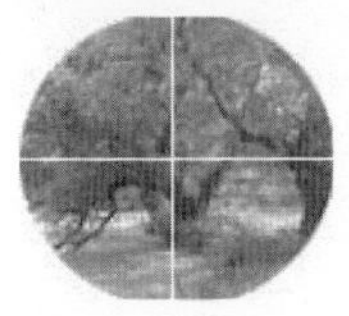

제1장

〈원림기〉에 나타난 명·청대 원림 후원문화[147]

1. 들어가면서

이 논문은 명·청대 강남지역의 사가원림을 중심으로 이루어진 원주園主와 타자他者(원주를 제외한 나머지 사람) 간의 후원을 호혜주의 관점에서 찾고, 상호 간에 이루어진 후원이 조직적이고 체계적인 시스템으로 움직였는지 밝히는 데 목적이 있다. 여기서 '후원'이란 서방의 'Patronage'와 같은 개념으로 '조직이나 개인이 다른 사람을 부양하거나 격려하며 또한 특전을 베풀고 가끔 재정적 지원까지 해 주는 것'을 일컫는 말이다.[148] 그리고 '시스템'이란 '어떤 과업의 수행이나 목적 달성을 위해 행

---

147) 본 내용은 심우영의 "강남지역 명·청대 원림 후원시스템 연구—〈원림기〉에 나타난 구체적 사례를 중심으로—(2009)" 논문을 토대로 재구성하였음.

　* 상명대학교 어문대학 중국어문학과 교수. wyshim@smu.ac.kr

하는 체계적인 방법이나 조직 또는 계통이나 제도'를 일컫는다.

서진시기 부호관료인 석숭石崇(249－300)은 금곡원金谷園을 지어 '금곡이십사우金谷二十四友'와 더불어 술을 마시고 시를 지으면서 향락을 즐겼고, 동진시기 명문집안 출신인 왕희지王羲之는 난정蘭亭을 지어 수계修禊행사를 구실로 가족과 친지를 초대하여 음악을 듣고 시를 지으며 벌주를 마셨다. 외형적으로는 원주와 타자가 함께 술을 마시고 시를 지으며 유락행위를 즐긴 것이지만, 사실은 원주와 타자 간에 상호 후원 행위가 이루어졌다. 즉 원주는 연회를 베풀어 타자에게 자신의 재력과 공간(원림)을 제공하였고, 타자는 자신의 문학적 재능과 풍부한 지식을 시를 통하여 표출함으로써 원주의 초대에 화답한 것이다. 이렇게 하여 집단적 작품 활동과 집체적 담론이 원림을 중심으로 전개되었다. 전형적인 호혜주의에 입각한 원림에서의 상호 후원이 이미 시작된 셈이다. 당대에는 문인원文人園이 출현함으로써 원림의 규모가 작아지긴 하였지만 원림을 찾는 사람들은 한층 다양해졌고, 송대에 이르러서는 필요한 사람을 불러들여 의도적으로 교유를 전개하는 더욱더 적극적인 후원이 전개되었다. 더욱이 남송에 이르러서는 당시 도읍이었던 항주抗州의 서호西湖를 중심으로 결성된 시사아집詩社雅集에 대한 후원이 이루어지면서, 불사佛舍·정사精舍·서원書院 등에서 이루어지던 문인결사의 활동무대가 대거 원림으로 이동하게 되었다.

그러나 명대 초기에 이르러 주원장의 주택제한住宅制限조치[149]와 왕조

** 이 논문은 2005년 정부재원(교육인적자원부 학술연구조성사업비)으로 한국학술진흥재단의 지원을 받아 연구되었음(KRF－2005－079－AM0044)

148) Patronage is the support, encouragement, privilege and often financial aid that an organization or individual bestows to another.(『Wikipedia, the free encyclopedia』)

의 중농억상重農抑商정책으로 인하여 강남의 사가원림이 크게 위축되었으나, 명대 중엽(성화成化에서 가정嘉靖 연간 사이)에 이르러 해금海禁이 풀리면서 공전의 대변화를 가져오게 되었다. 강남의 신흥 부상富商들은 자신의 경제적 세勢를 과시하면서 아울러 신분상승과 명성을 얻기 위한 교두보로 원림을 건축하였고, 전·현직 관료들은 은퇴 후의 안식과 교유를 위한 장소로 활용하기 위해 원림을 사들이고 보수·증축하였다.150) 이리하여 원주와 타자 간의 교유가 일상화되고 후원은 고착화되면서, 원림은 당시 사인들의 유락처遊樂處로서, 혹은 시인묵객들의 집합지로서, 혹은 대중의 유람장소로서 자리매김을 하게 되었다.151)

원림의 후원 행위는 크게 세 가지 단계로 나누어 생각할 수 있는데, 원림이 완공되기까지는 관료나 부호로부터 재정적 후원을 받거나 조원가造園家와 장인匠人들로부터 기술적 후원을 받지만, 완공 이후에는 오히려 원주가 타자들을 위하여 장소를 제공하고 잔치를 벌이며 물질적 경제적 후원을 아끼지 않았다. 그리고 나면, 후원을 받은 타자는 제명題名·제액題額·제기題記·제시題詩·제화題畵·각석刻石 등의 인문적 후원을 통하여 원주에게 보답하였다. 이처럼 원주와 타자 간에는 원림을 매개로 상호 후원의 연결고리가 형성되어 있었다.

이 논문은 명·청대 강남지역의 원림을 대상으로 <원림기>152)에 등장

---

149) 洪武26年規定: “不許在宅前後左右多占地, 構亭館, 開池塘.”(『明史』「輿服志」)

150) 魏嘉瓚의 통계에 따르면, 명대에 소주지역에는 사가원림이 약 250개가 있었는데 成化연간 전에는 겨우 40개 정도 밖에 되지 않았고 더욱이 유명원림은 거의 없었다.(魏嘉瓚 編著『蘇州歷代園林錄』北京燕山出版社, 1992年)

151) 遊園, 賞花, 迎賓, 宴樂, 吟詩, 結社……園林往往成爲文人生活娛樂的中心, 也是他門結社宴遊的常聚之地.(河宗美著 ≪明末淸初文人結社研究≫天津: 南開大學出版社, 2003.1 p63)

152) 〈원림기〉의 저본으로는 2004년 3월에 출판된 陳從周·張啓霆 選編, 趙厚均 注釋의 ≪園綜≫을

하는 각종 사례를 통하여 원주와 타자 간에 이루어진 상호 후원 행위를
살피고, 그것이 시스템으로 작용하였는지 여부를 밝히고자 한다.[153]

2. 他者에 대한 원주의 후원

  원주는 손님을 초대하거나 혹은 친히 찾아오면 그들을 위하여 잔치를
벌였다. 술을 마시고 시를 짓는 것은 당연한 일이었고, 거문고를 켜고 노
래를 부르며 바둑 등 여러 가지 놀이도 즐겼다.[154] 또한 원림을 유상遊賞
하며 자연경물을 마음껏 향유하였다.[155] 이러한 행위는 원주가 타자에게
베푼 공간적 물질적 후원이지만, 동시에 '원림의 일상'이기도 하였다. 따
라서 이 장에서는 불특정 다수를 대상으로 한 일상적 후원은 언급하지
않고, 특정 개인과 단체에 대하여 행한 적극적이고 특별한 후원만을 선별
하여 <원림기>에 등장하는 대표적 사례를 들어 살펴보기로 한다.

택했다. ≪園綜≫은 西晉에서 淸末까지 약 1,600년간 216명의 작가가 원림과 관련하여 쓴 작품
322편을 수록하였고, 원림경관에 대한 묘사를 위주로 역대 명원들의 흥망성쇠와 관련된 역사를 기
술하였다. 그리고 부록으로 약간의 名園 삽화까지 올려놓았다.

153) 공동연구자인 이행렬 교수는 <명말청초시대 원림을 후원하는 방식에 관하여>(≪Journal of Korean
Institute of Traditional Landscape Architecture≫vol. 6, 2008. 12.30,)라는 논문에서 명말청초
강남지역의 '원림이 발전하는 데 기여한 후원'에 대하여 집중적으로 조명하였다.

154) '侍讀喬君石林……有佳客至, 則下榻焉, 琴奕觴詠, 陶然竟日.'(潘耒 〈縱棹園記〉)

155) '主人擧酒酣客, 歌詠談諧, 蕭然泊然, 禽魚翔遊, 物亦同趣.'(淸 沈德潛 〈復園記〉)

1) 山人과 士人에 대한 후원

　원주가 후원한 개인 중 가장 대표적인 사례를 들자면 명대에는 저명 산인山人 청대에는 저명 사인士人을 들 수 있다.

　명대 산인[156]은 벼슬에 뜻을 두지 않고 귀은歸隱과 출세出世를 지향하였다. 성화(1465-1487) 연간에 본격적으로 등장하기 시작하여 가정(1522－1566)과 만력(1567-1619) 연간에 크게 홍성하였다.[157] 그들은 자신과 가족들의 생계를 위하여 시문이나 서화를 도구로 각급 관원이나 부호명사들과 교유하면서 이름을 알렸다. 하지만 탈속적인 정신경계를 체현할 수 있는 은일태도까지 버리지는 못하였다. 명대 원림의 비약적인 발전과 동시에 홍성한 산인계층은 자신들의 이러한 생활 태도를 어느 정도 견지할 수 있는 곳이 바로 원림이라는 사실을 직시하였다. 그래서 원주를 찾아가거나 직접 원림을 소유하는 일이 벌어졌다.[158] 여기서는 명대에 존재했던 무석無錫의 서림西林을 대표적인 사례로 들어, 원주와 저명 산인 간에 행해겼던 후원의 실상을 알아보기로 하자.

> (주인인) 懋卿은 예부터 客癖이 있고, 글로써 이름난 자를 손님으로 맞이하니, (그들) 또한 무경을 앙모하여, 다투어 모여 들었다. 山人인 葉茂長은 손님 중에서도 으뜸이었다. 금년에 錢塘에서 遊興이 끝나자 돌아와 무경을 방문하였다. 급하게 읍을 하고 들어가서는, 술과 안주가 가득한 곳에서, 때론 작은 수레에 기대거나,

---

156) '山人'이라는 명칭은 이미 唐代에 나왔다.(趙軼峰, 〈山人與晚明社會〉,《東北師大學報》, 2001 年 第1期.)

157) 張德建 著 《明代山人文學研究》湖南人民出版社, 2005, 5쪽.

158) 직접 소유한 예로는 徐霖의 快園, 王稚登의 半偈園, 張鳳翼의 求志園, 陳繼儒의 婉孌草堂, 周履靖의 梅園, 趙宦光의 寒山園 등이 있다.

때론 작은 어선을 두드리며, 더불어 밤낮으로 즐겁게 지냈다.……무경은 그의 興
趣를 술에 맡겼으나 여전히 만족하지 못해, 무장과 더불어 글로써 승경을 표현하
고자 하였다. 그리하여 더 다듬어서 결국 三十二景을 만들었다. 각 경마다 시가
있는데, 이 중 십 분의 구는 무장이 지은 것이고, 십분의 일은 무경이 지은 것이
다.(懋卿故有客癖, 客之以文事名者, 又雅慕懋卿, 以故爭麇集焉. 山人葉茂長
甫, 客之雄也. 今年自錢塘倦遊還, 訪懋卿. 倒屣揖之入, 載酒崇肴, 或憑鹿車,
或鼓漁舠, 相與窮晝夜爲娛樂.……懋卿之愛, 托于酒而猶未已, 則與茂長謀所
以寵靈之. 益釐而爲景者三十又二. 景各有詩, 茂長之爲體九, 而懋卿之爲體僅
一.)(明 王世貞〈安氏西林記〉)

　　서림의 원주인 안소방安紹芳(자 무경懋卿, 호 연정거사硯亭居士)의 '객
벽客癖'과 접객태도, 그리고 산인 섭무장葉茂長의 서림 생활을 비교적
소상하게 기록하였다. 서림은 원래 안소방의 증조부인 안국安國[159]이 가
정 연간에 가뭄이 들자 곡식을 출연하여 백성들을 모아 세운 원림이다.
즉, 토목사업을 벌여 굶주린 백성들을 구제한 것이다. 수백 무畝 크기의
못을 파고 가운데에는 진강鎭江의 금산金山과 초산焦山을 모방하여 '금
초분승돈金焦分勝墩'을 만들었으며, 제방에는 나무를 심어 경관을 꾸미
고 벼랑 가까이에 정자를 지어 널리 볼 수 있게 하였다. 여기에 등장하는
안소방은 바로 그의 증손자로, 회재불우懷才不遇하여 이곳에 살면서 각
종 도서와 정鼎과 이彝 등의 골동품을 배치해 두고 천하의 명사들을 끌
어들여 그들과 유상遊賞하며 원림 산수를 즐겼다.[160] 조상으로부터 물려
받은 전형적인 사가원림인 셈이다. 섭무장은 산인이면서 문인으로 꽤 알

---

159) 字는 民泰, 號는 桂坡이며, 明 成化 17年(1481) 10月26日에 태어났다. 無錫縣 西墺村(지금의
　　安鎭)사람이다. 鄒望, 華麟祥과 더불어 강남 삼대 부호 중의 한 사람이다.

160) 康熙≪無錫縣志≫載："至国孫紹芳, 負才不遇, 將樂志山藪, 爰即故業, 大加丹艧, 與天下名士
　　遊賞其中。"

려진 인물이었다.[161] 그가 당시 원주로서 명성이 자자했던 안소방을 찾아가자, 원주인 안소방은 으레 술과 음식을 제공하고 그를 최고의 손이라고 생각하여 유락생활을 함께 하면서 물질적 후원을 마다하지 않았다. 그러자 섭무장은 그 보답으로 경관과 경물에 이름을 붙이고(제명題名) 시를 지어서(제시題詩) 원주에게 증여하였다.

이 <원림기>를 지은 자는 당시 최고의 사가원림인 엄산원弇山園을 소유한 왕세정이다. 그가 안소방을 가리켜 '객벽'이 있다고 한 것은 다른 원주에 비해 그 도가 지나치다고 여겼기 때문이다. 또한 빈궁한 문사들이 특정 원주를 추앙하여 다투어 달려간 것은 당시 빈사貧士와 원주의 관계를 잘 대변하고 있다. 산인이자 시인 문사였던 섭무장도 예외는 아니었다. 섭무장은 당시의 관례대로 안소방을 찾아가 원주와 객客으로 자연스럽게 만났고, 원림에서 술 마시고 시를 지으며 밤낮으로 유락을 향유하다가 많은 손들 중 으뜸가는 인물이 되었을 뿐이다. 이러한 원림생활은 사실 원주인 안소방이 산인인 섭무장에게 제공한 일종의 후원이었다. 하루이틀 함께 음주유락飮酒遊樂하면서 베푼 일시적인 후원의 형태가 아니며, 장기간에 걸친 교유로 지속적인 후원을 했다는 점에서 보다 적극적인 개인 후원의 형태로 볼 수 있다. 섭무장 역시 원림의 경물과 경관에 이름을 붙이고 시문을 지어 원주의 후원에 보답하였는데, 당시 산인의 행동이 사회에 미치는 영향을 고려할 때 그로서는 최선의 응대였다.

---

161) 명말 八大山人(名 朱耷)과 절친하였던 歐大任의 詩題인 〈十日朱貞吉、李本寧、汪子建、朱在明、葉茂長、汪仲淹、謝少廉、俞公臨、毛孫虎丘枉錢, 得新字〉에 그의 이름이 포함되어 있다. 그리고 元明淸 三代에 걸쳐 孤山(南京과 南通 사이에 있음)의 승경을 직접 목격한 著名文人 중에도 포함되어 있다. 王逢、孫一元、錢德洪、王稚登、李維楨、王叔承、叶茂长、俞安期、來集之、徐遵湯、孟稱舜、顧宸、施閏章、杜浚 등이다.(代明虛,〈江苏寺院文化征文之孤山〉)

또 다른 후원 대상인 청대의 저명 사인을 보면, 그 예로 가장 대표적인 인물이 전영錢泳(1759-1844)이다. 그는 강남의 명망 있는 집안에서 태어나 경사經史에 정통하였지만 평생 공명을 얻지 못한 채 일반 사인으로 생을 마쳤다. 하지만 금석과 서화의 대가로서 당시 저명인사인 옹방강翁方綱, 포세신包世臣, 장학성章學誠 등과 교분을 쌓았고, 황족인 성친왕成親王, 영화英和, 빈량斌良 등과도 교유하며 그들의 집을 자주 드나들었다. 그는 칠십 세가 될 때까지 유막遊幕기간을 제외하고는 대부분 강남 지역을 유력遊歷하였다. 그리하여 유력을 통해 얻은 자료와 경험을 바탕으로 ≪이원총화履園叢話≫를 저술하였다. 이 책은 총화叢話 이십사 권으로 되어 있는데, 제20권이 바로 <원림편>이다. <원림편>에는 총 56편의 원림기가 있는데, 열 개 성시城市와 그 주변에 있는 원림을 대상으로 하였다.

나는 嘉慶 연간 초기에 처음 양주에 갔는데, 원주인 張琴溪 노인이 문득 나를 초대하여, 일시에 글과 술로써 즐거움을 만끽하였다.(余於嘉慶初始至揚州, 園主人張丈琴溪輒來相招, 極一時文酒之樂.) (揚州 〈雙桐書屋記〉)

나는 壬午(1822), 癸未(1823)년 두 해 동안 이곳에서 가장 오랫동안 머물면서, 꽃피는 아침과 달 밝은 밤을 만나면 매번 창가에 눕거나 앉아 즐거움을 만끽하였다.(余於壬午、癸未兩年, 寓其中最久, 每逢花晨月夕, 坐臥窓前, 致足樂也.) (揚州 〈靜修儉養之軒記〉)

道光 癸未年(1823) 9월에 邗땅에서 올라 와 유력을 하다. 童石林과 張石樵 등과 함께 이틀을 머물면서 16경을 얻게 되었다. ……여러 이름마다 각각 시를 한 수씩 엮어 돌에다 새겨 원림 안에 두었다.(道光癸未秋九月, 余自邗上往遊, 與童君石林、張君石樵輩信宿其中, 得十六景.……諸名目, 各繫一詩, 刻石園中.) (儀征 〈朴園記〉)

道光 己丑년(1829)에 河帥 張芥航 선생의 부름에 응하여, 원림에 머문 지 무릇 4년이 되었다. 나는 〈澹園二十四詠〉을 가지고 있었는데, 선생을 위하여 지은 것이다.(道光己丑歲, 余應河帥張芥航先生之招, 寓園中者凡四載, 余有≪澹園二十四詠≫, 爲先生作也.) (淸江浦〈澹園記〉)

嘉慶 戊申年에 나는 다시 회계에 놀러와 이곳에 묵으면서 일찍이 〈靑藤書屋歌〉를 지었다.(嘉慶戊申 162), 余重遊會稽, 曾寓于此, 爲作〈靑藤書屋歌〉). (紹興〈靑藤書屋記〉)

위에 인용한 사례는 모두 강남지역 <원림기>에서 뽑은 것으로, 전영이 원주로부터 받은 환대와 자신이 원림에서 취한 행위를 기록한 것이다. 이상의 다섯 가지 사례에서 모두 세 가지 후원 유형을 발견할 수 있다.

첫째, <쌍동서옥기雙桐書屋記>는 그가 양주를 처음 방문했을 때 원주인 하수河帥 장금계張琴溪 노인의 초대를 받아 술을 마시고 시를 지으며 즐거움을 만끽한 사실을 밝힌 것으로, 원림에서 자주 행해지는 타자(손님)에 대한 일상적인 환대이자 후원이었다. 이에 반해 청등서옥靑藤書屋의 사례는 회계를 재차 방문하여 이곳에 머물면서 <청등서옥가靑藤書屋歌>라는 제시題詩를 지었다는 사실을 기술하였다. 후원이라는 관점에서 보면, 전자는 원주의 후원을 후자는 손인 전영의 후원을 기록했을 뿐이다. 하지만 결과적으로 전영은 <쌍동서옥기雙桐書屋記>를 지어 장노인의 환대에 보답하였고, 청등서옥의 경우에도 원주가 그를 위하여 거처를 제공했다는 점에서 이미 상호 후원을 한 셈이 다. 이 두 가지 사례는 일상적 후원에 가깝지만, 전영이라는 저명 사인에 대한 후원 행위로 호혜주의 원칙이 철저하게 지켜졌기 때문에 주목할 필요가 있다.

---

162) 嘉慶 연간에 戊申年은 없다. 誤字로 보인다.

둘째, <박원기朴園記>는 전영이 동석림童石林과 장석초張石樵 등의 무리와 이곳에 머물면서 행했던 사실을 기사 형식으로 서술하였다. 박원은 염상인 파광호巴光浩가 백금 이십 여만 량을 들여 오 년 만에 완성한 것으로,163) 전영 일행이 이곳에 묵으면서 자신들의 감회를 '신숙信宿'164)이라는 단어에 모아 짧은 동거의 아쉬움을 표현하였다. 그들은 원림 속 열여섯 승경에 이름을 짓고 각각 시를 붙여 돌에다 새겨 원림 안에 두었다. 전영 등이 참가한 아회에 대한 후원에서 연유한 것이다. 위의 사례와는 달리 단체에 대한 후원이라는 점에서 주목할 만하다.

셋째, 양주揚州의 정수검양지헌靜修儉養之軒에서는 이 년 간 머물렀고, 상해의 담원澹園에서는 사 년 간 머물렀다. 정수검양지헌은 염상인 포지도鮑志道의 사가원림이었고, 담원澹園은 그 지역 하도총독河道總督인 장개항張芥航의 관가원림이었다. 즉 한 사람은 부호상인으로 신흥 주류 계층이었고, 한 사람은 운하를 관장하는 고급관리로 상층 권력 계급이었다. 상인은 재력으로 관리는 지위를 통해서 원림을 소유하게 되면, 전영과 같은 명망 있는 사인을 초대하여 몇 년씩 머물게 하였다. 이렇게 원주는 원림을 이용하여 경제적 물질적 후원을 행하면, 저명 사인은 원림과 관련한 시문을 짓거나 유명 서적을 편찬하여 원림과 원주에 대한 명성을 대외에 알렸다. 호혜주의가 자연스럽게 성립된 셈이다. 이러한 사례는 정사에도 많이 등장한다.165)

---

163) 巴君朴園、宿崖昆仲以其墓旁餘地, 添築亭臺, 爲一家子弟讀書之所, 凡費白金二十餘萬兩, 五年始成.(《履園叢話》〈朴園記〉)

164) '流連信宿, 不覺忘返.'《水經注·江水》떠나기가 아쉬워 하루 밤을 더 머무르는 경우를 말함.

165) 正史에 나타난 사례를 보면, 절강사람인 厲鶚이 양주의 소영롱산관에서 오랜 기간 머물며 《宋詩紀事》를 지은 것도 좋은 사례가 된다.《淸史》卷71〈文苑傳〉에 이르기를 "鶚搜奇嗜博, 館于揚州馬曰小玲瓏山館數年, 肆意探討, 所見宋人集最多, 而于求之詩話、說部、山經、地志, 爲《宋

2) 雅會結社에 대한 후원

송·원대의 아회와 결사는 소규모로 대부분 자신이 거처하는 곳이나
공공의 문화 활동이 자주 벌어지던 불사佛舍나 정사精舍 그리고 서원書
院 등에서 행해졌다. 하지만 명대에 들어서는 규모가 커지면서 전통적으
로 이용하였던 불사와 서원뿐만 아니라, 사가원림인 공경대부公卿大夫의
별업別業에서 열렸다. 사가원림이 그들의 활동 장소로 크게 부상한 셈이
다. 예를 들어, 고린顧璘의 식원息園, 이반룡李攀龍의 백설루白雪樓, 왕
세정王世貞의 엄산원弇山園, 원굉도袁宏道의 권설루卷雪樓, 서함徐咸의
여춘원余春園, 정원훈鄭元勳의 영원影園, 여무학余懋學의 불무원不畝園
등이다. 이곳에서는 늘 시주회詩酒會가 열렸으며, 특히 고린의 식원은 아
집장소로 삼기 위해 지은 원림이었다.[166] 그리고 개최경비는 모두 여덟
가지 방법으로 조달되었는데 공경대부가 전적으로 부담하는 것이 첫 번
째였다.[167] 여기서 공경대부는 바로 원주를 가리킨다.

이두李斗는 ≪양주화방록揚州畵舫錄≫＜시문지회詩文之會＞에 다음과
같이 서술하였다.

> 양주의 시문 아회는 馬氏의 小玲瓏山館, 程氏의 筱園과 鄭氏의 休園에서 가장
> 성하였다. 회기에 이르면 원림 안에 개인별로 책상 하나씩을 마련하여 위에는 붓

詩紀事≫一百卷、≪南宋院畵錄≫八卷，又著≪遼史拾遺≫、≪東城雜記≫、≪湖船錄≫諸
書, 皆博洽詳贍."라고 하였다.

166) 何宗美著，『明末淸初文人結社硏究』，南開大學出版社, 2003. 34쪽. 강남지역의 원림으로는
이외에도 秦旭의 碧山吟社(無錫 惠山)를 꼽을 수 있다.

167) 何宗美著, 前揭書, 34-36쪽. 1. 公卿大夫承辦 2. 疊爲主賓, 輪流做東 3. 自修供具 4. 合醵 5.
依附佛舍、書院 6. 設立社田 7. 資用仰給富人長者 8. 選文刻稿, 以坊養社.

두 자루,…… 과일과 간식을 담은 작은 찬합 등을 놓았다. 시가 완성되면 즉시 초
각을 했고 삼 일 이내에 중각을 거쳐 날이 새면 성안으로 두루 보냈다. 매번 술상
에는 산해진미가 가득하여, 하루 내내 함께 시를 지었다. (揚州詩文之會, 以馬氏
小玲瓏山館、程氏筱園及鄭氏休園爲最盛. 至會期, 於園中各設一案, 上置筆
二、…… 果盒茶食盒各一. 詩成卽發刻, 三日內尙可改易重刻, 出日遍送城中
矣. 每會酒餚俱極珍美, 一日共詩成矣.)

이상에서 본 바와 같이, 양주에서 시문아회詩文雅會로 유명한 원림은 마
왈관馬曰琯, 왈로曰璐 형제의 소영롱산관小玲瓏山館, 정몽성程夢星의 소
원筱園, 정협여鄭俠如의 휴원休園이며, 시인들은 아회가 벌어지는 날 각
자 문방사우文房四友를 비롯하여 간식까지 차려놓은 책상 하나씩을 차지
하여 경쟁적으로 시를 지으며 성황을 이루었다. 시가 완성되면 초각 중각
을 거쳐 바로 성안으로 보내 그들의 아회를 알리고 그들이 지은 시를 감
상케 하여 원림의 존재를 대외에 과시하였다. 원주는 이들을 위하여 장소
를 제공하였을 뿐만 아니라, 산해진미가 가득한 술상을 마련하여 아회의
분위기를 고조시켰다. 그리하여 회원들은 음주부시를 마음껏 누렸다. 뿐
만 아니라 음악을 듣고 연극을 관람하며 풍아風雅한 흥취를 마음껏 누리
기도 하였다.[168] 이 모두가 원주의 후원으로 이루어지는 것이었다. 위에
서 언급한 양주 삼대 원림 중 하나인 소영롱산관의 사례를 보기로 하자.

내 형제들이 별장을 지어 손님을 맞이하고 머무르게 하고자 하여, 우리가 사는 길
남쪽 근처 빈터에 있는 폐원을 구입하였다. 저자에서 가깝긴 해도 평소에 속세의
시끄러운 소리가 거의 없다.……고금성쇠의 흔적이 賓主의 술자리를 기쁘게 하니,

---

168) 請聽曲, 邀至一廳甚舊, 有綠琉璃四. 又選老樂工四人至, 均沒齒禿髮, 約八九十歲矣, 各奏一曲
而退. 倏忽間命啓屛門, 門啓則後二進皆樓, 紅燈千盞, 男女樂各一部, 俱十五六歲妙年也.(≪揚
州畵舫錄≫〈詩文之會〉)

우리들이 이러한 감흥을 느끼는 것은 빈털터리나 벼락부자나 마찬가지다.(余兄弟
擬卜築別墅, 以爲掃榻留賓之所. 近於所居之街南, 得隙地廢園, 地雖近市, 雅
無塵俗之囂.…… 以古今勝衰之迹, 佐賓主杯酒之歡, 予輩得此, 亦貧兒暴富
矣.) (馬曰璐〈小玲瓏山館圖記〉)

이것은 마왈로가 원주의 입장에서 쓴 <원림기>의 일부로, 원림의 탄
생 과정, 원림의 위치, 아회의 분위기, 그리고 아회를 개최한 자신의 감회
등을 적절하게 표현하였다. 이로부터 몇 십 년이 지난 후에 전영은 소영
롱산관의 지위를 아래와 같이 평가하였다.

양주 마주정의 이름은 왈관이다. 자는 추옥이고, 동관가에서 살았다.……그의 동
생인 왈로와 더불어 둘 다 시에 능하고 손님을 좋아하여 동남의 아회장소가 되었
다. (揚州馬主政名曰琯, 字秋玉, 住東關街.……與其弟曰璐俱能詩, 好客, 爲東
南壇坫.' (淸 錢泳≪履園叢話≫〈小玲瓏山館記〉)

위에 인용한 두 가지 <원림기>의 내용을 통하여 소영롱산관의 시작과
끝을 알 수 있다. 마왈관(1687-1755: 자 추옥秋玉, 호 해곡嶰谷)과 왈로
형제는 원래 휘주徽州 기문현祁門縣 출신으로 양주에서 염상으로 크게
성공하였다. 그리하여 양주에다 소영롱산관을 세우고 장서藏書, 각서刻書
등의 문화 사업을 하면서 가난한 서생들로부터 '양주이마揚州二馬'라는
칭송을 들었다. 또한 김농金農으로 대표되는 '양주팔괴揚州八怪'와 매우
친하게 지내면서 후원을 아끼지 않았다. 김농은 건륭 8년에 이곳에서 벌
어진 마씨의 연회에 참석하여 시를 지었는데, '소영롱산관에 일곱 사람이
모여 수계를 하는데, 주인 형제는 귀한 손님을 맞아 잔치를 베풀었다.(수
계영롱관칠인修禊玲瓏館七人, 주인곤계연가빈主人昆季宴嘉賓.)'라는 시

구를 통해 당시의 수계아집修禊雅集 분위기와 참가자들의 면모를 엿볼 수 있다. 원주인 마씨 형제는 전조망全祖望, 항세준杭世駿, 진장陳章, 왕염재汪恬齋, 민연봉閔蓮峰 등과도 이곳에서 교유하였다.[169] 그리하여 소영롱산관은 약 반세기 동안 강남의 아회장소로 최고의 명성을 누렸다. 이와 비슷한 사례는 양주 원림에서 흔히 볼 수 있는 것이었다.[170]

이외에도 명·청대에는 크고 작은 원림아회가 수없이 열리면서 점점 조직화된 하나의 문화현상으로 자리 잡게 되는데, <원림기>에 나타난 몇 가지 사례를 통하여 아회에서 결사로 옮겨가는 과정과 원주의 후원을 살펴보면 다음과 같다. 우선 소주蘇州의 보수원寶樹園을 보기로 하자.

> 보수원은 나의 친구인 顧其蘊(자 空五)선생이 은거하기 위해 지은 곳이다.……空五선생은 前朝(明)의 黨人으로 그 명성이 復社에 떨쳤는데, 속세에서 벗어나 마음을 가라앉히기 위해, 이 삼 명의 명사들과 잠시 동안 詩酒와 林泉의 즐거움을 향유하였다.(寶樹園者, 余友顧空五先生所構棲隱地,……先生以前朝黨人, 名振復社, 乃能息心塵外, 與二三名流, 俯仰其間, 享詩酒林泉之樂.)(淸 李雯 〈宝樹園記〉)

고기온顧其蘊은 명말청초 최대의 결사조직이었던 복사에서 명성을 떨치다가 물러나 자신이 지은 원림에서 尤侗 등의 명사들과 어울려 지냈다. 의기투합하는 몇몇 명사들과 교유한 구체적인 사례이다. 그리고 그의 손자인 고병충顧秉忠(자 췌야贅也) 역시 보수원 안에다 안시당安時堂을 건축하여 몇몇 지인들과 함께 지냈다.

---

169) '主其家者, 爲杭大宗、厲樊榭、全謝山、陳授衣、閔蓮峰, 皆名下士, 有≪邗江雅集九日行庵文宴圖≫問世.'(梁章鉅〈小玲瓏山館記〉) '馬氏玲瓏山館, 一時名士如厲太鴻、陳授衣、汪玉樞、閔蓮峰題人, 爭爲詩會, 分詠一題. 裒然成集.'(袁枚≪隨園詩話≫三61)

170) '廣陵甲第園林之盛, 名冠東南, 士大夫席其先澤, 家治一區, 四時花木, 容與文宴周旋.……暇肅賓客, 幽賞與共, 雍雍藹藹, 善氣積而和風迎焉.'(淸 劉鳳浩〈個園記〉)

(顧贅也는) 매일 蓬園의 黃昆仲과 周古市 그리고 邵灑夫 등 諸君들과 술 마시
고 시를 지으며 시간 가는 줄 몰랐고 또한 理學을 연구하였다.(日與黃蓬園昆
仲、周古市、邵灑夫諸君, 觴詠流連, 研究理學.)(淸 韓騏 〈安時堂記〉)

　원주인 고췌야顧贅也는 세 명의 사인(황곤중黃昆仲, 주고시周古市, 소
쇄부邵灑夫)들과 함께 안시당에 모여 시를 짓고 술을 마셨을 뿐만 아니
라 이학理學을 연구하는 학술활동까지 벌였다. 원주는 그들에게 학술활
동의 근거지를 마련해 준 셈이다.

　위에서 인용한 두 가지 사례는 모두 아회라고 하기에는 규모가 작으나,
‘시주임천詩酒林泉’, ‘상영유련觴詠流連’, ‘이학연구理學硏究’ 등의 아회
활동이 행해졌다는 점에서는 이의가 없다. 이처럼 몇몇 지인들이 모여 성립
된 아회가 있는 반면, 고위관리들을 초청하여 성립된 아회도 있다. 상해
종계원從溪園의 주연酒宴에 대해 전영錢泳은 다음과 같이 서술하였다.

종계원은 法華鎭에 있는데, 역시 읍 사람인 이씨의 별장이다. 법화진은 예로부터
모란이 많아 東吳의 으뜸이었다. 그리고 원림 안에 심은 것이 특히 무성하여, 꽃
이 필 무렵에 園主는 반드시 酒宴을 벌여 고위관리들을 초대하니 雅集이 되었
다.(從溪園在法華鎭, 亦邑人李氏別業. 法華故多牧丹, 爲東吳之冠, 而園中所
植者尤蕃茂. 花開時, 園主人必設筵, 宴請當道縉紳輩爲雅集焉.)(淸 錢泳 ≪履
園叢話≫〈從溪園記〉)

　위에서 볼 때, 원주는 이씨李氏이고 주연의 초대대상은 고위관리들이
었다. 원주인 이씨는 모란이 필 무렵인 사오월 경에 자신의 원림에서 고
위관리들을 초청하여 잔치를 열었다. 전영은 이 모임을 ‘아집’이라고 규
정하였다. 또 다른 ＜원림기＞에는 주연에 참가한 사인들의 이름을 일일

이 거명한 사례도 있다.

> 양주의 北郭門을 나서면 백 무 남짓한 依園이 있는데, 이 원림은 韓家의 원림이
> 다.……사람들의 원림이 백열 몇 개가 있는데 依園이 단연 최고로 여러 차례 명
> 사들의 잔치 장소가 되었다. 甲申년(1664) 음력 3월에 刺史 畢載積 선생이 이
> 곳에서 손님들과 술을 마셨다.……(畢載積 선생이) 崇川의 菊裳 陳鵠에게 그림
> 을 부탁하여 완성되자, 각자 시를 올렸다. 모인 사람은 閩中의 那子先生 林古度,
> 楚黃의 于皇 杜濬, 秣陵의 半千 龔賢, 新安의 無言 孫默, 山陰의 黍字 呂師
> 濂, 山左의 公集 劉大成, 智仲 曲動, 吳門의 德遠 錢蘿麟, 眞州의 仲超 王昆,
> 崇川의 菊裳 陳鵠, 瑤田 李遜, 麓迷 張耉, 春先 徐禧, 秦郵의 次吉 李乃綱,
> 弟天 舍路騫 등과 나를 포함하여 모두 열일곱 사람이었다.(出揚州北郭門百餘畝
> 爲依園, 依園者, 韓家園也.……人家園林以百十數, 依園尤勝, 屢爲諸名士燕
> 遊地. 甲申暮春, 畢刺史載積先生觴客于斯園.……屬崇川陳菊裳鵠爲之圖, 圖
> 成, 各系以詩. 同集者： 閩中林那子先生古度、楚黃杜于皇濬、秣陵龔半千
> 賢、新安孫無言默、山陰呂黍字師濂、山左劉公集大成、曲智仲動、吳門錢
> 德遠蘿麟、眞州王仲超昆、崇川陳菊裳鵠、李瑤田遜、張麓迷耉、徐春先
> 禧、秦郵李次吉乃綱、舍弟天路騫, 曁崧共十有七人.)(淸 陳維崧 〈依園遊記〉)

이처럼 아회가 점점 확대되고 조직화되면서 결사結社가 탄생하게 된다.
결사는 '결성結成된 사단社團'의 준말이며, 전통적 함의의 측면에서 보면
'문인 집단의 활동'이라는 성격이 짙다. 따라서 '결사'의 초기 형태는 '문
인들로 결성되어 활동하는 사단'이다. 일종의 자발적인 문화 활동 단체라
고 볼 수 있다. 그런데 결사조직은 아집과 달리 정해진 조직형태와 활동
방식을 가지고 있다. 예를 들면, 창립할 때에는 발기인이 있고, 운영할 때
에는 주재자主宰者가 있으며, 정기 모임 시에는 반드시 사규社規나 회약
會約을 지켜야 한다. 또한 활동을 할 때는 장소, 내용, 순서, 경비지출 등
과 관련하여 정해진 관례를 따라야 한다.171)

　명·청대 원림 결사는 대부분 문인결사로, 크게 두 부류로 나눌 수 있다. 바로 시사詩社와 문사文社이다.[172] 각 사단社團마다 모이는 날이 서로 다르긴 했지만, 매년 봄·가을 두 차례 거행하는 것이 관례였다.[173] 이것을 '춘집春集', '추집秋集' 혹은 '춘회春會', '추회秋會'라 하는데, 여기에서 사인들은 시와 술로써 교분을 쌓고 '금琴', '기棋', '서書', '화畵'로써 유락遊樂의 도구로 삼았다. 우선 소주蘇州의 이로원怡老園을 보기로 하자.

> (王鏊의) 後嗣인 尙寶公이 땅을 개간하여 원림을 만들어 그(王鏊)를 기쁘게 하였다. 그리하여 그 원림을 '怡老'라 이름 지었다. 원림이 완성되자 文恪公은 절대 조정의 일은 입에 담지 않고 오로지 沈周 선생, 文定公 吳寬, 儀部 楊循吉 등의 무리와 文酒結社를 만들었다. 또한 太史 先諱, 京兆 祝允明, 中丞守貢 王士寵, 解元 唐寅, 給事 陸粲 등이 다투어 제자라고 칭하며 그의 자취를 받들어 이곳에서 한가롭게 20년을 보냈다. (其嗣尙寶公始辟地爲園以娛之, 園故以 "怡老"名. 自園成, 而文恪亦絶口不及朝事, 惟與故沈周先生、吳文定公、楊儀部循吉輩, 結文酒社. 而先太史諱、祝京兆允明、王中丞守貢士寵、唐解元寅、陸給事粲, 後先稱弟子, 奉履杖, 徜徉于玆園者二十年.)(明 文震亨 〈王文恪公怡老園記〉)

　명대에 호부상서戶部尙書를 지낸 왕오王鏊가 정덕 4년(1509) 5월에 귀향하자, 그의 장남인 상보공尙寶公이 그를 위하여 이로원을 만들었는데, 이에 왕오는 당시의 문인인 심주沈周, 오관吳寬, 양순길楊循吉 등과 문주결사를 행했고, 오중사재자吳中四才子(당인唐寅, 축지산祝枝山, 문징

---

171) 何宗美著, 前揭書 29쪽.

172) 결사의 宗旨와 目的으로 볼 때, 詩社는 주로 시와 술로써 意氣를 투합하고 意趣를 공유하며 情懷를 나누는 데 반해, 文社는 과거를 위하여 모인 집단으로 功名을 구하는 데 목적이 있었다.

173) 春會의 한 사례로 소주 繡谷의 활동을 들 수 있다. '康熙三十八年己卯, 刺史嘗集郡中諸名宿作送春會.…… 乾隆二十四年又作復己卯送春會, 則以尙書爲首座矣.(淸 錢泳≪履園叢話≫)

명文徵明, 서정경徐禎卿)와 선휘先諱, 왕사총王士寵 등과는 사제 간의 인연을 맺어 가끔 술을 마시며 시를 짓곤 하였다.[174] 이리하여 거의 20년간 제자들이 이곳에서 그를 추모하였다. 원주를 중심으로 이루어진 문주결사와 사제의 인연을 언급한 것이다. 다시 항주의 춘초원春草園 이림음옥二林吟屋에서 일어난 사례를 보기로 하자.

> 나(趙昱)와 意林이 책을 읽는 곳이다. 沈嘉轍(자 栞城), 符曾(호 藥林), 袁南垞(생평 미상) 등이 일찍이 이곳에서 휴가를 즐겼다. 雍正 癸酉(1723)년과 甲申(1724)년에는 함께 ≪南宋雜事詩≫를 지었는데, 술 마시고 시를 지으며 시간 가는 줄 모른 채 이곳에서 모임을 가졌다.(予與意林讀書處. 沈栞城、符藥林、袁南垞嘗假館焉. 雍正癸酉、甲申間, 共賦≪南宋雜事詩≫, 觴詠流連, 蓋簪于此.)(淸 趙昱 〈春草園小記〉)

위의 사례는 시주회詩酒會의 결과가 확실하게 도출된 경우로, 원주인 조욱趙昱(1689－1747)이 기술한 것이다. 조욱은 건륭 원년(1736)에 동생 신信과 함께 박학홍사博學鴻詞에 천거되었는데 모친이 연로하다는 핑계로 고향으로 돌아와 춘초원을 지었다. 그곳에서 항세준杭世駿, 여악厲鶚, 전조망全祖望 등과 자주 만나 창화를 하였다. 조신趙信, 심가철沈嘉轍, 부증符曾, 오작吳焯, 진지광陳芝光, 여악厲鶚 등과는 ≪남송잡사시南宋雜事詩≫라는 시집을 만들었다. 당시 원림에서 창화한 시를 시집으로 만드는 경우는 흔한 일이었는데, 상해 장정역張廷棫[175]의 과원薖園에서 나

---

174) 〈王鏊年譜〉(张海瀛編)에 의하면, 正德 16年(1521) 4월 그의 나이 72세 때 여덟 명의 제자와 이로원의 池亭에서 賦詩唱和를 하였다. 당시 저명한 화가인 唐寅(1470-1523)이 文恪公(王鏊)의 사람됨을 알아 그에게 楹聯을 증정하였는데, 상련이 '海內文章第一'이고, 하련이 '朝中宰相無雙'이라고 하였다. 또한 晏景中〈王鏊交遊初探〉(2008.10)에 의하면, 왕오가 교유한 주요인물은 적어도 은사 선배가 22명, 동료 친구가 96명, 제자 후학이 31명이었다. 이중 이로원에서 교유한 자는 주로 동료, 친구, 제자, 후학들이었다.

온 ≪과원기영회시집薖園耆英會詩集≫, 소주 원시袁氏의 어은소포漁隱
小圃에서 나온 ≪서당수창집西塘酬唱集≫176), 진강鎭江의 낙지원樂志園
에서 나온 ≪낙지원회집樂志園匯集≫177), 의흥義興의 도원陶園에서 나
온 ≪춘초유도원春暮游陶園≫178) 등이 좋은 사례이다.

　　이상에서, 각종 <원림기>에 산재되어 있는 아집이나 결사의 활동과 또
한 그들에 대한 원주의 후원을 살펴보았다. 원림에서 열린 아집이나 결사
활동은 어김없이 시주회詩酒會가 주종을 이루었으며, 이때 원주는 그들
에게 장소를 제공하고 주연酒宴에 필요한 물질적 후원을 아끼지 않았다.
또한 각종 오락을 통한 즐거움도 함께 향유하였다. 그리고 교유활동과 학
술작업, 시문창작 등을 도와 시집이나 문집을 만드는 데 주도적인 역할을
하며 경제적 후원을 실천하였다.179) 물론 원주 자신이 아회나 결사의 일
원인 경우가 대부분이었다.

---

175) 張承先 ≪南翔鎭誌≫〈陸文學門張廷棫傳略〉에 이르기를 "張廷棫字子薪, 兵部郎棫族子. 工詩
　　文, 與李孝廉流芳, 程山人嘉燧為友. 族孫崇儒字魯生築招隱亭, 名流多過從觴詠, 風致可想見
　　雲."라고 하였다.

176) 岡齡師沈文慤公, 工小詩, 畵仿文待詔, 往往招集勝流名士, 作文字飲, 具見所刻≪西塘酬唱集≫
　　中, 又愷之兄, 岡齡女夫也, 故是圃歸袁氏, 又愷拓而新之.(淸 王昶〈漁隱小圃記〉)

177) 客遊吾園者, 類有詩, 予和之, 共成一册, 冠以凥仙, 曰：≪樂志園匯集≫, 藏其板于"寄傲軒"中.
　　予以天縱之閑, 偕諸酒人詞伯, 杖履相從, ……, 三十年矣.)(明 張鳳翼〈樂志園記〉)

178) 吾人之覽于此者, 能無悟思乎? 因各賦詩, 而繫之序. 時則嘉慶十八年癸酉之三月也. 同遊者, 爲
　　吳江吳育、武進李慶來、陽湖周儀暐、儀萬、儀顥、管遹群、大興方履籛, 凡七人, 詩若干首.
　　(淸 方履籛〈春暮游陶園序〉)

179) 馬日형제와 厲鶚이 선편한 ≪韓江雅集≫에는 총692수의 시가 수록되어 있는데, 이것은 모두 58
　　차례의 아집에서 나온 結晶이다. 한편 여악의 ≪樊榭山房集≫권6〈九日行庵文燕圖記〉에는 건륭
　　8년(1743) 중양절에 行庵에서 거행된 文宴아집의 행사가 생동적으로 기록되어 있다.

3. 원주에 대한 他者의 후원

1) 원주에 대한 君王의 후원

강희제康熙帝나 건륭제乾隆帝가 남순南巡하면서 묵은 곳은 대부분 행궁行宮이나 사가원림이었다. 황제가 사가원림에 묵는 경우 원주는 대단한 축복이라 여겼으며, 더욱이 어제御製를 받으면 더없는 영광으로 생각하였다. 그리하여 원주들은 다투어 황제의 환심을 사기 위해 최고 수준의 조원가造園家를 동원하고 많은 문인화가를 불러들여 원림을 중수하고 증축하였다. 이런 관점에서 볼 때 황제의 남순은 원림 발전에 크게 기여하였으며, 원주에게는 후원자로서의 역할을 톡톡히 하였다. 몇 개의 원림을 대표적인 사례로 들면 아래와 같다.

기창원寄暢園[180]은 무석無錫의 서쪽 교외 혜산惠山 자락에 있는 원림으로, 강희와 건륭 두 황제가 각각 여섯 차례씩 남순할 때[181] 모두 이곳에서 숙박하였다. 강희는 '산색계광山色溪光'과 '송풍수월松風水月'이라는 글씨를 써 주어 바위에 새겼고, 건륭은 강희의 제자題字 옆에 '옥알금종玉戞金樅'이라는 글씨를 써 주었다. 그리고 제1차 남순에서 이곳을 순행지巡幸地로 지정하고 기창원의 원림도園林圖를 북경으로 가지고 가,

---

180) 명 가정 초년(1527년 전후)에 남경의 병부상서를 지낸 秦金(호 鳳山)이 惠山寺의 僧舍인 '漚寓房'을 사서 別墅를 지어 '鳳谷山莊'이라는 이름을 붙였다. 이후 몇 대를 거쳐 만력19년(1591)에 湖廣巡撫를 지냈으며 東林黨人으로 활약하였던 秦燿가 張居正의 追論으로 해직되어 돌아와 '寄暢園'으로 이름을 바꾸었다.

181) 강희황제는 강희23년에서 46년까지(1684-1706), 건륭황제는 건륭11년부터 49년까지(1746-1774) 여섯 차례 남순하였다.

그것을 그대로 모방하여 만수산의 동북쪽 산록에 혜산원惠山園을 만들었다. 이외에도 편액, 영련, 제시, 제명 등 많은 어제御製를 남겼다.

과주瓜州 금춘원錦春園[182] 또한 건륭이 남순할 때 필히 묵었던 곳이다.[183] 제1차 남순(건륭16년) 때에는 '금춘원錦春園'이라는 원명園名과 친히 쓴 편액扁額을 하사하였고, 제2차 남순(건륭22년) 때에는 '죽정송유竹淨松蕤'라는 어제御題를 하사하였다. 그리고 제3차 남순(건륭27년) 때에는 <삼월회일금춘원즉경三月晦日錦春園卽景>이라는 시를 지어 하사하였다.[184]

양주의 평산당平山堂 또한 강희황제가 남순할 때 직접 들러서 '평산당平山堂', '견수청풍堅守淸風', '이정怡情', '징광澄曠' 등을 제액題額하여 하사하였다. 남경의 동원東園은 명나라 무종武宗이 순수를 하다 오랫동안 낚시를 하며 즐겼다는 곳이며,[185] 건륭황제가 구양수의 '첨망옥당瞻望玉堂, 여재천상如在天上'이라는 시구에서 따와 이름을 지어준 남경의 첨원瞻園, 왕씨汪氏 집안의 내력을 듣고 이름을 지어준 항주의 소유천원小有天園, 진씨陳氏의 우원隅園을 행관行館으로 지정하며 이름을 지어준 해녕海寧의 안란원安瀾園, 두 개의 돌을 어원御苑으로 가져가 칠봉七峰이 되었다는 양주의 구봉원九峰園 등도 모두 황제가 거쳐 간 곳이다. 이외에도 양주의 '의홍원倚虹園'과 '강원江園', 동원東園 내의 '희춘당熙春堂'·'부감실俯鑑室'·'낭간총琅玕叢' 등은 모두 황제로부터 하사받은 이름이다.

---

182) 徽州 歙縣 출신인 鹽商 吳家龍과 吳光政 父子가 지은 것이다.

183) 高宗純皇帝六次南巡, 俱駐驛于此.(錢泳 ≪履園叢話≫)

184) 이 시는 원주인 勒石供에 의해 잘 보관되어 오늘날까지 전해지고 있다.

185) 長輩云：武廟狩于金陵, 嘗于此投釣, 樂之, 移日不返, 卽此亭也.(明 王世貞 〈遊金陵諸園記〉)

2) 원주에 대한 지인의 후원

<원림기>를 살펴보면, 대부분의 사가원림은 권좌에서 물러나 귀향한 세도가나 명망 있는 집안 출신, 혹은 염상으로 돈을 번 부호들에 의해 건립되었다. 하지만 이들만이 원림을 소유한 것은 아니었다. 정치적인 소용돌이 속에서 벼슬을 그만두고 낙향한 청렴한 관리, 지방에 머물며 회재불우를 경험한 선비, 정치보다는 예술적 재능이 뛰어난 예능인 등이 또한 작은 원림을 소유하는 경우가 많았다. 이럴 경우, 지인들의 재정적 물질적 후원이 종종 이루어졌는데 그 대표적인 사례로 우선 소주의 곡원曲園을 들 수 있다.

> 내 초당에 자금을 도와준 자는 督部 李筱荃, 方伯 殷竹樵, 觀察 英茂文, 顧子山, 陸存齋 등 세 명, 太守 剛子范, 大令 孫歡伯와 吳煥卿 두 명 등이다. 돌을 사서 작은 산을 만드는 데 일조한 자는 大令 萬小庭, 吳又樂, 潘芝岑 등 세 명이다. 꽃과 나무를 기증한 자는 觀察 馮竹儒 이다.(其助我草堂之資者, 李筱荃督部、殷竹樵方伯、英茂文、顧子山、陸存齋三觀察, 剛子范太守, 孫歡伯、吳煥卿兩大令. 其買石助成小山者, 萬小庭、吳又樂、潘之岑三大令. 贈花木者, 馮竹儒觀察. 備書之, 矢勿諼也.) (愈樾〈曲園記〉)

문인학자로 이름난 유월愈樾(1821-1906)은 도광道光 30년(1850)에 진사가 되어 일찍이 한림원편수翰林院編修를 지냈다. 이후 함풍咸豊 황제에게 발탁되어 주요 보직을 거쳤으나 <시제할열경의試題割裂經義>라는 상소문을 올렸다가 파관罷官되었다. 이리하여 소주로 이주하여 살게 된 그는 동치 13년(1874)에 반세은潘世恩의 고택이 있던 황폐한 땅을 구입하여 직접 설계하고 시공하였다. 그리고 노자의 '곡즉전曲則全'이라는 문구에서 이름을 따 '곡원曲園'이라 하였다. 건축 당시 관료였던 지인들로부터 자금을 공급 받았고, 첩산疊山과 화목花木 조성에도 경제적 물질적 도움을 많이 받았다. 위의 인용문에서 본 바와 같이, 그는 자신의 <원림기>에 후원자들의 이름을 하나하나 명확하게 기록하였으며, 마지막에 '비서지備書之, 시물훤야矢勿諼也.'라는 문구를 집어넣어 그들의 후원에 대한 감사함을 표시하였다.

양주의 평산당平山堂은 송宋나라 구양수歐陽脩가 군수郡守 시절인 경력慶曆 8년(1048)에 세운 것으로 이후 오백년 동안 주목을 받았다. 강희 원년(1662)에 이르러 사인들이 제왕의 명령에 따라 절(寺)로 바꾸면서 사라졌다. 명대에 이르러 형부주사刑部主事 왕무린汪懋麟(1640-1688)은 그것을 안타깝게 여겨 1673년 양주태수로 발령을 받은 김장진金長眞에게 중수를 부탁하였고, 그 또한 어머니의 상을 만나 양주에 돌아와 김장진과 힘을 합쳐 9월부터 11월까지 약 5순旬만에 원림을 중수하였다. 하지만 그 다음해(1674) 다시 많은 인력과 자금을 들여 증축하였다. 그는 당시의 공사와 후원자에 대해 다음과 같이 기술하였다.

> 2,448兩 6銖의 돈이 들었고 18,560명의 연인원이 동원되어, 만 1년이 걸렸다. 財源은 御史, 轉運, 太守, 佐令 등의 관료와 이 지역의 士大夫 그리고 兩河의 상인들이 출자하였다.(爲用二千四百四十八兩六銖, 爲工萬有八千五百六十, 爲時周一歲, 資出御史轉運太守諸佐令、鄕士大夫、兩河諸商.) (淸 汪懋麟 〈重建平山堂记〉)

평산당을 중수하는 데 든 비용과 인력 그리고 기간을 정확하게 명기하였고, 후원자가 누구인지는 대략적으로 서술하였다. <원림기>에 좀처럼 등장하지 않는 드문 기록이다. 마지막으로 양주 소원筱園의 사례를 보기로 하자.

雍正 壬子年(1732)에 이르러 도시의 하천을 준설하면서 翰林(程夢星)이 많은 사람들을 설득하여 기부를 받아 保障湖를 재준설하였다.……藕堂의 연꽃 경계를 넓혀서 畵舫이 法海寺에 와 멈추던 것을 지금은 원림까지 올 수 있게 하였다. 이 원림에 줄곧 대나무 밭이 있었으나 오랫동안 말라 죽어 있자 馬曰琯이 대나무를 기증하여 이곳을 '筱園'이라 하였다.(追雍正壬子, 浚市河, 翰林倡衆捐金, 盒浚堡障湖.……更增藕堂蓮界, 於是昔之大小畵舫至法海寺而至者, 今則可以抵是園而止矣. 是園向有竹畦, 久而枯死, 馬秋玉以竹贈之, 因是以'筱'名園.)(淸 李斗 ≪揚州畵舫錄≫)

원래 양주 입사교廿四橋 옆에 작은 가원家園이 있었는데, 강희 연간에는 사인들이 작약芍藥을 심던 곳이었다. 원림둘레가 약 40무畝였다. 1716년에 한림원편수翰林院編修를 지낸 정몽성程夢星(1678-1747, 1754?, 자는 오교伍喬에서 오교午喬로, 호는 견강汧江, 향계香溪)이 벼슬을 끝내고 이곳으로 돌아와 가원을 구입하여 소원을 건축하였다. 그리하여 친구들과 술을 마시고 시를 지으며 시단을 수십 년간 주도하게 된다. 1732년에 이르러 도시의 하천을 준설하면서 화방畵舫이 원림까지 올라올 수 있도록 호수를 확장하였다. 이때 많은 사람이 재정적 후원을 하게 되는데 후원자의 이름을 일일이 기록하지는 않았다. 그리고 원림조경에 필요했던 대나무를 마왈관馬曰琯으로부터 기증 받았다는 사실을 기록하였다.

이상은 모두 원림 조성에 기여한 지인들의 재정적 물질적 후원 사례를 살펴보았다.

吳지역 출신인 친구 計成(자 無否)이 사람의 의중을 읽는 데 아주 능해, 내가 원하는 바대로 석공을 지휘하여 한 치의 오차도 없이 공사를 하였다. 그리하여 그림을 여한 없이 재현하였다.(以吳友計無否善解人意, 意之所向, 指揮匠石, 百不失一, 故無毀畵之恨.)(明 鄭元勳 〈影園自記〉)

원림은 강희 계축년(1673)에 완성이 되었는데, 雲間 張陶庵이 돌을 쌓았고, 烏目山人 王石谷이 그림을 그렸으며, 고향사람인 葉九來 선생이 시를 지어 준공이 되었다.(園成于康熙癸丑, 雲間張陶庵疊石, 烏目山人王石谷爲之圖, 吾鄕葉九來先生詩以落之.) (淸 徐乾學 〈依綠園記〉)

영원의 원주인 정원훈鄭元勳은 계성計成에게 설계를 부탁하면서 시공까지 지휘하도록 하여 만족할 만한 원림을 완성하였고, 소주의 의록원은 장대張岱(1597 – 1679: 자 종자宗子, 호 도암陶庵)가 돌을 쌓고 왕휘王輝(1632 – 1720: 상숙인常熟人, 자 석곡石谷)가 그림을 그리고, 섭혁포葉奕苞(1662년 전후: 곤산인昆山人, 자 구래九來)가 시를 지어 마침내 원림이 준공되었다. 이상의 두 사례는 모두 원림 조성과 관련이 있는데, 문화 예술적 후원이라고 말할 수 있다. 원림 조성이나 경영의 주체는 크게 네 가지로 나눌 수 있는데, 즉 원림의 소유주(owner, client), 원림의 조영을 주관하는 인물 또는 설계자(master), 원림을 구체적으로 시공하는 인물(worker, craftsman), 그리고 완성된 원림의 이용자(user)로 본다. 이런 잣대로 보면, 계성은 원림의 설계자 겸 시공자로, 장대나 왕휘, 그리고 섭혁포 등은 모두 문화예술을 후원하는 시공자가 되는 셈이다. 모두 원림의 발전을 위한 문화후원자[186]라고 볼 수 있다.

---

186) 하우저에 따르면, 르네상스의 문화후원자는 소상인이나 수공업자들보다는 문화를 독점하려고 했던 비민중적이고 라틴화된 '교양 엘리트집단'을 지칭한다고 하였다. (아르놀트 하우저 저, 백낙청·반성완 역 〈문학과 예술의 사회사 2:르네상스·매너리즘·바로끄〉, ≪창작과 비평≫서울: 2004). 하지만 중국의 경우는 교양엘리트 집단만이 문화후원자의 역할을 한 것이 아니라는 점에서 서양과 구

4. 나오면서

명·청시대의 강남원림은 그 지역의 명문세족, 중앙에서 은퇴하여 낙향한 관리, 자신들의 재력을 이용하여 상류계층에 동참하려 했던 염상들이 주로 소유하고 있었다. 이들은 대부분 자신들의 원림으로 많은 사람과 단체(아회雅會, 결사結社)를 초대하고 혹은 스스로 찾아오게 하여 자신의 명성과 원림의 평판이 곳곳에 전파되고 각인되도록 노력하였다. 그리하여 원주들은 이들을 위하여 잔치를 베풀고 함께 어울려 술을 마시고 시를 지으며 유락생활을 일상화하였다. 어떤 경우에는 수 년 동안 숙식을 제공하기도 하였다. 이에 사인들은 인문적 매개체(제명題名, 제액題額, 제기題記, 제시題詩, 제화題畵, 각석刻石 등등)를 통하여 원림과 원주의 명성을 대외에 알림으로써 보답하였다. 이처럼 자연스럽게 이루어진 상호 후원은 개인 상호간의 관계를 돈독히 해 주었을 뿐만 아니라, 나아가 많은 아집과 결사조직이 원림에서 활동을 펴게 됨으로써 사회 동력의 근원지로 정착하게 되었다.

이 논문에서는 후원을 크게 두 가지로 나누어 살펴보았다. 하나는 원주를 후원자의 입장에서 본 것이고, 다른 하나는 원주를 피후원자의 입장에서 본 것이다. 전자의 경우에는 '산인'과 '사인'을 대상으로 한 개인 후원과 '아회'와 '결사'를 대상으로 한 집단 후원을 다루었다. 그 결과, 원주는 타자(개인, 집단)에게 물질적 경제적 후원을 하였고, 타자는 그 보답으로 인문적 예술적 후원을 하였다는 사실을 알 수 있었다. 후자의 경우에

별하여야 한다.

는 타자의 대표적 인물로 '군왕'과 '지인'을 대상으로 내세워 원주를 후원한 사실을 밝혔다. 군왕은 남순 시에 원림에 묵으면서 원림의 위상과 원주의 명성을 사방에 떨치게 해 주었다. 더욱이 어제御製까지 하사한 것은 원주의 입장에서는 일생 최고의 영광이자 후원이었다. 지인의 경우에는 원림 조성 시에 필요한 경제적 물질적 재원을 후원한 것과 전문기술을 제공하는 기술적 후원, 그리고 예술 작품을 제공하는 문화적 후원을 한 사실을 밝혔다.

명·청대 강남지역 원림의 사회적 역할과 가치, 원주와 타자간의 다양한 후원 실상을 살펴본 바로는, 원주와 타자 간에 이루어진 상호 후원이 조직화 되고 체계화 되어 어떤 룰 속에서 규칙적으로 진행되지는 않았다. 하지만 원림을 중심으로 한 원주와 타자간의 후원은 호혜주의의 바탕 위에서 상호 유기적인 관계를 유지하였고, 원림을 통한 후원은 다양한 문화현상 중의 하나로 사회의 한 축을 형성하였으며, 개인과 개인 개인과 단체 단체와 단체 등은 모두 연결고리로 다양하게 얽혀 있었기 때문에, 강남 지역 명·청대 원림 후원 시스템은 큰 틀 속에서 상호 유기적으로 끊임없이 작동하고 있었다고 볼 수 있다.

〈참고서적〉

本社編訂, ≪中國歷史紀年表≫, 臺北: 華世出版社, 1978.
陳植·張公馳 選注 ≪中國歷代名園記≫, 合肥: 安徽科學技術出版社, 1983
童寯 著, ≪江南園林志≫, 北京: 中國建築工業出版社, 1984.
周明初 著, ≪晚明士人心態及文學個案≫, 北京: 東方出版社, 1997.
郭英德 著, ≪中國古代文人集團與文學風貌≫, 北京: 北京師範大學出版社,
　　　　1998.
趙園 著, ≪明清之際士大夫研究(上, 下)≫, 北京: 北京大學出版社, 1999.
本社編, ≪新編 中國地圖冊≫, 廣州: 廣東省地圖出版社, 1999.
陳從周 主編, ≪中國園林鑑賞辭典≫, 上海: 華東師範大學出版社, 2001.
王鐸 著, ≪中國古代苑園與文化≫, 武漢: 湖北敎育出版社, 2002.
劉庭風 著, ≪中國古園林之旅≫, 北京: 中國建築工業出版社, 2003.
何宗美 著, ≪明末清初文人結社研究≫, 天津: 南開大學出版社, 2003.
王日根 著, ≪明清民間社會的秩序≫, 長沙: 岳麓書社, 2003.
陳從周·張啓霆 選編 趙厚均 注釋, ≪園綜≫, 上海: 同濟大學出版社, 2004.
王毅 著, ≪中國園林文藝史≫, 上海: 人民出版社, 2004.
岳毅平, ≪中國古代園林人物研究≫, 西安: 三秦出版社, 2004.
章采烈 編著, ≪中國園林藝術通論≫, 上海: 上海科學技術出版社, 2004.
金學智 著, ≪中國園林美學≫, 北京: 中國建築工業出版社, 2005.
曹林娣 著, ≪中國園林文化≫, 北京: 中國建築工業出版社, 2005
吳建華 著, ≪明清江南人口社會史研究≫, 北京: 群言出版社, 2005.
張家偉 著, ≪江南名園≫, 上海: 上海書店出版社, 2005.
羅宗强 著, ≪明代後期士人形態研究≫, 天津: 南開大學出版社, 2006.
徐林 著, ≪明代中晚期江南士人社會交往研究≫, 上海: 上海古籍出版社, 2006.
何宗美 著, ≪明末清初文人結社研究續編≫, 北京: 中華書局, 2006.
李斗著 王軍評注 ≪揚州畵舫錄(揷圖本)≫, 北京: 中華書局, 2007.

제2장

〈원림기〉 번역: 江蘇省편

1. 진강鎭江

1) 몽계夢溪

■ 몽계는 윤주潤州(진강鎭江) 주방문朱方門 밖의 동쪽에 있으며, 원우元祐 원년(1086) 이후에 심괄沈括(1031~1095)이 지은 원거園居이다. 훗날 그곳의 뱃길 이름을 따서 '몽계'라 하였다.

내 나이 서른 쯤 되었을 때 어느 하루 꿈을 꾸었는데, 어디에 이르러 작은 산으로 올라갔다. 꽃과 나무가 비단처럼 펼쳐 있고, 산 아래 물은 깨끗하여 바닥이 보였으며, 교목喬木이 그 위를 가리고 있었다. 꿈속에서 문득 장차 이런 곳에 살고 싶다는 생각을 하였다. 10여년 후 선성군수宣城郡守로 부임하였더니 어느 도인道人이 경구京口에서 가장 경치가 빼어난 곳에 포圃가 하나 있다고 하였다. 이에 삼십만 전을 주고 구입하려고 하였으나, 그것이 어디 있는지 알 수가 없었다. 이후 육 년 간 폄적의 시련을 겪다, 심양潯陽의 위두동熨斗洞에다 오두막집을 지어 여산廬山을 유람하며 종신토록 살고자 하였다. 원우 원년에 이르러 경구를 지나다 도인이 머무는 원림에 올랐더니 놀랍게도 꿈에서 노닐던 바로 그곳이었다. 그리하여 심양의 거처를 버리고 경구의 경계에다 집을 지었다. 성읍城邑이지만 고목이 황폐하고 사슴과 돼지가 뒤섞여 살기에 손들이 오면 모두 눈살을 찌푸리고 돌아갔다. 하지만 나는 홀로 이곳을 즐겼다. 샘에서 고기 잡고 못에서 배를 타고 무성한 나무와 넓은 그늘 아래에서 자연을 감상하며 옛사람을 그리워하였으니, 즉 도잠陶潛, 백거이白居易, 이약李約[187] 등 '삼열三悅'이었다. 그들과 더불어 마음속으로 수작酬酌하며 함께 하는 것이 있었으니, 금琴·기棋·선禪·묵墨·단丹·차茶·음吟·담談·주酒 등 '구객九客'이었다. 사 년간 머물다 병이 났는데 나이가 들수록 더욱더 수척해져 말라죽은 나무처럼 되었다. 하지만 내가 어찌 이곳에서 죽을 수 있겠는가?

(宋 沈括 <夢溪自記> ≪至順鎭江志≫ 卷12)

---

187) 당나라 왕족이며 자가 存博, 自號가 蕭齋이다. 元和 연간에 兵部員外郎을 지냈다. 이후에 관직을 떠나 은거하였다. 시에 능했다.

2) 연산원硏山園

■ 악가岳珂(1183~1240)는 호가 권옹倦翁이며, 가정嘉定 14년(1221)
에 진강지부鎭江知府에 임명되었고, 보경寶慶 3년(1227)부터 소정
紹定 2년(1229)까지는 회동총령淮東總領으로 임명되었다. 그 당시
해악암海岳庵을 취득하여 연산원硏(硯)山園을 지었다. 그 원림은
진강鎭江 감로사甘露寺 아래 강을 끼고 있다. 풍다복馮多福은 무
석無錫 사람이며 보경 3년(1227)에서 소정 원년(1228)까지 진강지
부로 있었다. 즉, 악가의 후임이다.

　채씨蔡氏의 ≪총담叢談≫[188]에 의하면, 미남궁米南宮[189]이 소학사蘇
學士[190]의 집에 있던 연산硏山[191]을 감로사甘露寺 땅과 바꾸어 거처로
삼으니, 호사가들이 입방아를 찧었다. 나는 그곳에 가서 '해악암海岳庵'
을 보고자 하였으나, 미씨米氏는 존재하지 않고 총령總領 악공岳公이 지
은 숭대별서嵩岱別墅만 있었다. 악공은 고아古雅하고 박식博識하여 진
晉・송宋 이래로 내려오던 귀한 서예작품들을 소장하고 있었는데, 특히
남궁南宮(미불米芾)의 문장과 서화를 좋아하여 승경勝景마다 그의 시 중

---

188) 북송의 蔡條가 지은≪鐵圍山叢談≫.

189) 米芾(1051~1107). 송 太原 사람으로 襄陽에 옮겨가 살았다. 자는 元章이고 호는 鹿門居士이다.
　　禮部員外郎과 知淮陽軍을 지냈으며, 세상 사람들은 그를 '米南宮'이라 불렀다. 서예에도 뛰어나
　　王獻之의 筆意를 지녔으며, 송나라 四大家 중의 한 사람이다.

190) 蘇仲恭. 蘇舜元(1006~1054)의 손자이다.

191) 大硯臺. 米芾은 〈硏山詩序〉에 '누가 그것을 작다고 하였는가? 붓과 벼루를 배치할 정도인데. 이
　　돌은 마치 숭산과 태산의 형상 같고, 정수리에는 네모난 작은 단까지 있도다.(誰謂其小, 可置筆研,
　　此石形如嵩岱, 頂有一小方壇.)'라고 하였다. 南唐 後主 황실의 보물이었다고 전해진다.

에 등장하는 어휘를 뽑아 이름을 붙였다.

(宋 馮多福 <研山園記>≪至順鎭江志≫卷12)

3) 매고별서梅皐別墅

진강의 성문 밖으로 나가면 3리쯤 떨어진 곳에 파산破山이 있다. 파산에는 사원이 있고, 거기서 동남쪽으로 반 리 떨어진 곳에는 녹초鹿樵의 관찰觀察이었던 장공張公[192]의 묘가 있다. 그곳은 산음山陰(산의 북쪽)을 뒤에 두고 평야를 마주하고 있으며, 두 개울이 에워싸고 있는 뒤쪽으로 고당高堂을 건립해 놓았는데, 앞은 문이고 뒤는 집으로 부엌과 욕실이 모두 구비되어 있다. 고당의 왼쪽 구석진 곳에 원림이 있는데, 나무판에 '매고별서梅皐別墅'라고 적혀 있다. 이 원림은 임신년(1832) 가을에 완공이 되었는데, 장공은 사람들을 초대하여 잔치를 벌였다. 당시를 생각하면 정亭·사榭·수樹·석石이 처음부터 배치가 되어 있었는데, 이후 다시 놀러 가려고 여러 차례 시도하였으나 실행에 옮기지 못했다. 올가을에 색생嗇生과 약헌約軒이 심낙沈雒에게 그림을 부탁하였고 나에게 <기>를 부탁하였다. 순식간에 7년이 지났는데, 지池·관館은 여전하고 산광山光은 옛날 같고 대臺·사榭·수樹·석石은 더 늘어나 정말 볼 만 하였다. 도광道光 경자년(1840) 10월.

(淸 黃延鑒 <梅皐別墅圖記>≪第六弦溪文鈔≫ 권2)

---

192) 張大鏞. 생평이 未詳이다.

4) 낙지원樂志園

■ <낙지원기樂志園記>는 ≪단도현지丹徒縣志≫를 근거로 기록한
것이다. ≪고금도서집성古今圖書集成·원림부園林部≫에도 이 <기>
가 수록되어 있으나, 원림의 소재는 명확하지 않다. <기>에 이르
기를 "군성郡城의 남쪽에 양수암楊邃庵과 근계암靳戒庵의 원림이
있는데, 양楊과 근靳은 모두 진강에 살았다"라고 되어 있다. 이
<기>를 쓴 장봉익張鳳翼 또한 평생 사적이 전하지 않는다. ≪명
사明史≫<장봉익전>의 기록은 원적과 연대가 일치하지 않는다.
≪단도현지≫에는 원나라 사람 장봉익과 청나라 사람인 제생諸生
장봉익이 등장한다. <상의전尙儀傳>에도 등장하는데 연대가 다르
다. 가정·만력 연간의 소주蘇州 사람인 장봉익은 자가 백기伯起
이며 한때 명사였으나, 그의 <전傳>에는 진강으로 이주하여 살았
다는 기록이 없다. 태창太倉 장채張采의 부친 또한 이름이 봉익인
데 들어맞지 않는다.

  군성郡城의 남쪽에 대씨戴氏의 포圃가 두 개 있었는데, 그 중 하나는
수암邃庵 양소사楊少師[193)의 소유가 되어 대은원待隱園이 생겼고, 서애
西涯[194)와 공동崆峒[195)이 시를 붙였다. 다른 하나는 계암戒庵 근소부靳

---

193) 楊一淸(1454~1530). 명나라 鎭江府 丹徒 사람으로, 자는 應寧이고 호는 邃庵이다. 成化 8년
 (1472)에 진사가 되어 中書舍人으로 임명되었다. 나중에 巡撫陝西가 되어 延綏, 寧夏, 甘肅 등
 세 변방의 總制가 되었다. 戶部尙書로 발탁되었으나 吏部로 옮겨갔다. 兵部尙書, 左都御史, 三邊
 總制를 역임하였다. 內閣首輔를 원했으나 무고를 당하여 관직에서 물러났다.

194) 李東陽(1447~1516). 명나라 湖廣 茶陵 사람으로, 자는 賓之이고 호는 西崖이다. 天順 연간에
 진사에 급제하여 編修와 侍講學士를 역임하였다. 弘治 8년(1495)에는 禮部右侍郞에서 文淵閣大

少傅196)의 소유가 되었으나 오랫동안 관리를 하지 않아 황폐해졌다. 나의 집과는 가까워 매번 그곳을 지날 때마다 소요하며 한가롭게 머무는 즐거움을 느끼곤 하였다. 계미년(1583) 여름에 근씨가 나에게 넘겨주어 잡초를 제거하고 꽃과 나무를 수백 장章에 걸쳐 심고 원림을 만들었다. 주랑走廊 뒤에 정사精舍가 하나 있는데 '설가암雪珂庵'으로 대사大士들을 봉양하였다. 이곳에 설랑雪浪197)과 집안사람인 도음道蔭이 때때로 거주하였다. 그리고 소나무 아래 반석에서 오랫동안 바둑을 두며 세상일을 잊었다. 설랑은 <장송長松>과 <반석磐石>이라는 명문銘文을 지어 돌에 새겼다. 그리고 첩산疊山 전문가인 허진안許晉安이 양질의 태호석만을 골라 연못 안에 가산을 지었다. 그 위에 열 명 정도 앉을 수 있는 정자도 만들었다. 문창각文昌閣을 만들고 그 아래에 정자를 세웠는데, 낙성落成 때 진종훈陳從訓, 근부옥靳浮玉, 곽오유郭五遊 등과 정자 이름 때문에 논쟁을 벌이다 웃으며 끝이 났다. 원림에 다녀간 손은 모두 시를 지었는데, 내가 그것에 화답하여 한 권의 책을 만들어 계선乩仙198)의 으뜸으로

<hr>

학士가 되었다. 正德 연간에 少師兼太子太師, 吏部尙書, 華蓋殿大學士에 이르렀다. 문장이 典雅하고 流麗하며, 시는 새로운 영역을 개척하여 '茶陵派'의 영수가 되었다. 저서로는 ≪懷麓堂集≫이 있다.

195) 李夢陽(1473~1529). 명나라 慶陽(지금의 감숙성에 속함) 사람으로 開封으로 이사하였다. 자는 憲吉이고 호는 崆峒子이다. 弘治 연간에 진사가 되어 戶部主事로 임명되었다. 武宗 때 劉瑾의 모함을 받아 하옥되었다. 나중에 다시 江西提學副使가 되었으나 상관을 업신여겨 직위를 잃었다. 관직 없이 집에서 이십 년간 머물다 죽었다. '前七子' 중의 한 사람으로 '文必秦漢, 詩必盛唐'을 주창하였다. 저서로는 ≪崆峒子集≫이 있다.

196) 靳貴(1465~1520). 명나라 鎭江府 丹徒 사람으로, 자는 充道이고 호는 戒庵이다. 弘治 3년에 진사에 급제하여 編修에 임명되었다. 正德 초에 翰林侍講이 되었고, 그 후 禮部侍郞이 되었다. 武英殿大學士에 이르렀다.

197) 洪恩(1548~1608). 명나라 천부 상원 사람으로, 자는 三懷, 雪浪이다. 열두 살에 출가하여 절浪이다. 열두 머물렀다. 저서로는 ≪雪浪集≫이 있다.

198) 옛날에 미신으로 점을 칠 때 부르는 신령.

삼았다. 이름은 ≪낙지원회집樂志園匯集≫으로 기오헌寄傲軒의 널빤지 아래에 숨겼다. 나는 한가로운 팔자를 타고 나 술친구인 여러 문사들과 어울리며 글자를 풀이하고 술을 마시고 바둑을 두고 노래를 하면서, 새벽이 되는 줄도 모른 채 세월을 보낸 지 어언 삼십 년이 되었다.

(明 張鳳翼 <樂志園記>≪丹徒縣志≫)

2. 여고如皋

1) 수회원水繪園

　원주인 모벽강冒辟疆[199](1611～1693)은 회재불우懷才不遇하여 벼슬과는 거리가 멀었다. 이후에 황관黃冠(도사), 치려緇侶(승려) 등과 어울리면서 "내가 손이고 스님이 주인이다."라고 하여 원림을 암자로 바꾸었다. '수회水繪'의 '회繪'는 '회會'에서 나왔는데, 사방에서 온 물이 한 곳에서 만나 마치 그림 같다고 하여 붙인 이름이다. 옛날 '수회'는 치성治城의 북쪽에 있었으며 서쪽으로 벽하산碧霞山이 있었다.

(淸 陳維崧 <水繪園記>≪嘉慶如皋縣志≫卷21)

---

199) 이름은 襄이다. 명말 如皋 사람으로, 자가 辟疆이고, 자호가 巢民이었다. 朴巢라고도 불렀다. 어려서부터 文才로 이름을 날렸고, 詩文은 淸麗하였다. 명나라가 망하자 隱居不仕하였다.

2) 문원文園

여고의 관찰觀察 왕춘전汪春田은 외롭게 자라면서 어머니의 가르침을 받았다. 16세에 뛰어난 자질로 호부랑戶部郎이 되어 고종을 따라 사냥을 나갔다가 활을 잘 쏘아 공작모孔雀帽를 하사받았다. 후에 광서와 산동의 관찰사를 지냈다. 부모님 봉양을 위해 사직하고 20여 년을 문원에서 지냈다. 술 마시기와 시 짓기를 하루도 거르는 날이 없었다. 나는 도광 임오년(1822) 3월에 강을 건너 낭산狼山으로 가다가 양주에 도착할 무렵 길을 돌아가 문원을 방문했는데, 이때 왕춘전의 나이가 이미 육십이 되어 머리가 하얗게 세었다. 내가 시를 지어 증정하였다.

(淸 錢泳 <文園記>≪履園叢話≫)

3. 양주揚州

1) 평산당平山堂

전임 군수이자 참정參政인 구양공歐陽公[200]이 양주에 있을 때, 북강北岡(촉강蜀岡) 위쪽에 평산당을 지어 자주 유명 인사들과 어울렸다. 이후에 대부분의 사람들은 구양공이 지은 역사적 유물이라 여겨 평산당을 많이 찾았다. 이렇게 하여 더욱 세상에 알려지게 되었다. 가우嘉祐 8년

---

200) 歐陽脩(1007~1072).

(1063)에 직사관直史館인 단양丹陽의 조공刁公[201]이 공부낭중工部郎中에서 이곳으로 부임하여 구양공을 찾았을 때, 그는 이미 칠십이 되었고 평산당은 너무 오래되어서 겨우 명맥만 유지하였다. 조공이 부임한 다음 해에 모두 철거하고 다시 지었는데, 거기에 드는 비용은 약간의 예산 조정을 거쳐 거의 확정해 놓은 상태였다. 하루는 그곳을 가리키며 알려주기에 가서 보니 매우 장엄하고 화려하여 어느 하나도 부족함이 없었다. 다만 마당을 막아 행춘대行春臺를 만들었을 뿐이다. 옛날의 명성을 듣고 평산당을 찾아온 자는 지금 이곳에 올라 멀리 바라보며 청량함과 고상함을 만끽하는데, 나는 말로써 도저히 전할 수가 없다.

(宋 沈括 ＜平山堂記＞≪古今圖書集成・方輿滙編・職方典≫卷765

＜揚州府部＞)

송나라 구양수가 군수시절에 세운 당으로 오백 년 동안 사랑을 받았다. 강희 원년(1662)에 사인들이 제도를 바꾸어 사원이 되면서 다시는 볼 수 없게 되었다. 나는 강희 6년(1667)에 벼슬길에 나서 경사京師에 있는 5년 동안 하루도 평산당을 잊은 적이 없었다. 강희 12년(1673) 가을 양주로 보직발령을 받은 산음山陰의 김공金公에게 부탁을 하였더니 흔쾌히 수락하였다. 그가 군郡에 도착하여 고치고 세우니 사민士民이 모두 기뻐하였다. 그 다음해 나는 어머니 상을 당해 이곳으로 돌아와 그와 함께 역량을

---

201) 刁約(?~1082). 北宋 潤州 丹徒 사람으로 자는 景純이다. 天聖에 진사가 되었고, 慶歷 초에 知禮院이 되었다. 嘉祐 초에는 太常寺少卿 자격으로 거란에 사신으로 갔다. 知揚州, 宣州, 湖州를 역임하였으며, 신종 熙寧 초에는 判太常寺가 되었다. 관직에서 물러난 뒤에는 藏春塢를 지어서 많은 책을 소장하였다.

축적하여 7월에 계획하고 9월에 시작하여 11월에 완공하였다. 한 푼도 징수하지 않고 한 사람의 노역도 차출한 적이 없이 오순五旬만에 완공하였다. 김공은 잔치를 벌여 많은 손을 초대하니 사방에서 명현名賢들이 줄을 이어 달려왔다. 그것을 보고 간 자만도 수천 명에 달했는데, 거의 시를 지어 남겨두고 떠났다. 그 다음해 봄에 중수하면서 2,448량兩 6주銖의 돈과 연인원 18,560명을 동원하여 꼬박 1년이 걸렸다. 재원은 어사御史, 전운轉運, 태수太守, 좌령佐令 등의 관료와 이 지역의 사대부 그리고 양하兩河의 상인들이 출자하였다. 토목공사를 계획한 자는 도인道人 당심광唐心廣이었다.

(淸 汪懋麟 <重建平山堂記> 王振世輯《揚州覽勝錄》)

나는 양주의 평산당에 건륭 52년(1787) 가을에 처음 왔다. 그때 구봉원九峰園, 의홍운倚虹園, 소원筱園, 서원西園, 곡수曲水, 소금산小金山, 척오루尺五樓 등이 천녕문天寧門 밖에서 회남제일관淮南第一觀까지 뻗쳐 있었다. 삼십 년이 지난 지금 거의 남은 게 없어 옛 모습을 찾아볼 수가 없다. 그 때를 생각하니 정말 꿈만 같다.

(淸 錢泳 《履園叢話》<平山堂記>)

2) 영원影園

■ 숭정崇禎 7년(1634)에 건립되었다. 정원훈鄭元勳((1604~1645: 자

초종超宗)은 숭정 13년(1640)에 이곳에서 잔치를 열어 명사들을 초
청하였다. 그리고 황모란黃牧丹을 감상하게 하여 시 900수를 얻었
다. 전겸익錢謙益의 평정評定을 거쳐 남해南海의 여수구黎遂球
(1602~1646: 자 미주美周)가 지은 열 수를 최우수작품으로 뽑아,
그에게 ‘황모란장원黃牧丹狀元’이란 글자가 새겨진 황금잔 2개를
특별히 상품으로 주었다.

나는 강북출신이나 17세에 강남으로 와 금릉金陵(지금의 남경南京)의
여러 승경을 돌아보았고, 그 후 10년 동안 삼오三吳의 승경 절반을 보면
서 인생의 뜻을 둘 수 있는 곳이 바로 여기라고 여겼다. 그리하여 승경을
볼 때마다 그림을 그려 두었다. 임신년(1632)에 동현재董玄宰202) 선생이
양주를 지날 때, 나는 서책畵冊을 보여주며 평가해 달라고 하였다. 선생
은 잘못 알아들었는지, 산수에 골성骨性이 있다고만 말할 뿐 필묵筆墨의
능숙함과 서투름에 대해서는 말하지 않았다. 나는 그에게 “고심을 거듭하
다 성의 남쪽에 폐기된 포圃를 하나 샀는데, 장차 이것을 수리하여 어머
니를 봉양하며 나의 독서처로 만들려고 합니다. 제가 가끔 한가할 때면
옛사람들의 훌륭한 발자취를 따라 와유臥遊하는 것이 가능할까요?”라고
물었다. 그러자 선생은 “가능하다.”라고 말하며 “그곳에 산이 있느냐?”라
고 물어 자세히 설명하였다. 그곳이 ‘유영柳影’, ‘수영水影’, ‘산영山影’으
로 가려 있다고 하자, ‘영원影園’이라는 두 글자를 써 주었다. 갑술년
(1634)에 처를 잃고 백내장까지 생겨 책도 읽지 못하고 술도 마시지 못하

---

202) 董其昌(1555~1636). 명나라 松江府 華亭 사람으로 자는 玄宰, 호는 思白 혹은 香光居士이다.
　　만력 연간에 진사가 되었다. 編修에 임명되었다가 나중에 南京禮部尚書에 이르렀다. 숭정 때 詹事
　　府事를 그만두고 귀향하였다. 서화에 모두 뛰어났다. 시호는 文敏이다.

여 의욕을 상실하였다. 이에 노모가 걱정을 많이 하여 즐거운 일을 억지로라도 찾을 것을 권하자 형제들이 원림을 짓도록 종용하였다. 이에 칠팔 년 동안 준비해 두었던 이곳을 팔월 한 달을 넘기며 대충 모양만 갖추었다.

홍보鴻寶의 예사倪師203)가 곽취정潑翠亭에 제를 붙였고, 진미공陳眉公204) 선생이 이백의 '호연미유독浩然媚幽獨'<심양자극궁감추작尋陽紫極宮感秋作>을 인용하여 '미유각媚幽閣' 세 자를 만들어 증여하였다. 시인 왕선민王先民205)이 보예루寶蘂樓를 엮어 방생처로 삼으니 때때로 염불소리가 들렸다. 그가 죽어 그 안에서 제사를 지냈다. 사우社友인 염사경閻舍卿이 그곳을 지키면서 예전처럼 방생하였다. 선민은 친구로 만났지만, 지금은 사우死友가 되어 가까운 곳에 있다. 팔월에 대충 모양을 갖추고 해를 넘기며 완전히 새롭게 탄생하였다. 오吳지역 친구인 계무부計無否가 사람의 의중을 잘 헤아려 석장石匠을 지휘하니 한 치의 오차도 없었다. 숭정 정축년(1637) 청화월淸和月(2월 혹은 4월)에 <기>를 적는다.

(明 鄭元勳 <影園自記>≪影園瑤華集≫)

---

203) 倪元璐(1593~1644). 명나라 浙江 上虞 사람이다. 자는 玉汝이고, 호는 鴻寶, 園客이다. 天啓 연간에 진사가 되어 編修를 除授 받았으며, 國子監祭酒, 兵部右侍郎, 戶部尚書 등을 역임하였다. 李自成이 북경에 입성하자 목을 매어 자살하였다. 시문에 능했고, 行書와 草書를 잘 썼으며, 특히 山水竹石을 잘 그렸다.

204) 陳繼儒(1588~1639). 명나라 松江府 華亭(지금의 상해 송강) 사람이다. 자는 仲醇이고, 호는 眉公, 麋公이다. 박학다식하며 어려서부터 고향 출신인 董其昌과 함께 이름을 날렸다. 29세 때 東佘山에 은거하여 두문불찰하며 저술활동을 하였다. 여러 차례 벼슬을 사양하고 그곳에서 죽었다. 시문에 능했고 서화는 천하에 이름을 떨쳤다.)

205) 王醇, 字는 先民이다. 명나라 江都 사람으로 오랫동안 蘇州에 살다가 揚州에서 죽었다.

3) 휴원休園

<그림 24> 양주 휴원

■ 정지언鄭之彦은 네 아들이 있었다. 장남은 원사元嗣이며 자가 장길
長吉이다. 둘째는 원훈元勳이며 자가 초종超宗이다. 셋째는 원화元
化이며 자가 찬가贊可이다. 막내는 협여俠如이며 자가 사개士介이
다. ≪양주화방록揚州畵舫錄≫에 보인다. 협여는 명말에 공부사무
工部司務가 되었다.(<원림기>에 '수부水部', '사공司空'이라고 한
것은 모두 '공부工部'를 일컫는 말이다.) 청초에 양주 유수교流水橋
에 휴원을 건립하였다. 협여의 아들은 광光이고, 광의 아들은 무가
懋嘉이다. 그가 중수를 하였다. 방상영方象瑛과 허승가許承家가 각
자 <중집휴원기重葺休園記>를 지었다. 무가의 아들인 왕형玉珩이
다시 수리를 하고 장운장張雲章이 <삼수휴원기三修休園記>를 지
었다.

휴원은 강도江都(양주) 유수교에 있으며, 공부사무를 지낸 사개 정공鄭公의 별업이자, 그의 손자인 효렴 무가의 독서처이다. 수부(협여)가 명말에 그의 형인 장길·초종·찬가 등과 함께 문장으로 이름을 날려 동남쪽에서는 비중 있는 인물이었다. 그들은 각자 원정園亭을 지어 부모를 봉양하였다. 장길공은 왕씨원王氏園을, 초종공은 영원影園을, 찬가공은 가수원嘉樹園을 가졌다. 사개공은 나이가 어려 혼자만 원림이 없었는데 사공司空을 그만둔 뒤 돌아와 주씨朱氏의 옛 터를 사서 노후에 즐긴다는 뜻으로 '휴원'이라는 원림을 만들었다. 아들인 시어侍御 회중공晦中公[206]이 그것을 물려받아 원림이 더욱 성대하게 되었다. 광의 아들인 무가가 어려서, 원림을 억지로 뺏고자 하는 사람이 많았으나, 열심히 공부하여 순천順天(지금의 북경) 향시鄕試에 합격하니 바야흐로 선조들의 옛 원림을 증수增修할 수 있게 되었다. 이 <기>는 무가가 나에게 청하여 지었다.

(淸 方象瑛 <重葺休園記>≪休園志≫)

4) 유장楡莊

건륭 경자년(1780)에 무송주인撫松主人이 나를 초대하여 가니, 문밖으로 백유白楡가 쭉 늘어서 있어 왜 이런 이름이 붙었는지 알 수 있었다. 이날 술이 반순 정도 돌았을 때, 주인은 나에게 <기>를 부탁하였다. 무송주인은 성격이 소박하여 서까래를 다듬지도 않았고 채색되지 않은 편

---

206) 俠如의 아들인 光은 자가 晦中이다. 順治 6년(1659)에 진사가 되어 監察御使를 지냈다. 고로 '侍御'라 하였다.

액에다 기둥위에는 네모난 나무조차 없었다. 한두 사람의 유인幽人이 머무는 것 외에는, 지위가 높은 사람이나 권세 있는 사람이 와도 거절하였다. 원림을 지킨다는 것은 곧 몸을 지키는 것이니, 옛 분들의 은거불사隱居不仕한 유풍이 그대로 남아 있었다. 원림이 은일장소라면 어찌 글로 쓰는 것이 옳은 일이겠느냐? 하지만 이미 늙고 수척해서 언제 다시 올지 모르고, 잊기도 잘하는 데다 승경이란 한번 보면 끝이 아닌가? 그림이 소중하긴 해도 <기>를 남기는 것보단 못하다. 비록 미천한 주인이 부탁하는 것이라 해도, 와유臥遊를 할 수 있도록 대강이라도 써 주어야겠다고 생각하였다. 더군다나 우리 두 사람은 취미가 같고 스스럼없는 사이가 아닌가? 그때 손지정孫芝亭과 왕지포汪芝圃가 함께 갔는데 세 사람 모두 친척이었다.

(淸 袁枚 <楡莊記>≪小倉山房文集≫)

5) 동원東園

　동원은 중녕사重寧寺의 동쪽에 있다. 군郡 안에는 동원이 두 개 있었는데, 하나는 천녕사天寧寺의 동원이고, 다른 하나는 연성사蓮性寺의 동원이다. 둘 다 지금의 강씨江氏[207]가 구입한 동원이 아니다. 강씨는 중녕사 옆 매화서원梅花書院을 수리하여 매화령梅花岭을 복원하였고, 그 높이는 십수 장丈이나 되었다. 그리하여 '동원'이라 이름 짓고 문설주를 달

---

207) 江春. 자는 潁長이고 호는 鶴亭으로 안휘성 歙縣 사람이다.

아 '인유봉무麟遊鳳舞'라고 하였다. 원림 안의 '희춘당熙春堂', '부감실
俯鑑室', '낭간총琅玕叢' 등은 모두 하사받은 명칭이다. 이 원림은 예운
림倪雲林의 필의筆意를 잘 아는 자가 건축하였다. 문밖의 두 갈래 잣나
무는 마치 사람이 서 있는 것 같고, 돌을 앉혀 놓은 것 같고, 버들가지가
늘어져 있는 것 같다. 놀러온 사람들이 말하기를 물과 나무는 이 원림이
최고라고 한다.

(淸 李斗 ≪揚州畵舫錄≫＜東園考＞)

6) 소홍원小洪園

  권석동천卷石洞天은 성인청범城闉淸梵의 뒤에 있으며, 옛날 운원鄖園
땅이었다. 운원은 괴석怪石과 노목老木이 유명하며, 지금은 홍씨洪氏 소
유가 되었다. 예전에 물가에 있던 태호석으로 된 가산을 구멍을 파서 아
홉 개의 사자 모양을 만들어 물 안에 설치하고 위로는 다리와 정자를 놓
아 '권석동천'이라 하였는데, 사람들은 그것을 '소홍원'이라 하였다.

(淸 李斗 ≪揚州畵舫錄≫＜卷石洞天＞)

7) 서원곡수西園曲水

  서원곡수는 옛날에는 서원西園의 찻집이었다. 장張씨, 황黃씨를 거쳐
원림이 되었고, 왕씨汪氏에게 귀속되어 탁청당濯淸堂, 상영루觴詠樓, 수

명루水明樓, 신월루新月樓, 불류정拂柳亭 등 여러 승경을 갖추었다. 수
명루 뒤에는 한문旱門(육로로 통하는 문)이 있으며, 강원江園의 한문과
마주보고 있다. 지금은 포씨鮑氏 소유이다.

(清 李斗 ≪揚州畵舫錄≫)

8) 남원南園

　성의 남쪽 고도교古渡橋 두둑에 흡현歙縣 왕汪씨가 구련암九蓮庵의
옛터를 사서 별장을 지어 '남원'이라 하였다. 그 안에는 심류독서당深柳
讀書堂, 곡우헌谷雨軒, 풍의각風漪閣 등 여러 승경이 있다. 건륭 신사년
(1761)에 강남에 있던 태호석 아홉 개를 구입하였는데, 큰 것은 한 장丈
이 넘었고 작은 것은 한 심尋 밖에 되지 않았다. 두 개는 해동서옥海桐
書屋에, 두 개는 징공정澄空亭에, 한 개는 일편남호一片南湖에, 세 개는
옥영롱관玉玲瓏館에, 한 개는 우화당雨花庵에 배치하여 '구봉원九峰園'
이라는 이름을 하사 받았다. 원림에는 아홉 개의 기이한 돌이 있는데, 봉
우리라는 이름을 붙였으나 사실은 산봉우리가 아니다.

(清 李斗 ≪揚州畵舫錄≫)

　양주의 구봉원은 기석이 영롱한데 아홉 개가 아주 빼어나 붙인 이름이
다. 전하는 바에 의하면, 모두 해악암海岳庵의 옛 물건이란다. 건륭이 남
순하면서 두 개의 돌을 어원御苑으로 가져가 칠봉七峰이 되었다. 근래에

다시 무너져 네댓 개만 있을 뿐이다.

(淸 錢泳 ≪履園叢話≫ <九峰園記>)

9) 의홍원倚虹園

원림의 출입문은 도춘교渡春橋 동쪽에 있으며, 문안으로 묘원당妙遠堂
이 있고, 오른쪽에 전춘당錢春堂이 있다. 물가에 음홍각飮虹閣이 있고,
바깥으로 방호方壺 모양의 섬들이 있다. 묘원당 뒤쪽에는 대나무 사이로
길이 나 있는데, 물가에는 나루터가 없고 구불구불 돌아가면 멀리 함벽루
涵碧樓가 나온다. 함벽루 뒤에는 석방石房이 있고, 그 옆에는 이층 가옥
이 있는데, 하사 받은 이름이 '치가루致佳樓'이다. 의홍원의 승경은 물에
있고 물의 승경은 바로 수청水廳에 있다. 호수 위 수루 중 수계루修禊樓
가 가장 좋은데, 그곳에 건륭이 하사한 편액 '의홍원'이 걸려 있다.

(淸 李斗 ≪揚州畵舫錄≫)

10) 야춘시사冶春詩社

야춘시사는 홍교虹橋의 서쪽 언덕에 있다. 강희 연간에 홍교의 찻집
이름을 '야춘사冶春社'라고 하였다. 공동당孔東塘[208]이 제액하였고, 옆에

---

208) 孔尙任(1648~1718). 자는 聘之, 季重 호는 東塘, 岸堂 별호는 雲亭山人이고, 청나라 산동 曲
阜 사람이다. 관직은 戶部員外郎에 이르렀다. 시문에 능했고 음률에 능통하였다. 희곡 〈桃花扇〉으

는 왕산애별서王山靄別墅가 있다. 나중에 전씨田氏에게 귀속되었고 그 주위로 원림을 지었다. 이후 '야춘시사'라고 하였다.

(清 李斗 ≪揚州畵舫錄≫)

11) 정향원淨香園

　하포훈풍荷蒲薰風이 홍교의 동쪽 언덕에 있는데, 일명 '강원江園'이라고 한다. 건륭 27년에 '정향원'이라는 이름을 하사 받았다. 대나무 사이로 작은 길이 있고, 대나무 숲 가운데 작은 집이 있는데, 이것이 수정水亭이다. 수정 바깥으로 청화당淸華堂과 청낭간관靑琅玕館이 있고, 그 밖으로 부매서浮梅嶼가 있다. 대나무 숲이 끝나면 춘우랑春雨廊과 행화춘우지당杏花春雨之堂이 있다. 강원과 서원의 출입문이 서로 마주보고 있다.

(淸 李斗 ≪揚州畵舫錄≫)

12) 취원趣園

　이 원림은 강원江園의 환취루環聚樓와 붙어 있다. 금경각錦鏡閣에 들어가면 나는 듯한 처마가 겹쳐져 보이는 건물이 강 중앙으로 뻗쳐 있다. 수운승개水雲勝槪가 장춘교長春橋 서안에 있는데, 이것 또한 '황원黃園'

로 이름을 날렸다.

이라고 부른다. 황원은 금경각에서 시작하여 소남병小南屛에서 끝난다. 중앙에 장춘교가 있어 두 공간으로 나뉘어졌다. 다리의 동쪽이 사교연우四橋煙雨이고, 서쪽이 수운승개이다.

(淸 李斗 ≪揚州畵舫錄≫)

13) 백탑청운白塔晴雲

백탑청운은 연화교蓮花橋 북쪽 언덕에 있다. 물가로 뻗어나가 얕은 물과 거의 닿았다. 물 가운데 큰 바위는 웅크리고 있는 짐승처럼 보이고, 물이 말라 바위가 돌출하니 아래위로 층계가 생겼다. 위로는 기이한 봉우리가 솟았고 봉우리 바위에 '백탑청운白塔晴雲' 네 자가 새겨져 있다. 원림 안 십여 무의 땅에 작약芍藥이 있는데, 꽃이 피면 심은 나무는 골조가 되고 엮은 갈대는 발(렴廉)이 되고 묶은 대나무는 울타리가 되고 기대 놓은 나무는 문이 된다. 밭두둑에 이르면 길은 점점 좁아지고 종횡으로 굽이져 놀러온 자는 때때로 길을 잃고 어디로 가야 할 지 모른다.

(淸 李斗 ≪揚州畵舫錄≫)

14) 석벽유종石壁流淙

이 원림은 서상각西爽閣 앞 못에서 좁은 수로를 통해 소방호小方壺로 들어간다. 중간에 청사廳事가 있으며 '화담죽서花潭竹嶼'라는 편액이 걸

려 있다. 청사 뒤에는 정향서옥靜香書屋이 있는데 두 개의 산 가운데 위
치하고 있으며 매화가 특히 많다. 석벽유종은 물과 돌로써 승경을 이룬
다. 교묘한 돌을 옮겨와 기이한 봉우리를 쌓았고 샘물을 모아 가파른 절
벽으로 내려 보내면 붉고 푸른 괸 물이 된다. 이것이 석벽유종의 아름다
움이다.

(淸 李斗 ≪揚州畵舫錄≫)

15) 금천화서錦泉花嶼

금천화서는 장씨張氏의 별업이다. 서공徐工 아래 촉강蜀岡으로 다가가
면 수水・석石・화花・수樹가 대단히 많으며 샘이 두 개 있다. 하나는
구곡지九曲池의 동남쪽 구석에, 다른 하나는 미파협微波峽에 있는데, 마
침내 '금천화서'라고 이름을 붙였다.

(淸 李斗 ≪揚州畵舫錄≫)

16) 춘대축수春臺祝壽

춘대축수는 연화교蓮花橋 남쪽 언덕에 있는 것으로 왕씨汪氏가 지었
다. 법해교法海橋 안쪽 하천 출구에 부채 모양의 청사를 지었다. 앞 처마
는 입술 모양이고, 뒤 처마는 치아 모양으로 양쪽이 마치 '팔八'자 같았
다. 그 안의 격자창은 접는 부채 같고, 병풍과 창문 또한 각각 부채모양

을 하고 있다. 가장 훌륭한 것은 청사 위의 야월연등夜月燃燈으로 물속
에 비취면 마치 선면등扇面燈 같다.

(淸 李斗 ≪揚州畵舫錄≫)

17) 소원筱園

  소원은 원래 작은 원림으로 입사교卄四橋 옆에 있었으며, 강희 연간에
사인들이 작약芍藥을 심던 곳이었다. 원림둘레가 약 40무로, 중간에 개간
한 십여 무가 작약밭이었다. 꽃이 필 때 차를 팔아 생계를 유지하였다.
강희 병신년(1716)에 한림翰林 정몽성程夢星209)은 귀향한 뒤 가원家園을
구입하여 소원과 의남漪南별장을 지었다. 여기에서 친구들과 술과 시로
써 즐기며 시단을 수십 년 간 주도하였다. 옹정雍正 임자년(1732)에 이르
러 도시 하천을 준설하면서 한림(정몽성)이 많은 사람들을 설득하여 기부
를 받아 보장호保障湖를 다시 준설하였다. 또한 우당藕堂의 연꽃 경계를
넓혀서 화방畵舫이 법해사法海寺에서 멈추던 것을 원림까지 올 수 있게
하였다. 이 원림에는 줄곧 대나무 밭이 있었으나 오랫동안 말라 죽어 있
자 마왈관馬曰琯이 대나무를 증여하였다. 그리하여 이곳을 '소원'이라 하
였다. 경신년(1740) 겨울 개울 옆에 작은 정자를 만들어 '소의남小漪南'
이라 하였다. 건륭 을해년(1755)에 다리를 완성하면서 노아우盧雅雨210)를

---

209) 程夢星(1678~1747,1754?). 청나라 강소 강도 사람으로 원래 자는 伍喬였는데 午喬로 바꾸었
    고, 호는 汧江, 香溪이었다. 강희 51(1712)에 진사가 되어 翰林院編修를 지냈다. 모친상을 당한
    이후에 관직에 나가지 않았다. 筱園과 漪南別業을 지어 친구들과 시와 술로써 지내며 시간 가는 줄
    몰랐다. 시단을 수십 년간 주도하였다.

만났고, 정우교程牛喬(몽성)와 함께 수리하여 춘우각春雨閣에서 구양수와
소식의 제사를 지냈다. 왕사진王士禛이 '소의남'을 '소정蘇亭'으로 개명
하였다. 건륭 갑신년(178것을에 왕정장汪廷璋에게 귀속되어 '왕원汪園'으
로 불렸다.

(淸 李斗 ≪揚州畵舫錄≫)

18) 촉강조욱蜀岡朝旭

이씨李氏의 별장이다. 이지훈李志勳은 초월헌初月軒, 조청연하眺聽煙
霞, 월지운계月地雲階 등 여러 승경을 만들었으나, 지금은 임동臨潼 장
씨張氏의 소유이다. 건륭 임오년(1762)에 강가에 건물을 세워 '고영高詠'
이란 이름을 하사 받았다. 건물 앞에는 보장호保漳湖가 있고 뒤에는 연
당蓮塘이 있는데, 장씨는 그것을 유지하면서 수천 석의 태호석을 수레로
나르고 수십 무의 보성죽堡城竹을 옮겨와 앞에는 석승石勝, 뒤에는 죽승
竹勝, 중간에는 수승水勝이라는 명성을 얻었다.

(淸 李斗 ≪揚州畵舫錄≫)

---

210) 盧見曾(1690~1768). 청나라 산동 德州 사람으로, 자는 抱孫이고 자호는 雅雨山人이다. 강희 60
년(1721)에 진사가 되었다. 관직은 兩淮鹽運使를 지냈다. 어려서부터 시로써 이름을 떨쳤고 나중에
는 경학에 전념하였다. 책을 간행하는 것을 좋아하였고, ≪雅雨堂叢書≫가 있다.

19) 만송첩취萬松疊翠

　　만송첩취는 미파협微波峽의 서쪽에 있으며, 일명 '오원吳園'이라고 한
다. 본래 소가촌蕭家村이 있던 곳이다. 대나무가 많고, 가운데 소가교蕭
家橋가 있으며, 봄여름에는 물이 많아 개울에서 놀기가 좋다. 이 원림의
승경은 물 가까이 있는데, 대나무 숲 십여 무가 지척에 있어 물은 대부분
대나무 사이로 흘러 들어간다.

(淸 李斗 《揚州畵舫錄》)

20) 척오루尺五樓

　　척오루는 구곡지九曲池 서쪽 모서리 제방 위에 있다. 대문 안에 청사
廳事 세 칸이 있다. 서쪽에는 십팔봉초당十八峰草堂, 동쪽에는 연산정延
山亭, 연산정 동쪽에는 척오루가 있다. 척오루 뒤에는 약방이 있다.

(淸 李斗 《揚州畵舫錄》)

21) 소영롱산관小玲瓏山館

　　형제들이 손을 맞이하기 위해 별장을 짓고자 하여, 우리가 사는 길 남
쪽 근처에 폐기된 원림을 구입하였다. 시내에서 가깝긴 하지만 평소에도
속세의 시끄러운 소리가 거의 들리지 않았다. 고금성쇠의 흔적이 주인과

손의 술자리를 더욱 흥미롭게 하고, 동년배들이 이러한 감흥을 느끼니 빈털터리가 벼락부자 된 느낌이었다. 공사를 시작하여 삼 년 만에 완공하였다. 마침 미가거사彌伽居士[211]가 이곳을 지나자 만류하여 그림을 그리게 하였다.

(淸 馬曰璐 <小玲瓏山館圖記>≪小玲瓏山館圖≫)

　내가 ≪한강아집韓江雅集≫의 詩를 읽을 때마다, 시주詩酒의 성대한 모임이 산음山陰의 난정蘭亭에 못지않아, 평산平山과 촉부蜀阜 사이에 있는 이곳을 늘 선망하였다. 미가거사彌伽居士가 원주인 마왈로馬曰璐를 위하여 <소영롱산관도小玲瓏山館圖>를 그렸다. 마왈로는 <기>를 지었다. 나는 그들보다 늦게 태어나 그 성대함을 보지 못했다. 지금은 주인이 두 번이나 바뀌었다. <기>에서 얘기한 소영롱거석小玲瓏巨石은 산관이 설강雪礓 왕씨汪氏[212]에게 귀속되자 비로소 다시 서게 되었다. 이 그림은 본래 마씨馬氏가 소장하던 것인데 산존학사山尊學士[213]의 소유가 되었을 때, 내가 양주로 가니 학사가 이것을 지니고 와서 제문題文을 구하였다.

(淸 包世臣 <小玲瓏山館圖跋>)

---

211) 張庚(1681~1756). 청나라 절강 수수 사람이다. 자는 浦山이고, 호는 瓜田逸史이며, 晚號가 彌伽居士이다. 과거에 응시하지 않았고, 그림에 대단히 능하였다. 산수를 그리면 筆墨의 氣韻이 다른 사람을 능가하였다.

212) 汪甪. 청나라 강소 江都 사람으로, 자는 中也이고, 호는 雪礓先生이다. 그림에 능하고 금석학에 정통하였다.

213) 吳鼐(1755~1821). 청나라 안휘 전초 사람으로, 자는 及之, 山尊이고, 호는 抑庵이다. 嘉慶 4년(1799)에 진사가 되었고, 講學士를 지냈다. 변문에 능했고, 五言長古詩를 잘 지었다. 어머니가 노쇠하다는 이유를 들어 관직에서 물러나 揚州서원에서 주로 강의하였다.

이 두루마리는 장포산張浦山이 그린 그림과 마왈로馬曰璐가 지은 <기>인데, 옛날 소영롱산관에서 소장하던 것이다. 거석巨石은 이미 옮겨갔고 산관山館은 이미 황폐했다. 마침 이 두루마리가 시장에 나와 얼른 샀다, 포세신이 쓴 발문 중에 '무금추석撫今追昔, 위지개연爲之慨然.'이라는 문구를 보고 이 발문을 지었다. 겹겹으로 싸서 보관하였다.

(淸 汪鋆 <小玲瓏山館圖跋>)

양주의 고적古迹으로 가장 유명한 것이 소영롱산관이다. 나는 이미 이곳을 두 번 방문하여 영롱석을 찾았으나 찾지 못했다. 이곳은 마씨의 소유였으나, 지금은 황우원黃右原 집안의 것으로 그의 형인 소원태수紹原太守가 주인이다. 나는 ≪양주군지揚州郡志≫와 ≪양주화방록≫을 보았으나 상세하게 기록되어 있지 않았다. 그래서 황우원 집안에 전말을 알아보니 다음과 같이 말하였다. 강희 옹정 연간에 양주 염상 중에 삼통인三通人이 있었다. 이들은 모두 유명한 원림을 가지고 있었는데, 그중 하나가 남쪽 강 아래의 강산康山이다. 여기에 강학정江鶴亭 방백方伯이 살았다. 그 원림은 늦게 만들어졌으나 가장 유명하였다. 건륭연간에 황제가 행차하여 친히 어필御筆을 내렸다. 강학정이 죽은 후 파산하여 관청의 소유가 되었다. 지금은 의정儀征 태부령太傅領이 관사로 사용하며 강산정택康山正宅이 되었다. 원림은 그 옆에 있었는데 이미 황폐하여 폐쇄하였다. 강산은 강대산康對山214)에서 이름을 딴 것이다. 양주에는 석산은 없

---

214) 康海(1475~1541). 명나라 섬서 武功 사람이다. 자는 德涵이고, 호는 對山, 滸西山人, 沜東漁父 등이다. 弘治 15년(1502)에 진사가 되어 翰林修撰을 지냈다. 이몽양 등과 문학의 복고를 주장하여 전칠자 중 한 사람이 되었다. 산곡에 능하고, 저서로는 ≪對山集≫, ≪沜東樂府≫가 있다.

고 세 개의 토산만 있는데, 즉 평산平山·부산浮山·강산康山이다. 강산은 몇 년 지나지 않아 흔적도 없이 사라질 지경이 되었다. 장심여蔣心餘 선생이 이곳 추성관秋聲館에 살면서 아홉 종의 곡을 만들었는데, 아침부터 음악이 울려 퍼졌고 저녁이면 그것을 무대에 올렸다. 그리하여 성대한 잔치를 벌였다. 왕교문汪蛟門[215]의 백척오동각百尺梧桐閣, 마왈로馬曰璐의 소영롱산관과 더불어 가장 유명하였다. 왕汪, 마馬, 강씨江氏 등은 모두 염상이었다. 왕무린汪懋麟은 강희 6년(1667)에 진사가 되어 중서中書를 제수除授 받았다. 강희 홍박과鴻博科에 시험을 칠 수 있도록 추천을 받아 왕사진王士禛의 수제자가 되었다. 소영롱산관은 오문吳門에 영롱관이 있었는데 작다고 하여 얻은 이름이다. 영롱석은 바로 태호석이다. 마씨 형제(왈관曰琯, 왈로曰璐)도 모두 건륭 박학과에 시험을 칠 수 있도록 추천되었다. 사고관四庫館을 열었을 때 장서가 그 군에서 가장 많았고 헌서獻書가 대부분이었다. 또한 ≪도서집성圖書集成≫을 하사 받아 ≪총서유서목叢書類書目≫이 이로부터 나왔다. 그러나 총서루叢書樓가 원림 안에 있지 않았다. 원림에서 볼 만한 것은 가남서옥佳南書屋·멱구랑覓句廊·투풍투월透風透月·우명헌雨明軒·등화암藤花庵 등 제액題額을 한 곳이다. 그 집을 주로 이용한 자는 항대종杭大宗, 여반사厲樊榭, 전사산田謝山, 진수의陳授衣, 민연봉閔蓮峰 등 명사로, ≪한강아집구월행암문연도邗江雅集九日行庵文宴圖≫가 세상에 나왔다. 십여 년이 지나 왕설강汪雪礓에게 넘어갔다. 이후에 국박國博 김사정金梭亭이 원림을 지나

---

215) 汪懋麟(1640~1688). 청나라 강남 江都 사람으로, 자는 季角, 호는 蛟門, 覺堂이다. 강희 6년(1667)에 진사가 되어 刑部主事를 지냈고, ≪明史≫를 편수하였으나 탄핵을 받아 귀향하였다. 문장은 王安石을 본받았고, 王士禛의 제자가 되어 시를 배웠다.

다 이곳에서 술을 마시고는 늙은 원정園丁에게 영롱석에 대해 물어 모처에 묻혀있다는 사실을 알게 되었다. 이에 왕씨는 백 명이 넘는 인원을 동원하여 이 돌을 캤다. 애석하게도 돌의 구멍이 모두 막혀서 긁어낼 수가 없었다. 옛날 석질에 비해 반 밖에 되지 않았다. 다시 장蔣씨에게 귀속되었다. 본래의 모습은 모두 사라졌다.

(淸 梁章鉅 <小玲瓏山館>≪浪迹叢談≫卷2)

양주 마주정馬主政의 이름이 '왈관曰琯'이며, 자는 추옥秋玉이고 동관가東關街에 살았다. 옛것을 좋아하고 박식하여 문예를 고증하고 교감校勘하며, 사전史傳을 평정하고, 그밖에 금석金石·서화書畵·정이鼎彝·고옥古玉·완기玩器 등도 아울러 다루었다. 그의 동생인 왈로曰璐와 더불어 시를 잘 짓고 손을 좋아하여 동남쪽 문인들의 집회 장소가 되었다.

(淸 錢泳 ≪履園叢話≫<小玲瓏山館記>)

22) 개원個園

■ 청나라 가경 23년(1818) 대염상이자 각공刻工(≪정씨묵원程氏默苑≫의 판각자)인 황응태黃應泰가 폐원인 '수지포壽芝圃'의 옛 땅을 이용하여 건축하였다. 또 다른 설로는, 일찍이 등화암藤花庵이 수지포가 되었고, 다시 마씨馬氏의 가남서옥街南書屋, 진씨陳氏의 소영롱산관, 마지막으로 황씨의 소유가 되었다고 한다. 황응태의 별호가 개원이고, 원내에 대나무

가 많아 '죽竹'자의 하나(个)를 가져와 '개원'이라 하였다.

광릉(양주)은 원림이 가장 성한 곳으로 동남부에서 최고이다. 사대부들은 조상이 남긴 은택으로 어느 한 구역에 일가를 이루어, 사시사철 꽃과 나무속에서 문인들과 더불어 잔치를 벌여 응수應酬하며 한가하게 세월을 보냈다. 또한 틈만 나면 손들을 맞아 함께 원림을 감상하였다. 모두가 화창하고 무성하여 선한 기운을 쌓고 온화한 바람을 맞이하였다. 가경 경인년(1818) 음력8월에 유봉호劉鳳浩가 <기>를 짓다.

(淸 劉鳳浩 <個園記>)

23) 강산康山

강산은 양주의 서녕문西寧門과 궐구문闕口門 사이에 있다. 명나라의 장원 강대산康對山이 글을 읽던 곳이다. 나는 한강邗江(지금의 강소성 강도江都현)에 오면, 매번 이곳을 방문하여 반나절 동안 청담淸談을 논하였다. 주인은 강학정江鶴亭이고 이름은 춘春이다. 풍격이 고매하여 당시의 명사들이 그를 좇아 유람하였다. 내가 가경 2년(1797)이곳을 처음 방문했을 때, 주인이었던 강학정은 이미 죽고 그의 아들인 길운吉雲만을 볼 수 있었다. 30년이 지난 지금 그의 손자인 수재守齋를 다시 볼 수 있다.

(淸 錢泳 ≪履園叢話≫<康山記>)

24) 쌍동서옥雙桐書屋

　　쌍동서옥은 왕王씨의 옛 원림이며, 관중關中 장씨張氏가 증축하였다. 나는 가경 초에 양주를 방문하였는데, 원주인 장금계張(丈)琴溪가 문득 나를 초대하여 일시에 문주文酒의 낙을 만끽하였다. 지금 삼십 년이 지나 정亭·대臺는 소슬하고 무성한 초목으로 황무지가 되었다.

(淸 錢泳 ≪履園叢話≫<雙桐書屋記>)

25) 편석산방片石山房

　　양주 신성화원新城花園 골목에 편석산방이 있는데, 뒤쪽 네모난 연못에 태호석 가산假山이 하나 있다. 오륙 장의 크기에 대단히 가파른데 석도화상石濤和尙[216]이 썼다고 하는 글씨가 남아 있다. 그 땅은 원래 오씨吳氏의 옛집이었는데 나중에 어느 중매쟁이 노파에게 넘어가 국수집 겸 공연장소로 되었다. 그리하여 대청을 개조하여 마치 경사京師 전문前門 앞의 희원戲園과 비슷하게 꾸몄다. 저속하여 참을 수가 없다.

(淸 錢泳 ≪履園叢話≫<片石山房記>)

---

216) 石濤和尙. 청초 광서 桂林 사람으로 나중에 全州에 살았다. 명나라 종실이며 원래 이름은 朱若極이었다. 청나라가 된 이후에 스님이 되었다. 법명은 原濟이고, 자는 石濤이고, 호는 大滌子, 淸湘老人이며, 자칭 苦瓜和尙이라 불렀다. 그림을 잘 그려 저서로 ≪畵語錄≫이 있다. 시에도 능하고, 서예와 원림 疊石에도 대단히 뛰어났다.

26) 강관江關

　양주 강원향江畹香 시랑侍郎의 원림이 궐구문闕口門 큰길가에 있었다. 강산康山과 승경을 다투었다. 그 안에 꾀꼬리 몇 마리가 자라고 있었는데, 매년 봄날 이곳저곳을 날면서 소리를 내어 마음이 쏠리지 않을 수가 없었다. 나는 일찍이 중승中丞의 조카인 원외랑員外郎 원경元卿과 술을 마시며 그 소리를 들었다. 삼십 년이 채 못 되어 시랑과 원외인 숙질이 연이어 죽어 다른 사람의 손으로 넘어갔다. 나는 매번 그 문을 지날 때마다 슬픔에 잠긴다.

(清 錢泳 ≪履園叢話≫＜江關記＞)

27) 정수검양지헌靜修儉養之軒

　정수검양지헌은 제녕문齊寧門 안에 있으며, 포긍원鮑肯園이 지었다. 나는 임오년(1822)·계미년(1823) 두 해 동안 이곳에서 가장 오랫동안 머물면서, 꽃피는 아침과 달 밝은 밤에는 매번 창가에 눕거나 앉아 즐거움을 만끽하였다.

(清 錢泳 ≪履園叢話≫＜靜修儉養之軒記＞)

28) 저원樗園

저원은 광저문廣儲門 안에 있으며, 가경 갑자년(1804)·을축년(1805)에
오문吳門의 왕철부王鐵夫 학박學博이 의정서원儀征書院의 산장山長이
되어 이곳에서 오랫동안 머물렀다. 같은 시기에 왕완운汪浣雲과 화길애
華吉崖가 역시 머문 적이 있다.

(淸 錢泳 ≪履園叢話≫＜樗園記＞)

29) 의원依園

양주의 북곽문北郭門을 나가서 백여 걸음 정도 가면 의원이 있는데,
한가韓家의 원림이다. 양주에는 원림이 백 여 개가 있는데, 그 중에서 의
원이 단연 으뜸이며, 여러 차례 명사들이 잔치를 벌이며 즐기는 장소가
되었다. 갑신년(1664) 모춘暮春(음력 3월)에 자사刺史 필재적畢載積 선생
이 이곳에서 손들과 술을 마셨다. 비가 오자 급히 작은 배를 타고 소동문
小東門에서 북곽北郭으로 자리를 옮겼다. 원림은 채 열 무가 되지 않고,
대臺·사榭 또한 예닐곱 군데에 불과했다. 선생은 손들과 경치 좋은 곳
에 자리 잡아 작로雀爐·명완茗碗·추평楸枰·사죽絲竹 등 하나씩 취
하여 즐겼다. 어린 손들도 많이 와서 노소가 함께 모였다. 이원梨園의 제
자들이 극을 공연하는데 얼마나 청아하고 정교한지 숲속 앵무새도 울음
을 그치고 물속 금붕어도 나와서 들었다. 이날 주인과 손은 모두 예법에
서 벗어나 행동하며, 한 곡이 끝나도 좌중에는 아무 소리도 나지 않았다.

원림 문 바깥에는 푸른 주렴을 한 하얀 유람선이 수도 없이 다녔다. 하루가 지나 다시 비가 오자, 선생이 웃으면서 숭천崇川의 국상菊裳 진곡陳鵠에게 그림을 부탁하여 완성되자, 거기 모인 사람들이 각자 시를 올렸다. 모인 사람은 민중閩中의 나자선생那子先生 임고도林古度, 초황楚黃의 우황于皇 두준杜濬, 말릉秣陵의 반천半千 공현龔賢, 신안新安의 무언無言 손묵孫默, 산음山陰의 서자黍字 여사렴呂師濂, 산좌山左의 공집公集 유대성劉大成, 지중智仲 곡동曲動, 오문吳門의 덕원德遠 전나린錢蘿麟, 진주眞州의 중초仲超 왕곤王昆, 숭천崇川의 국상菊裳 진곡陳鵠, 요전瑤田 이린李遴, 녹구麓逑 장저張翥, 용선春先 서희徐禧, 진우秦郵의 차길次吉 이내강李乃綱, 제천弟天 사로건舍路騫 등과 나를 포함하여 모두 열일곱 사람이었다.

(清 陳維崧 ＜依園遊記＞≪陳迦陵文集≫)

4. 과주瓜州

1) 우원于園

　우원은 과주보瓜洲步 오리포五里鋪에 있으며, 부호인 우오于五의 원림이다. 명첩에 이름이 없으면 원림에 함부로 출입할 수 없었다. 보생葆生의 숙부가 과주에서 동지同知 관직을 하고 있어 나를 데리고 다니니, 우원의 주인이 가는 곳마다 정성스럽게 안내하였다. 원림 안에 특별한 것은 없으나 갈아놓은 돌이 기이하였다. 과주의 원림은 대부분 훌륭한 가산을 만드는데, 얼마나 정교한지 흠을 잡을 수가 없었다. 의진儀眞 왕汪씨는 원림을 만들면서 돌을 운반하는 비용으로만 사오만 전을 썼는데 가장 신경 써서 만든 것이 飛來峰이었다. 그런데 이것이 나뭇가지에 파묻히고 엉망진창이 되어 사람들로부터 온갖 욕을 다 들었다.

(明 張岱 ≪陶庵夢憶≫<于園>)

2) 금춘원錦春園

금춘원은 과주성瓜州城의 북쪽에 있으며, 앞쪽으로 운하와 맞닿아 있다. 나는 50여 년을 남북으로 왕래하면서 이곳을 반드시 거쳐 갔다. 건륭 황제가 여섯 차례 남순하면서 이곳에 묵었다. 성친왕成親王[217]의 제시題詩가 있다.

(淸 錢泳 ≪履園叢話≫<錦春園記>)

---

217) 成親王(1752−1823). 건륭의 11번째 아들.

5. 태주泰州

1) 칩원蟄園

■ 태주성泰州城 안 팔자교八字橋 직가直街에 있다. 명나라 만력 연간에 태부太傳 진응방陳應芳이 지어 '일섭원日涉園'이라 하였다. 청나라 강희 연간 초기에 전田씨에게 넘어갔다. 옹정 연간에는 해릉海陵 고高씨에게 넘어가 '삼봉원三峰園'으로 이름이 바뀌었다. 고봉조高鳳翥(자 녹암麓庵)가 일찍이 이곳에서 살았고, 주상周庠이 ≪삼봉원사면경도三峰園四面景圖≫를 그렸다. 함풍咸豐 연간에 오문석吳文錫에게 귀속되어 '칩원'으로 이름이 바뀌었다. 양회兩淮 염운사鹽運使인 교송년喬松年의 손으로 넘어가, 마침내 '교원喬園'이라 하였다.

칩원은 해릉海陵[218] 고高씨[219]의 '삼봉원三峰園'이다. 명나라 태부太傳 진응방陳應芳[220]이 처음 지었고, 강희康熙 초初에 전田씨에게 귀속되었다. 옹정 연간에는 고高씨의 소유가 되었다. 나는 함풍咸豐 정사년(1857)에 개천 남쪽에 있는 선양성旋楊城에서 돌아와 태속泰屬 반차진樊汉鎭의 집에서 잠시 살았다. 무오년(1858) 여름에 이 원림이 있다는 소문을 듣고 배를 임대하여 가 보았더니 황폐하긴 하였으나 수리가 가능할 것 같아

---

218) 지금의 강소 泰縣 동쪽이다. 근처에 泰州市가 있다.
219) 高鳳翥. 자는 麓庵이다.
220) 명나라 泰州衛 사람으로 자는 元振이다. 만력 2년에 진사가 되었고, 福建布政司參政을 지냈다.

3,600민緡에 샀다. 그리하여 수리비로 1,500민을 보태어 3개 월 만에 완공하였다. 12월1일 식구들을 데리고 이곳으로 이사하였다. 나는 어려서 천하게 자라 인생을 즐기는 법을 모른 채 이십 년 간 벼슬만 쫓다 병이 나 돌아왔다. 동남쪽에 오랫동안 전쟁이 계속되어 어쩔 수 없이 궁벽한 해동海東에 살게 되었다. 땅은 좁지만 산수로 둘러싸여 모두가 승경이었다. 함풍 기미년(1859) 복일伏日에 청원암淸遠庵의 승려가 글씨를 썼다.

(淸 吳文錫 <蟄園記> 董天書 ≪蕪城懷舊錄≫ 卷2)

오른쪽 그림 서남쪽 높은 대마루가 구름과 접해 있는 것이 내청각來靑閣이다. 이곳에 오르면 원림의 전경을 볼 수 있다. 그 서쪽에는 내경당萊慶堂이 있는데 주인이 고당축수高堂祝壽하는 곳으로 여기서 늘 잔치가 열린다. 남쪽에는 이분죽옥二分竹屋이 있는데, 푸른 구슬 빛 대나무 장대가 수없이 많아 맑은 바람이 때때로 불어온다. 대나무 사이로 난 길을 따라 북쪽으로 가면 개록산방皆綠山房이 있다. 다시 북쪽으로 가면 초우헌蕉雨軒이 있는데 모란이 매우 많다. 다시 서쪽으로 가면 석림별경石林別徑이 있다. 개록산방에서 이쪽까지 모두 원림의 오른쪽에 치우쳐 있어 그림으로는 미치지 못하여 <제기題記>를 붙였다. 도광道光 5년(1825) 6월 서령西笭 주상周庠이 <기>를 짓다.

(淸 周庠 <三峰園四面景圖題記>)

6. 의정儀征

1) 동원東園

진주眞州(의정)는 동남의 물이 만나는 곳으로 강회양절형호발운사江淮兩浙荊湖發運使[221]가 다스리는 곳이다. 용도각직학사龍圖閣直學士 시정신施正臣[222]과 시어사侍御使 허자춘許子春이 발운사發運使였고, 감찰어사리행監察御使里行[223] 마중도馬仲淦[224]가 판관判官[225]이었다. 이 세 사람이 진주 감군監軍의 폐기한 군영軍營을 취득하여 동원으로 만들었다. 거의 매일 그곳에 놀러 갔다. 그해 가을 팔월에 자춘이 경사京師로 발령을 받아 와서는 나에게 소위 '동원'이라고 하면서 그림을 보여 주었다. 물론 상세한 설명도 곁들였다. 이에, 나는 세 군자의 자질이 뛰어나고 현명하므로 직책을 수행하는 데 있어서 서로 협조하면 선후를 금방 알게 되고 상하가 흡족하리라고 하였다. 동남쪽 육로六路[226]를 맡은 사람들이 병졸의 불평과 원성이 없을 때 여가를 즐기면, 사방의 현사들도 함께 즐

---

221) 관명이며, 송대에 설립한 것이다. 동남쪽 六路의 穀米 漕運을 관장하여 京城으로 공급한다. 이후에 차와 소금까지 관리하였다.

222) 施昌言. 송나라 通州 靜海 사람으로, 자는 正臣이다. 진사에 급제하여 通判滁州, 侍御史, 江淮發運使, 知應天府 등을 역임하였다.

223) 監察官員으로 御史中丞의 屬官이다.

224) 馬遵(1011~1057). 송나라 饒州 樂平(지금의 강서) 사람으로, 자는 仲淦이다. 仁宗 景祐 원년(1034)에 진사가 되었다. 秘書省校書郎, 言事御史, 右司諫 등의 벼슬을 지냈다. 嘉祐 2년(1057)에 吏部員外郎에 임명되어 直龍圖閣이 되었다. 관직에 있으면서 법을 엄정하게 집행하였고, 어떤 아부나 권력에도 굴복하지 않았다.

225) 發運判官. 행정을 관장하고 發運使를 보좌하는 관리이다.

226) 江淮, 兩浙, 荊湖

길 수 있을 터이니, 이는 모두가 기쁜 일이라는 생각에서 글을 적는다.

(宋 歐陽脩
<眞州東園記>≪古今圖書集成·經濟滙編·考工典≫ 卷119 園林部)

2) 박원朴園

박원은 의정儀征 동남쪽 30리에 있다. 파군巴君의 박원과 숙애宿崖의 곤중昆仲은 묘 주위의 땅에다 대臺·정亭을 증축하고 한 집안의 자제들이 책을 읽는 곳으로 만들었다. 백금 이십여 만 양兩을 투자하여 5년 만에 완공하였다. 실로 회남淮南 최고의 원림이었다. 나는 도광道光 계미년(1823) 9월에 양주에서 놀러와 동석림童石林과 장석초張石樵 등과 함께 이틀을 머물면서 16경을 정하여 이름을 붙이고 시를 지어 그것을 돌에다 새겼다.

(淸 錢泳 ≪履園叢話≫<朴園記>)

7. 보응寶應

1) 종도원縱棹園

시독侍讀 교석림喬石林[227)]이 백전白田(보응의 별칭)으로 돌아와 성의 동북쪽 모퉁이에다 원림을 지었다. 원림의 안팎이 모두 물로 채워졌으며,

인공적인 것이 거의 없어 매우 자연스럽고 소박하였다. 석림의 집이 원림에서 반리가 채 못 되어, 매번 식사를 얼른 마치고는 배를 저어 원림으로 갔다. 꽃과 열매 사이를 다니면서 동자에게 관개하는 법을 가르치고, 차를 끓이며 향을 피우고, 소나무에 손을 얹고 학을 어루만지며 오랜 시간 머물다 집으로 돌아갔다. 귀한 손님이 여기에 오면 금琴(음악), 혁弈(바둑), 상觴(음주), 영詠(작시) 등으로 극진히 대접하였다. 손과 함께 거나하게 취해 하루를 보냈다. 지금 교군喬君이 이곳에서 한가롭게 지내고 있으니 어찌 행복하지 않겠는가? 나는 여기서 하루가 아쉬워 이틀을 머물면서 교군의 낙을 가상히 여겨 이 <기>를 짓는다.

(淸 潘耒 <縱棹園記>≪遂初堂集≫)

2) 竹溪草堂

　죽계초당은 보응寶應에서 약 100리 떨어져 있으며 사양호射陽湖의 동쪽에 있다. 이李씨의 아들인 소신素臣이 지은 것이다. 이 초당은 기산箕山의 모퉁이에 있으며 사방 수천 리나 되었다. 기산은 타산墮山이다. 한 칸의 모옥茅屋을 늙은이에게 주면서 분명히 말했다. "나는 소신으로부터 집터를 조금 받아 은일처로 삼으려고 한다. 그래서 <기>를 적기 전에 주서朱書로 하여금 대나무 마디에 미리 새기도록 하였다. 훗날 지팡이로

---

227) 喬萊(1642~1694). 청나라 강소 寶應 사람으로, 자는 子靜이고 호는 石林이다. 강희 4년(1665)에 진사에 급제하여 內閣中書에 임명되었다. 이후에 博學鴻詞科에 응시하여 編修에 임명되었다. 관직은 侍讀에 이르렀다. 시화에 능했다.

문을 두드리는데, 혹시라도 대나무 숲 안에서 숨어사는 장치張鴟[228]가 나를 보지 못하더라도 이 글로써 은일의 징표로 삼으려고 한다." 을미년(1655) 12월에 이 <기>를 적는다.

(淸 錢謙益 <竹溪草堂記>≪牧齋有學集≫)

8. 곤산昆山

1) 옥산가처玉山佳處

■ ≪곤신양현속수합지昆新兩縣續修合志≫卷12에 이르기를 "옥산초당玉山草堂은 현縣의 서쪽 경계인 개울가에 있으며 중영仲瑛 고덕휘顧德輝가 살던 곳으로 편액을 잘 갖추고 있다. 그 안에는 지운당芝雲堂·가시재可詩齋·완화관浣花館·독서사讀書舍·조월헌釣月軒·내민헌來毘軒·춘휘루春暉樓·추화정秋華亭·종옥당種玉堂·담향정淡香亭·군자정君子亭·춘초지春草池·벽오취죽관碧梧翠竹館·설소雪巢·소봉래小蓬萊·녹파정淥波亭·강설정絳雪亭·청설재聽雪齋·백화방百花坊·배석단拜石壇·류당춘柳塘春·금속영金粟影·한취소寒翠所 등이 있는데, 이것을 총칭하여 '옥산가처'라고 하였다. 바깥에는 서화방書畵舫이 있는데 중영의

---

228) 東晉 何間 樂成 사람이다. 隱居不仕하여 부름에도 응하지 않았다. 高士로 이름이 났다. 집에 苦竹(왕대)이 수십 頃 있어서, 그 가운데 집을 짓고 살았다. 王羲之가 듣고 그를 예방하였으나 만나지 못했다.

서쪽 별장이었다. 3월3일에 유정維楨과 그 안에서 술을 마시다 시희侍姬 소운素雲이 야자탕椰子湯을 가지고 와서 마침내 연구聯句를 만들었다. 방학정放鶴亭은 중영이 건축한 것이다.

곤산崑山의 은군자隱君子인 고중영顧仲瑛[229]은 곤산의 서쪽 개울가에 사는데, 동서로 저택이 있고 그 뒤에는 원지별서園池別墅가 있다. 그곳을 '옥산가처'라고 불렀다. 내가 곤산에 오니 중영은 이곳에 묵으라 하며 편액을 요청하였다. 중영은 사재仕才가 있었지만 뜻이 없었다. 다행히 선조께서 복을 내려주셨고 또한 융성한 시기를 맞아 명사들과 곤산의 서쪽 별서에서 유유자적할 수가 있었다. 거문고와 술 그리고 글로써 시간을 보내니, 나 또한 무엇과도 바꿀 수 없는 즐거움을 누렸다.

(明 楊維楨 <玉山佳處記>≪昆新兩縣續修合志≫卷12)

2) 소유당小有堂(반충원半茞園)

■ 반충원은 동성교東城橋 북쪽 섭문장공葉文莊公의 저택 동쪽에 있었다. 옛 이름은 '춘지포春至圃'이다. 가정 병오년(1546)에 거인擧人 공환恭煥이 문을 열었다. 공환의 손자인 공부주사工部主事 국화國華는 이십 무의 땅을 개간하여 '충원茞園'으로 이름을 바꾸고

---

229) 顧德輝(1310∼1369). 원나라 崑山 사람으로, 이름은 瑛, 阿瑛이고 자는 仲瑛이며 호는 金粟道
   人이다. 나이 30세에 벼슬길을 접고 원지를 건축하여 玉山佳處라고 하였다. 晝夜로 손들과 술을
   마시고 시를 지었다. 園池에는 亭榭가 많고 도서가 풍부하여 당시에 최고였다. 일찍이 茂才로 천거
   되었으나 나가지 않았다. 끝내 은거하다 죽었다.

대설당大雪堂·상오헌橡梧軒·월각樾閣·노립연환사露笠煙鬟
榭·소유당小有堂·당정唐亭·녹천경綠天徑·매화관梅花館·춘
급헌春及軒 등의 승경을 만들었다. 일찍이 땅을 파니 샘이 있었는
데 맛이 좋고 맑아서 '백천白泉'이라 하였다. 자신이 <충원잡영虫
園雜詠>을 지으니 창화하는 자가 줄을 이었고 진호陳湖가 <서
序>를 썼다. 청초淸初에는 원림이 세 개로 나뉘는데, 둘째아들인
혁포奕苞가 그곳의 반을 수리하여 새롭게 만들어 '반충원'이라 하
였다. 진유숭陳維崧이 시를 지었다. 나중에 평호平湖 육씨陸氏에게
팔았다. 건륭 연간에 신양읍新陽邑의 사당으로 귀속이 되었는데,
소유당의 남쪽에 서소당敍嘯堂(본래 주씨周氏의 동원東園 제액題
額이었음)을 중건하였고, 소유당의 앞쪽에는 가대歌臺를 설치하였
다. 대설당의 옛 땅에는 돌담이 빙 둘러 있었다. 가경 6년(1801)에
지현知縣 이여동李汝棟은 월각을 중수하였고, 월각 뒤에 주랑走廊
과 사榭를 건립하였다. 가경 7년 하수河帥 강기전康基田이 소유당
뒤에 있는 가산假山 꼭대기에 읍산정揖山亭을 건축하였다. 도광道
光 3년(1823)에 동네 사람들이 소유당의 오른쪽에 세 기둥 누각을
다시 건립하였다.

숲이 울창하여 수백 무 밖에서 바라보면 어렴풋이 이어진 대마루와 줄
지은 처마가 나타나는데, 이것이 바로 섭구래葉九來[230]의 '반충원'이다.
증조부인 효렴공孝廉公이 동남쪽 모퉁이에다 만들기 시작하여, 부친인

---

230) 葉奕苞. 청나라 강소 昆山 사람으로, 자는 九來이다. 監生(명청대에 '國子監讀書'라고 불렀으며,
   국자감에 들어가 책을 읽을 수 있는 자격을 갖춘 사람)으로 강희 18년(1679)에 博學鴻詞로 천거되
   었다. 반충원에서 賓客들과 늘 飮酒賦詩하였다.

공부공工部公이 수리하고 증축하여 넓이가 육십 무에 달했다. 공부는 만년에 세 개로 쪼개어 아들에게 나누어 주었는데, 이 중 동쪽의 반을 구래가 차지하였다. 그리하여 소유당은 두 산 사이에 있었으나 원림 안으로 들어가게 되었다. 구래가 이곳에 거주한 이후로 원림을 잘 관리하였다.

(淸 姜宸英 <小有堂記>≪昆新兩縣續修合志≫卷12·第宅園亭2)

충원茞園은 곤산昆山 섭백천葉白泉 수부水部선생의 별장이다. 수부가 죽은 후 원림이 세 개로 나뉘는데, 둘째 아들인 구래九來가 반을 받아 신축하여 '반충원半茞園'이라 하였다. 나는 휴일에 두 세 사람의 빈객과 함께 그곳에서 노닐다가 부賦를 지었다.

(淸 陳維崧 <半茞園賦>≪陳迦陵儷體文集≫卷1)

3) 춘급헌春及軒

섭구래葉九來가 옥봉玉峰의 남쪽에 헌軒을 지어 '춘급春及'이라 하였다. 춘급헌의 위쪽에 월각樾閣이 있다. 구래가 문사에 뛰어나고 놀기를 좋아하며 또한 맏형이 조정의 고관이라 할지라도, 나는 그가 돌아와 아무런 성과가 없을까 걱정이 되었다. 그 청을 가상히 여겨 잠시 기록하여 뜻을 밝혔다. '춘급'231)이란 도연명의 글에서 따 왔다.

(淸 施閏章 <春及軒記>≪昆新兩縣續修合志≫卷13·第宅園亭2)

---

231) 陶淵明〈歸去來辭兮〉: '農人告余以春及, 吾將有事于西疇.'

4) 삼우원三友園

■ 삼우원은 마안산馬鞍山의 서쪽 기슭에 있다. 원래는 갈葛씨의 별장
이었으나, 후에 섭혁포葉奕苞와 서개임徐開任의 것이 되었다. 태창
太倉 오부풍吳扶風과 함께 이것을 지었다.

옥봉玉峰의 남쪽 서편으로 못이 있고, 못 주위에는 가옥 몇 채가 있다.
얕은 담이 빙 둘러 있고 문은 늘 열려 있다. 섭구래葉九來가 나에게 말
하기를 "이번 을묘년(1675) 가을에 은사隱士인 서계중徐季重[232]과 땅을
구해 집을 짓기 시작하였네. 나의 일을 도와준 사람은 태창太倉 오부풍吳
扶風이네."라고 하였다. 마침내 '삼우원'이라고 이름을 지었다. '삼우'가
누구인지는 모두 짐작하는 바이다. 서·섭 두 군자는 때때로 책을 저술하
였는데, 일찍이 이 원림을 방문하였다. 서계중이 나에게 말하기를 "옥봉
의 옛 이름은 '마안馬鞍'이다. 옛날 금나라 사람이 평강平江을 침범할
때, 송나라 선무宣撫가 주망周望으로 하여금 곤산을 버리고 마안산 아래
에 머무르게 하였다. 갑자기 회오리바람이 불어 상자에 들어 있던 문서가
모두 강으로 빠졌다. 마침 서쪽 암반에 첩낭헌疊浪軒이 있었는데, 그 이
름을 풀어보니 '거간수車干水, 의양전宜良田(수레가 물을 말리니 마땅히
좋은 밭이 되리라)'였다. 예언을 한 것이 아니겠는가? 결과적으로는 땅을
평정했으니 이 또한 이채로운 것이다."라고 하였다. 내가 사서史書를 뒤

---

232) 徐開任(1600~?). 명말청초 강소 昆山 사람으로, 자는 季重이다. 諸生(명나라 때 수재 시험에 합
격한 생원)으로, 청나라 개국 이후에는 벼슬길에 나서지 않았다. ≪明名臣言行錄≫을 편집하였다.
시는 대부분 비분강개하였고, 저서로는 ≪愚谷詩稿≫가 있다.

져 봤으나 당시에 정박한 곳이 옥봉인지 알 수 없었다. 하지만 서계중은 이곳에서 자랐고, 또한 피일휴의 '경랑도천문驚浪到天門'이라는 시구를 보아도 창해상전滄海桑田이 옥봉에서 이루어진 것을 알 수 있다. 지금 구래가 박학굉사博學宏詞의 부름에 경사京師에 도착했으니 금방 마안산 으로 돌아갈 수는 없는 노릇이다. 지금 그곳에는 서계중 혼자만 남게 되 었다. 두서없이 글을 써서 <기>를 만들었다. 내가 바라는 바를 기록하였 을 뿐이다.

(淸 李良年 <三友園記> ≪昆新兩縣續修合志≫ 卷13·第宅園亭2)

5) 양여원養餘園

이과우급사중吏科右給事中이며 곤산崑山 사람인 허자許子가 관직을 그만둔 지 5년이 되던 해에 원림을 만들기 시작하여 그 다음해에 완성하 였다. 읍후대량邑侯大梁 왕군王君이 그 당堂을 '수초邃初'라고 하였다. 허거복許居復은 유중위兪仲蔚[233] 선생과 다시 의논하여 그 각閣을 '목여 穆如'라 하였다. 그 정자는 '총계叢桂'라 하였는데, 정자 주위에 계수나 무가 많아 회남소산淮南小山의 초은어招隱語[234]에서 따 왔다. 그 암庵은 '정관靜觀'이라 하였는데 허자가 때때로 묵좌하며 근심을 없애는 곳이다. 그 관館은 '저춘貯春'이라 하였는데 봄날의 잡다한 꽃들이 널려 있기 때

---

233) 兪允文(1513~1579). 명나라 蘇州府 곤산 사람으로, 자는 仲蔚이다. 나이 사십이 될 때까지 과거
　　에 응시하지 않고 시, 문, 서예 등에 전력하였다. 저서로는 ≪兪仲蔚集≫이 있다.
234) 한나라 淮南王 劉安의 賓客인 淮南小山이 <招隱士>를 지었다. 그 가운데 '桂樹叢生兮山之幽,
　　偃蹇連蜷兮枝相繚.'라는 시구가 있다.

문이다. 원림을 '양여'라 이름 지으면서 나에게 <기>에 대해 물었다. 그리고 '양여'에 대해 풀이한 내용을 좋은 돌에다 새길 거라고 하였다.

(明 王世貞 <養餘園記>≪弇州山人四部稿≫卷75)

9. 태창太倉

1) 엄산원弇山園

엄산원은 융복사隆福寺 오른쪽에 있다. '엄주원弇州園'이라고도 한다. 원림의 서쪽에 종씨宗氏 묘가 있고, 오래된 소나무와 잣나무 십여 그루가 있다. 다시 서쪽으로 가면 관우의 묘가 있는데 푸른 기와와 조각된 대마루가 우뚝 솟아 원림을 돋보이게 한다. '엄산'이란 명칭은 ≪장자≫의 '대황지서大荒之西, 엄주지북弇州之北.'에서 나왔다. 철산掇山의 명장名匠인 장남양張南陽이 건축하였다.

(明 王世貞 <弇山園記>≪弇州山人四部稿≫卷59)

엄주원은 속칭 '왕산가王山家'라고 한다. 융복사隆福寺의 서쪽에 있으며 앞에는 작은 개울이 흐른다. 원림은 칠십 무가 넘는다. 좌측 가까이 사당이 있는데 엄주선생을 제사 모시는 곳이다. 사당 뒤는 장경각藏經閣이 있던 곳인데, 지금은 '범생梵生'이라는 돌다리만 있다. 오른쪽으로는 나무문이 있고, 지진교知津橋를 지나 엄산당弇山堂을 돌아가면 북쪽에 긴 개울이 있다. 물이 서쪽으로 흐르는데 돌다리를 지나면 '췌승萃勝'이라고 하는데, 산 입구가 모두 모여 있는 곳이다. '삼산三山'이란 '서엄西弇'·'중엄中弇'·'동엄東弇'을 말한다. 속칭 서엄은 '한산旱山'이고, 중엄과 동엄은 '수산水山'이다.

(선생께서 '엄원弇園'을 여덟 절로 나누어 <기>를 적었다. 지금은 세월이 지나 다른 사람의 소유가 되었다. 다시는 옛 승경을 볼 수가 없게 되었다. 그러나 이 원림의 명성이 천하에 자자하니 범속한 원림과는 달라, 원림의 대강을 <기>에다 넣고 상세한 기록이 존재하면 감개하여 연계시키고자 한다.)

(佚名 <類東園林志>≪古今圖書集成·經濟滙編·考工典≫卷118·
園林部)

2) 동원東園

동원은 왕문숙공王文肅公의 별서이다. 동곽東郭에서 수 십 무를 나가면 남쪽으로 문이 있는데, 거기로 들어가서 작은 돌다리를 지나고 소나무 길을 통과하여 다시 평교平橋를 지난 후 사립문을 열면 주랑이 있다. 주랑의 좌측에는 거의 이삼 무에 달하는 못이 있다. 주랑의 북쪽으로 꺾어져 동쪽으로 가면 못을 마주보고 있는 누각이 있다. 그것을 '읍산揖山'이라고 한다. 원림 안에는 다리가 세 개, 루樓·정亭이 각 두 개, 각閣, 암庵, 정庭, 불당佛堂이 각 한 개씩 있다. 물이 앞뒤로 흐르고 좋은 나무와 꽃이 무성하다.

(문숙은 한적함을 좋아하는 성격이라 재상에서 물러나 돌아와서는 땅을 개간하여 여유롭게 생활하였다. 성의 남쪽 구석에 남원南園을 만들어 매화를 심었으며, 동성東城 쪽에는 동주東疇를 만들어 작약芍藥을 심어 승경勝景으로 만들었다. 동원을 유명하게 만든 것 또한 특별한 일이 아니다.)

(佚名 <類東園林志>≪古今圖書集成·經濟滙編·考工典≫卷118·
園林部)

■ 낙교원樂郊園은 동원東園이다. 태창太倉의 동문 밖에 있다. 명나라 왕석작王錫爵이 작약을 심은 곳에 그의 손자인 시민時敏이 건축하였다. 수水, 석石, 정亭, 사榭가 모두 당시 명사들이 건립한 것이다.

낙교원은 문숙공文肅公의 작약포芍藥圃이다. 멀리 떨어져 시끄러운 소리가 없고 공기가 맑으며 주위가 확 트여 나의 취향과 꼭 어울리는 곳이다. 옛날에 오래된 가옥이 몇 채 있었는데 누추하고 좁아서 견딜 수가 없었다. 기미년(1619) 여름에 꽃밭 너머로 노는 땅을 개간하면서 가시와 띠를 제거하여 잠시 세속의 일을 잊고자 하였다. 마침 운간雲間의 장남원張南垣이 도착하였는데, 그의 기술이 신묘한 경지에 이른 터라 나에게 산을 만들어 힘을 실어야 한다고 권유하였다. 나는 당시에 나이가 어리고 하는 일 없이 살만 쪄서 미처 오래 생각할 틈도 없이 돈을 다 털어 넣고 그의 말을 따랐다. 그리하여 연못을 파고 나무를 심고 봉우리를 만들고 산을 설치하였는데, 경신년(1620)에 시작하여 중간에 몇 번 수정을 가하여 몇 년이 지난 후 완성하였다. 하지만 자산도 크게 줄고 정신력도 쇠진하게 되었다. 그러나 계륵이 되어 그치지도 못하고 세금은 자꾸 나왔으며, 소위 유연자적하면서 그곳에서 묵은 것도 이삼십 년 중 채 반도 되지 않았다. 세월은 자꾸 흘러 상전벽해桑田碧海를 겪는 와중에 교외에서 병란이 일어났지만 이 원림은 다행히 그대로 남았다. 하지만 담과 작은 문만 남아 있을 뿐 문고리조차도 옛것이 아니었다. 지금 모두 곤궁에 처해 수리할 수가 없어 조금씩 깔고 메우고 했지만 이미 기울어진 것은 어쩔 수가 없었다. 나는 탄식하며 걱정만 하고 있을 수가 없어서 잠시 이 <기>를 적는 것이다. 이렇게 하여 원림의 전말을 자손들에게 전하고, 나의 반생이 얼마나 옹색했는지 알리고자 한다.

(清 王時敏 <樂郊園分業記>)

3) 정암공원靜庵公園

고라니가 다니는 개울을 따라 서쪽으로 가면 소위 증조부 사마공의 저택을 만난다. 그 저택을 지나 서쪽으로 조금 가면 개울에 인접한 것이 있는데 바로 백부伯父 정암공靜庵公의 원림이다. 무릇 정암공께서 귀향한 지가 삼십 년이 되었는데, 이곳을 찾지 않은 적이 없었다. 내가 제생諸生일 때 정암공께서 산중을 유람하기를 기다려 함께 자연을 감상하였다. 또한 정암공께서는 평소에 손을 좋아하여 주야를 불문하고 그들과 어울려 자리를 옮겨가며 취했다 깼다 하였다. 동남쪽 원림 주인으로 손색이 없을 뿐만 아니라, 정암공과 견줄 자가 없었다. 내가 북쪽에서 관직을 얻어 오랫동안 머물러 있을 때 친척의 상을 만나 돌아왔더니 정암공께서는 이미 돌아가신 후였다. 상복을 벗고 종형제와 함께 원림을 찾았더니 황폐해 있었다. 종제從弟인 첨미瞻美[235)는 정암공의 막내아들인데, 나에게 바위 위에서 차를 따르며 오랫동안 마주하며 흐느꼈다. 서로 뜻이 맞지 않아 원림에 힘을 다하지 못한 채 정암공의 뜻을 거두어야겠다고 말했다. 그의 부탁을 받고 2년 후에 <기>를 완성하였다. 같은 郡 사람인 우자구尤子求[236)가 그림을 그려서 거기에 맞추어 시를 지었다.

(明 王世貞 <先伯父靜庵公山園記> ≪弇州山人四部稿≫ 卷74)

4) 일섭원日涉園

대도독 양공楊公이 월越지역을 다스리다 돌아와 자신의 구택 서남쪽 좋은 땅을 잡아서 모아둔 봉록으로 원림을 지었다. 이름은 '일섭'이라 하였는데, 이것은 진晉나라의 은사인 도잠陶潛이 지은 <귀거래사>에서 따왔다.[237) 또한 '일섭'은 한음漢陰의 노인[238)을 지칭하기도 한다. 양공은 도독으로서 제형提衡[239)으로서 존경을 받았고, 이십 년 동안 여러 차례

---

235) 王世望. 자는 瞻美이고, 호는 臨峰이다. 일찍이 太醫院吏目을 지냈다.

236) 尤求. 명나라 소주 사람으로, 태창으로 이사하였다. 자는 子求이고, 호는 鳳山이다. 인물 白描에 능하고 궁녀를 그리는 데 특히 능했다.

237) '園日涉以成趣, 門雖設而常關.'

238) ≪莊子≫〈天地〉에 이르기를 '子貢南遊于楚, 反于晉, 過漢陰, 見一丈人方將爲圃畦, 鑿隧而入井, 抱甕而出灌.'이라고 하였다.

239) 관리를 선발하는 직책.

전란에 참가하였으며, 고아한 자태에다 큰 둑도 세워서 고관대작으로 후한 대우를 받았다.

(明 王世貞 <日涉園記>≪弇州山人四部稿≫卷75)

5) 서전西田

태창 왕손지王遜之(왕시민王時敏의 자)의 별장이다. 태창의 서문을 나서면 서산의 풍토와 경물을 한눈에 볼 수 있다. 원림 안에는 농폐당農廢堂·도향암稻香庵·하외각霞外閣·금경정錦鏡亭·서려사西廬祠·수계천척垂繫千尺 등이 있다. 나는 서전西田에서 충분히 노닐지 못해서 그 승경에 대하여 상세하게 쓸 수가 없다. 꿈속에서 한 말을 대략 정리하여 <기>로 만든다. 신묘년(1651) 7월20일.

(淸 錢謙益 <西田記>≪牧齋有學集≫卷26)

6) 남원南園

태창주太倉州의 성 남쪽에 남원이 있으며, 이전 명나라 왕문숙공王文肅公[240]이 건축한 것이다. 그 안에 수설당繡雪堂·담영헌潭影軒·향도

---

240) 王錫爵(1534~1610). 명나라 강소 太倉 사람으로, 자는 元馭이고 호는 荊石이다. 나중에 國子監祭酒, 禮部右侍郞, 禮部尙書, 文淵閣大學士가 되었다. 만력 21년(1593)에 張居正, 申時行을 이어 재상이 되었다가 나중에 스스로 물러났다. 시호가 文肅이다.

각香濤閣 등의 승경이 있으며, 모두 매화를 심어 놓았다. 지금까지 매화나무 한 그루가 남아 있는데 '수학瘦鶴'이라고 부른다. 그것 역시 왕문숙공이 심은 것이다. 나는 건륭 경술년(1790) 초봄에 원외랑員外郎 필간비畢澗飛와 이곳을 지나다가 이미 황폐하여 감당하기 어렵게 된 남원을 보게 되었다. 수설당 벽 사이에 '화우話雨'라는 두 글자가 보이는데, 상서尙書 동화정董華亭(기창其昌)의 글씨였다. 그것의 좌측에 '천계정묘天啓丁卯, 동진미공방손지산관청우제同陳眉公訪遜之山館聽雨題, 사월칠일기창四月七日其昌(1627년에 진미공(계유繼儒)과 함께 왕손지(시민時敏)의 산관山館을 방문하여 비 소리를 들으며 제를 붙였다. 사월 칠일 기창.)'이라고 되어 있었다. 도광 경인년(1830) 겨울에 우연히 정방서程芳墅가 그린 <남원수학도南園瘦鶴圖>를 보고 금석지감今昔之感을 이기지 못하여 두 수의 절구241)를 그 뒤에 써 놓았다.(왕문숙, 동문민, 진미공 세 사람은 절친한 사이로 모두 80세까지 살았다.)

(清 錢泳 ≪履園叢話≫<南園記>)

---

241) '昔年踏雪過南園, 古寺斜陽草木繁. 惟有老梅名瘦鶴, 一枝花影倚頹垣.' '相國門庭感舊知, 滿頭氷雪最相思. 偶然留得和羹種, 曾聽前朝花雨時.'

10. 의흥宜興

1) 해상원諧賞園

　나의 집은 성의 서북쪽 모퉁이에 있다. 앞에는 도랑이 있고 뒤에는 성곽이 있다. 왼쪽에는 임궁琳宮과 별서別墅가 있는데 교목이 우거진 숲이 승경이다. 그러나 성과 너무 떨어진 곳에 있어 좌측의 반을 잘라 원림을 만들었다. 대체로 원림의 대臺·수樹·지池·관館 등은 화려하거나 장식이 많지 않고 오로지 나무와 돌만이 오래된 것일 뿐이다. 어떤 사람은 이 원림이 동네에서 제일 좋다고 말한다. 원림이 성안에 있어 강락康樂의 '재자성이해상在茲城而諧賞'[242])에서 이름을 가져 왔다. 주인은 가원을 떠나 이십 년 동안 두 도시에서 벼슬을 하고 사방으로 다니며 천하의 반에 발자취를 남겼으나, 결국 뜻을 이루지 못하고 물러나 오호五湖에서 농사를 짓다 이 원림을 얻어 노년을 편안하게 보냈다. 들어가서는 쉬고 나가서는 형제 친구들과 술을 마시며 즐겼다. 무릇 '해諧'는 '화和'이므로, 나의 여생이 원림 명칭의 뜻과 어그러지지 않기만을 바랄 뿐이다. 잠시나 자신의 이러한 뜻을 기록한다.

(明 顧大典 <諧賞園記>)

---

242) 謝靈運 〈山居賦〉.

2) 옥녀동천玉女洞天

■ 사제史際는 자가 공보恭甫이다. 명나라 가정 10년(1532)에 진사가
되어 태부사소경太仆寺少卿에 올랐다. 가정 연간에 옥녀담의 북쪽
에 원림을 건축하였다. 가정 22년(1543)과 가정 23년(1544)에 의흥
宜興에 기아가 들자 곡식을 내어 두루 구제하였다. 별업은 이보다
이전에 만들었다.

의흥의 여러 산들 중에서 동관산銅官山과 이묵산離墨山이 가장 크다.
그 다음으로 천석산穿石山이나 두 산에 비해 높거나 가파르지 않다. 그
러나 장공동張公洞이 유명하다. 옥녀담은 장공동의 서남쪽 3리가 채 못
되는 곳에 있다. 옥녀가 이곳에서 수련修鍊을 하였다는 전설이 있다. 당
나라 이전에 많은 명인현사名人賢士들이 이곳으로 유람 왔다. 그리고 당
나라의 이유경李幼卿[243]과 육희성陸希聲[244]이 이곳에 머물렀다. 때때로
시를 지었는데 지금까지 전한다. 당시의 성대함을 알 수 있다. 이후로는
소통이 되지 않아 아는 사람이 많지 않다. 율양의 사공보史恭甫[245]가 산
속에 어머니를 묻었는데, 그 땅을 판다는 얘기를 듣고 기쁜 마음으로 샀

---

243) 李幼卿. 당나라 隴西 사람으로, 자는 長夫이다. 代宗 大曆 연간에 右庶子로서 滁州刺史를 통솔하
　　였다. 정치적으로 공적이 있었다. 瑯琊山 아래에서 노닐며 돌을 뚫어 샘을 끌어 亭과 臺를 만들고
　　그곳에서 시를 지었다.

244) 陸希聲. 당나라 소주 사람이다. 義興에 은거하다 右拾遺로 소환되었다. 歙州刺史와 給事中을 역
　　임하였고, 戶部侍郎과 中書門下平章事에 올랐다. 〈易〉, 〈春秋〉, 〈老子〉에 정통하였고, 글쓰기에
　　능했다.

245) 史際(1495~1571). 명나라 應天府 溧陽 사람으로, 자는 恭甫이고 호는 玉陽, 燕峰이다. 가정 연
　　간에 진사가 되었고, 벼슬이 春坊에 이르렀으나 스스로 그만두고 義莊과 義塾을 설치하였다. 明倫
　　堂을 수리하고 田資를 내놓아 가난한 선비들의 공부를 도왔다. 왜구에 대항하여 전공을 세워 太傅
　　少卿이 되었다.

다. 그 땅이 옥녀담의 남쪽에 있어 '옥양산玉陽山'이라 이름을 붙이고, 그 앞에 '옥양동천玉陽洞天'이라는 표지를 붙였다.

(明 文徵明 <玉女潭山居記>≪甫田集≫)

3) 난서蘭墅

양선陽羨(의흥宜興)은 예부터 난초가 많아, 둑이나 골짜기가 모두 난초로 뒤덮였다. 그러나 南岳보다는 많지 않았다. 여기서 '남악'이란 서구西㳇 십 리 밖에 있는데, 손오孫吳가 경내에 있는 명산을 오악으로 만들면서 생긴 것으로, 이 산은 숭산嵩山과 비견된다. 남악에서 거의 이백 무武를 가면 하냉교下冷橋가 있는데, 거기에 내 친구 오유원吳幼元이 난서를 건축하였다. 유원은 경조랑京兆郞으로 벼슬을 시작하였는데 한참 나이에 관직을 그만두고 내려왔다. 그의 내가內家가 항중승杭中丞으로 양선에 거주하고 있어, 유원의 유람 흔적이 거기에 많이 남아 있다. 나와 유원은 친한 친구 사이로 음력 3월에 두세 명의 동지와 함께 유람을 나섰다. 녹음이 우거진 곳에 앉아 꾀꼬리 소리를 들으며 찻잎을 따고 물놀이를 하면서, 시 한 수에 술 한 잔 하니 마치 영화永和[246]의 풍류와 운치를 그대로 누리는 것 같았다. 만력 계사년(1593) 윤11월 25일에 이 <기>를 짓다. 태원太原 왕치등王稚登.

(만력 계사년(1593)에 이 <기>를 지어 올해 임인년(1602)까지 십 년이

---

246) 晉나라 穆帝 司馬聃의 연호(345~356)이다. 永和 9년에 王羲之 등 여러 사람들이 蘭亭에 모여 술을 마시고 시를 지었다.

라는 세월이 흘렀다. 주인 또한 여러 번 바뀌었다. 유원이 관직에 싫증이 나 때때로 양선을 지나는 것조차 어렵게 되자 마침내 오철여吳澈如에게 귀속되었다. 그 또한 유원에 못지않게 풍치가 있어, 주인은 바뀌었으나 별서의 이름은 바꾸지 않았다. 높은 대臺와 굽이진 못 또한 그대로였다. 나는 심하게 쇠약하여 유자산庾子山이 '차수파사此樹婆娑, 생의진의生意盡矣.'라고 말한 것처럼 철여를 위하여 한 마디의 말도 다시 할 수 없는 것이 안타까워, 이 권에다 다시 옛날의 <기>를 쓰니 황홀한 것이 마치 노생盧生의 침중枕中과 같다. 중양절 삼 일 전에 치등이 이 일을 기록한다.)

(明 王稚登(1535~1612) <蘭墅記> 据≪蘭墅圖≫手卷眞迹鈔錄)

나는 옛날에 오유원吳幼元을 위하여 <난서기蘭墅記>를 썼다. 그때가 계사년이었으니 벌써 십사 년이 되었다. 별서는 다시 오지구吳之矩에게 귀속되어, 나에게 <기>를 짓도록 명하였다. 하지만 달라진 게 없어 무엇을 써야할 지 모르겠다고 하자, 오지구는 "유원에 대해서는 건축 배치에 관하여 적으면 될 것이고, 나에 대해서는 어떻게 전해 왔는지에 관하여 적으면 될 것이요."라고 하면서 원림의 유래와 전래 과정에 대하여 장황하게 설명하였다. 나는 그것에 대해 거의 아는 바가 없었다. 하지만 지구와 유원은 성씨부터 고아한 취미까지 모든 것이 닮았다는 것을 알았다. 오지구는 지금 낭서가 되어 궁궐을 출입하면서 주야로 공무를 보며 임금의 은총을 받고 있으니 어찌 속세를 떠나 시골에서 살 수 있겠는가? 만력 정미년(1607) 정월에 태원太原 왕치등王稚登이 <기>를 지어 적었다.

(明 王稚登 <蘭墅后記> 据≪蘭墅圖≫手卷眞迹鈔錄)

4) 도씨복원陶氏復園

　도원陶園은 옛날 당씨원唐氏園으로 형천荊川 선생[247]이 이곳에서 책을 읽었다. 화려한 대臺·관館이나 진기한 석石·훼卉는 없지만, 물과 나무로 인해 저절로 맑고 아름다워졌다. 그 후 주인이 여러 번 바뀌어 애포艾圃 도陶선생[248]에게 돌아갔다. 이때 비로소 '도원'이라는 이름을 얻었다. 애포 선생이 죽고 자손들이 지키지 못해 역씨易氏에게 팔았다. 도광 8년(1828)에 선생의 종증손從曾孫인 제당霽堂이 다시 사서 복구하였다. 그리하여 이름을 '복원復園'이라 하였다. 역씨가 말하기를 "애포 선생은 관직에 나가기 전 이곳에 살았다. 관직에 있을 때는 충성을 다하다가, 늙어서 이곳으로 돌아와 저녁경치를 즐겼다. 지금 제당 역시 힘을 써 돌아와 이곳을 복구하였다. 장차 임천林泉에서 한적함을 즐기면서 오랫동안 나오지 않을 것이다. 애포 선생이 이곳에 거주한 것은 형천 선생의 처음을 복원한 것이고, 제당이 이곳에 거주하는 것은 애포 선생의 처음을 복원하는 셈이다. 이처럼 성함과 쇠함에는 다 까닭이 있는 법이니, 향기로운 꽃은 향기를 날려 보내야 하고, 좋은 과실은 떨쳐 나오게 하여야 한다. 따라서 나날이 공훈과 업적을 쌓아 곧 단절될 옛 현인들의 학설을 이어야 할 것이다. 제당의 뜻이 바로 여기에 있다."라고 하였다.

(淸 李兆洛 <陶氏復園記>)

---

247) 唐順之(1507~1560). 명나라 武進(지금의 강소 常州) 사람으로, 자는 應德이다. 가정 8년(1529) 會試에 장원으로 급제하였다. 왜구를 물리치는 데 공을 세워 右僉都御史, 鳳陽巡撫 등으로 승진하였다. 박식하고, 시문으로 이름을 날렸다. 唐宋派 중의 한 사람이다.

248) 陶自悅. 청나라 강소 武進 사람으로, 자는 心兌이고 호는 艾圃이다. 강희 27년에 진사가 되어, 山西 澤州知州에 이르렀으나 병으로 관직을 그만두고 돌아왔다. 八股文으로 이름을 날렸고, 시 역시 빼어났다.

도원은 당나라 형천 선생이 독서하던 곳이다. 후에 도씨의 소유로 넘어가 '도원'이라 하였다. 나는 오로지 휴가를 편안히 보내기 위해 향내 나는 물가를 달려 이 원림에서 휴식을 취했다. 아침부터 저녁까지 자연을 감상하고 노래 부르며 주인이 누구인지 잊을 정도였다. 때로는 밝은 달이 없으면 외로운 연기 안고, 하루 종일 복숭아나무와 잣나무 아래에서 한 말의 술을 마시며, 남산이 있는 남쪽을 북산이 있는 북쪽을 바라보며 하늘 끝까지 날아가 군자를 생각하였다. 백 년이 비록 짧다고 하나 슬픔이 어찌 그칠 수 있겠는가? 이 원림 또한 다섯 무의 작은 집이지만, 오로지 언덕을 쌓아 기세를 떨치고 물로써 기이하게 하여, 마침내 임학林壑을 더욱더 이색적으로 만들었고 정주汀洲는 여운을 깔게 되었다. 그리하여 조망하는 자들은 옛날과 지금의 감회를, 자리를 뜨지 못하는 자들은 슬픔과 즐거움의 차이를 느낀다. 이렇게 의탁한 바가 심오한데 어찌 대충할 수가 있겠는가? 그러니 나 또한 이곳을 유람하면서 어찌 생각이 없을 수 있겠는가? 각자 시를 지어 순서대로 묶었는데, 이때가 가경 18년 계유년(1813) 3월이었다. 함께 어울린 자는 오강吳江의 오육吳育, 무진武進의 이경래李慶來, 양호陽湖의 주의위周儀暐·의만儀萬·의호儀顥·관휼군管遹群, 대흥大興의 방이전方履籛 등 일곱 사람으로 시를 몇 수씩 지었다.

(淸 方履籛 <春暮遊陶園序>≪萬善花室文稿≫卷3)

5) 근원近園

나그네가 근원을 지나가면서 "인생을 살면서 천지간에 이 한 몸밖에 가진 것이 없는데 '원遠'이라고 하는 게 옳지 않습니까?"라고 하여, 나는 "내가 갯버들이고 뱁새입니다. 한 무의 집에도 편안히 살 수 있고, 금어 禽魚와 초목草木 또한 성정性情을 도야하는 도구일 뿐인데, 어찌 '원'이라고 해야 옳단 말입니까? 병을 안고 돌아와서 주경당注經堂 뒤의 쓸모없는 땅 예닐곱 무를 사서 관리하며 지낸 지가 벌써 오 년이 되었습니다. 이제 원림에 가깝다고 여겨 '근원'이라 하였습니다. 비록 동고東皐[249]의 별서나 명가鳴珂[250]의 굽이진 골목에는 미치지 못하지만, 내 한 몸 이곳에서 편히 쉴 수 있기만을 바랄 뿐입니다. 내가 추구하는 것은 바로 이런 유연자적함입니다."라고 대답하였다. 임자년(1672) 가을에 왕석곡王石谷[251]이 나에게 <근원도近園圖>를 그려주어서 이 <기>를 짓는다.

(淸 楊兆魯 <近園記>)

6) 약원約園

주인은 조자망趙子罔이고 경자년에 효렴이 되었으며 구북노인甌北老人[252]의 손자이다. 이 원림은 원래 이암尼庵이 있던 곳이었는데, 유로산

---

249) 王績(약 586~644). 당나라 絳州 龍門(지금의 산서 河津) 사람으로, 자는 無功이다. 늘 東皐에서 놀았으므로 '東皐子'라고 불렀다. 수나라 때 벼슬을 하여 秘書省正字가 되었으며, 당나라에서도 원래의 관직을 그대로 유지하여 待詔門下省이 되었다. 나중에 벼슬을 버리고 귀향하여 술과 거문고로 즐겁게 지냈다. 詩文에 능했다.

250) ≪新唐書≫〈張嘉祐傳〉에 의하면, 嘉祐의 형제들이 신분이 높고 세력이 왕성하여 매번 조정에 나갈 때 말과 수레를 끄는 사람들이 골목에 가득하였다고 한다. 그들이 거주하던 동네를 '鳴珂里'라고 불렀다.

251) 王翬(1632~1717). 청나라 강소 상숙 사람으로, 자는 石谷이고 호는 耕烟山人, 烏目山人, 淸暉主人 등이다. 산수를 잘 그렸고, 작품은 대부분 옛것을 모방하여 淸麗深秀하였다. 일찍이 〈康熙南巡圖〉를 주도적으로 그려 이름을 날렸다. 제자들이 많아 '虞山派'라고 부른다.

제부裕魯山制府에서 이암을 훼손하여 조씨의 소유가 되었다. 그리하여 수리를 가하고 물을 끌어들여 긴 개울로 만들고 주변에 당堂·청廳·실室 등을 지었다. 물 안에는 완재정宛在亭이 있고, 정亭·당堂에 속하는 것으로 도암陶庵과 냉연冷然이 있다. 물위로는 좌우로 돌다리가 있고 밑으로 배가 지나다닌다. 원림 안에는 그림과 글씨가 많았는데, 그 중에서 가장 훌륭한 것으로 명나라 장서張瑞의 그림과 등석여鄧石如의 전서와 예서 몇 종이 있다. 또한 이조락李兆洛, 성친왕成親王, 주앙朱昻, 필계畢溪 등의 대련이 있다. 주앙과 필계 두 사람은 근래에 등장한 상주常州의 서예가이다.

(清 郭嵩燾 ≪郭嵩燾日記≫ 卷1)

7) 우경당耦耕堂

만력 정사년(1617) 여름에 나는 과로하여 병이나 불수산拂水山에 거주하였다. 그때 가정嘉定에서 온 맹양孟陽[253]과 달포를 함께 지내면서 은거하며 편히 살자는 약속을 하였다. 하지만 맹양은 장치長治의 일 때문에 급히 이곳을 떠났고, 나는 진퇴양난의 기로에서 결국 산중에서 은거생활

---

252) 趙翼(1727~1814). 청나라 강소 陽湖(지금의 常州) 사람으로, 자는 雲崧이고 호는 甌北이다. 건륭 연간에 진사가 되었으며, 翰林院編修, 廣西鎭安知府, 貴西兵備道 등을 역임하였다. 관직에서 물러난 후 고향으로 돌아와 일찍이 安定書院에서 주로 강의를 하였다. 시문에 능하였으며, 특히 사학에 정통하였다. 고증에 뛰어났다. 저서로는 ≪廿二史札記≫, ≪陔餘叢考≫ 등이 있다.

253) 程嘉燧(1565~1643). 명나라 안휘 休寧 사람으로 嘉定에 옮겨와 살았다. 자는 孟陽이고 호는 松圓, 偈庵이다. 만력 연간에 擧人이 되었으며, 음률에 정통하고 서화에 능하였으며 특히 시에 뛰어났다. 常熟의 錢謙益이 관직을 끝내고 집으로 돌아와, 耦耕堂을 지어 그를 초대하여 책을 읽으며 시를 지었다. 나중에 歙縣으로 돌아가 노년을 보냈다.

을 십 여 년 간 하였다. 천계天啓 연간에 이르러 나는 구당지화鉤黨之禍로 인해 제명되어 남쪽으로 내려오면서, 무릇 옛날의 약속을 되새기며 실천이 늦었음을 후회하였다. 그리하여 오랫동안 산중의 사람이 되었다. 맹양은 나와 달리 관직을 멀리 한 채 속세를 떠나 살면서, 실천을 미루고 있는 나에게 은혜를 베풀어 집을 옮겨 다시 만날 수 있게 되었다. 그나마 잘못된 길을 너무 멀리 가지 않고 또한 고독하지 않은 은거를 할 수 있게 되어 큰 다행이었다. 맹양에게 '우경'이 어떤지 요청하니 웃으며 승낙하였다. 나와 맹양의 관계는 장저長沮와 걸익桀溺이 남긴 발자취와 비슷하다고 할 수 있다. 내가 개탄하지 않을 수 없는 것은 나와 맹양을 엮어 준 장형張蘅254) 때문이다. 장형은 나와 함께 수레를 타고 가다 "나중에 산 속에 집을 마련하여 맹양과 같은 고사高士를 모시고 오래도록 즐기며 삽시다."라고 하기에, 나 또한 "좋습니다."라고 하였다. 하지만 이십 년이 지난 지금 장형은 이 자리에 없다. 맹양과 보전莆田의 송비옥宋比玉255), 그리고 나 세 사람의 우정을 팔분서八分書로 써서 편액을 걸고, 내가 벽 사이에 <기>를 적어 넣었다. 숭정 2년(1630)에 전겸익錢謙益이 적는다.

(淸 錢謙益 <藕耕堂記> ≪初學集≫卷45)

---

254) 李流芳(1575~1629). 명나라 소주부 嘉定 사람으로, 자는 茂宰, 長蘅이고, 호는 香海, 泡庵, 愼娛居士이다. 만력 34년(1606)에 擧人이 되었다. 會試에 두 번 응시하였으나 실패하여 출사의 뜻을 버렸다. 詩書에 능하고 그림에 정통하였다.

255) 宋珏. 명나라 복건 莆田 사람으로, 자는 比玉이다. 國子生을 지냈다. 詩畵에 능하다. 吳越을 두루 돌아다니다 吳地에서 사망하였다.

11. 상숙常熟

1) 동고초당東皋草堂

　동고초당은 상숙의 대동문大東門 밖에 있다. 명나라 좌소참左少參 구여열瞿汝說[256]이 지었다. 아들인 가헌稼軒선생 식사式耜[257]가 증축하였다. 가헌은 호과급사중戶科給事中에 이르렀고, 순치 3년(1646)에는 영명왕永明王을 옹립하려고 광동과 광서에서 수년 간 머물러 이 원림은 마침내 황폐해졌다. 그의 아들인 백신伯申이 지켰으나, 최근에는 문학文學 조숙재趙叔才가 이 원림을 구입하였다. 정亭·대臺·사榭·석石은 예전 그대로였다. 도광 계미년(1823) 4월에 나는 온산蘊山의 동생과 놀러 가서 차를 먹고 대화를 나누다 상전벽해의 감회를 가졌다.

(淸 錢泳 ≪履園叢話≫ <東皋草堂記>)

2) 호은원壺隱園

　호은원은 상숙현 서문 안의 치도관致道觀 서남쪽에 있다. 명나라 좌도어사左都御史 진찰陳察[258]의 옛집이다. 가경 10년(1805)에 오죽교예부吳

---

256) 瞿汝說(1565~1623). 명나라 강소 常熟 사람으로, 자는 星卿이고 호는 達觀이다. 다섯 살 때 고아가 되었다. 만력 29년(1601)에 진사가 되어 湖廣提學僉事에 이르렀다. 강직하기로 소문이 났다.

257) 瞿式耜(1690~1651). 瞿汝說의 아들이다. 자는 起田이고 호는 稼軒이다. 만력 44년(1616)에 진사가 되었고, 숭정 초에는 戶科給事中으로 발탁되었다. 명나라가 망하자 肇慶에서 桂王 朱由榔을 옹립하였다. 文淵閣大學士 겸 兵部尚書로 계림을 지켰다. 성이 점령되자 목숨을 끊었다.

竹橋禮部 장만당長曼堂이 구입하여 정정·대대臺를 지었다. 나중에 우산
虞山이 되었다. 몇 년 뒤 팽가장彭家場의 빈터를 사서 작은 원림을 조성
하였다. 전원에 나무를 심고 물고기를 키워 청유한 분위기를 만들어 쉴
수 있도록 하였다.

(淸 錢泳 ≪履園叢話≫＜壺隱園記＞)

3) 연곡燕谷

　　연곡은 상숙의 북문 안 영공전令公殿의 오른쪽에 있다. 전 대만지부臺
灣地府였던 장원추蔣元樞가 지었다. 50년 뒤 그의 족자인 태안령泰安令
이 구입하여 진릉晉陵의 과유량戈裕良에게 첩석疊石을 부탁하여 '연곡
燕谷'이라 하였다. 원림은 작으나 곡절曲折이 적합하고, 구조가 본받을
만하여 내가 성에 들어가면 때때로 여기서 묵었다.

(淸 錢泳 ≪履園叢話≫＜燕谷記＞)

---

258) 陳察. 명나라 강소 상숙 사람으로, 자는 元쮘이다. 弘治 15년(1502)에 진사가 되었다. 正德 초에
　　南京御史로 발탁되었다. 山西左布政使로 옮겨갔다가, 金都御史에 올랐다. 나중에 어명을 거역했
　　다가 평민으로 쫓겨났다.

12. 무석無錫

1) 안씨서림安氏西林

■ 무석 안진安鎭의 북쪽이며 교산膠山의 남쪽에 있다. 명 가정 연간
에 안국安國이 지었다. 안국의 자는 민태民泰이며 '산山'을 '포圃'
로 만들어 후원에 계수나무를 무더기로 심었다. 약 이 리 정도가
계림이었다. 그들 스스로 '계파桂坡'라고 하였다.

나와 동생[259] 둘 다 이름 있는 산수를 좋아하여, 동해 소금밭에 집이
있었으나 관리하는 자가 없었다. 그 집에도 원림이 있어 자못 이름이 났
지만, 놀러오는 사람조차 시내와 너무 가까워 자연 암반과 골짜기를 볼
수 없는 것이 아쉽다고 여겼다. 몇 년 전에 효풍孝豊 오추계吳樞季[260]가
나에게 무석의 안씨원림의 승경에 대하여 말한 적이 있는데, 바로 지금의
서림西林을 말하는 것이었다. 안씨는 무석에서 최고가는 집안으로, 그가
사는 곳은 읍에서 삼십 리 떨어져 있었다. 북쪽의 교산에서 이 리를 가면
산 터가 있는데 그곳에 원림이 두 개 있다. 위쪽의 산을 반쯤 차지하고
있는 것이 바로 태학太學 무경懋卿[261]의 '시서처時棲處'이다. 그곳에서

---

259) 王世懋.

260) 吳維岳. 명나라 孝豊(지금의 절강 安吉) 사람으로, 자는 峻伯이고 右僉都御史를 역임하였다.

261) 安紹芳. 명나라 常州府 無錫 사람으로, 자는 懋卿이고 호는 研亭居士이다. 國子監生이 되었으나,
여러 차례 시험에 낙방하여 포기하고 서림에 거주하면서 도서와 鼎, 彝 같은 골동품을 비치하여 사
방의 명사들과 교유하였다. 문장에 능하고 특히 대나무와 바위를 잘 그렸다. 安國의 아들이 如岡이
고, 호가 膠泉이며, 如岡의 아들이 紹芳이다.

오른쪽으로 가면 원림의 경관이 더욱더 뛰어난데, 무경은 예부터 객벽客癖이 있고, 글로써 이름난 자를 손으로 맞이하니, 그들 또한 무경을 앙모하여, 이곳으로 다투어 모여 들었다. 산인山人인 섭무장葉茂長은 그들 중에서도 으뜸이었다. 그는 금년에 전당錢塘에서 유흥遊興이 끝나자 돌아와 무경을 방문하였다. 급하게 읍을 하고 집으로 들어가서는, 술과 안주가 넘치는 곳에서 때론 작은 수레에 기대거나, 때론 작은 어선을 두드리며, 더불어 밤낮으로 즐겁게 지냈다. 무경은 그의 흥취를 술에 맡겼으나 여전히 만족하지 못해, 무장과 더불어 글로써 승경을 표현하고자 하였다. 더 다듬어서 결국 삼십이경三十二景을 만들었다. 각 경마다 시가 있는데, 이 중 십 분의 구는 무장이 지은 것이고, 십분의 일은 무경이 지은 것이다. 후세에 무경과 무장의 시가 널리 퍼졌으니, 서림이 망천輞川이나 우계愚溪와 다른 것이 무엇이며, 서림에서 노닐어도 결실이 있는데 이 두 사람이 우승右丞262)이나 류주柳州263)에 비해 현명하지 못한 게 뭐가 있겠느냐? 나는 부탁을 받아 남몰래 기뻐하였으며, 옛날 추계로부터 들은 것과 일치하는 것이 있어, 두 사람의 시를 첨부하여 이 <기>를 적는다.

(明 王世貞 <安氏西林記>≪弇州山人四部稿續稿≫卷16)

---

262) 王維(699~761). 당나라 河東(지금의 산서 永濟 서쪽) 사람으로, 자는 摩詰이다. 개원 연간에 진사가 되었다. 右拾遺, 監察御使, 給事中을 지냈다. 안록산의 난 때 僞職을 맡은 적이 있다. 건원 연간에 尙書右丞이 되어 '王右丞'이라고 부른다. 오언시에 능하고, 산수전원을 내용으로 하는 시가 많다. 輞川別墅는 藍田에 있으며, 전원시를 모두 모아 ≪輞川集≫을 엮었다. 繪畫에도 능했다.

263) 柳宗元(773~819). 당나라 河東 解縣(지금의 산서 運城 서남쪽) 사람으로, 자는 子厚이다. 사람들은 '柳河東'이라고 부른다. 貞元 연간에 진사가 되었다. 校書郞, 藍田尉, 禮部員外郞 등의 관직을 역임하였다. 永貞革新에 참여하였고, 실패 후에는 永州司馬로 폄적되었다. 나중에 柳州刺史가 되어 '柳柳州'라고도 부른다. 韓愈와 더불어 고문운동을 이끌었고, 그의 遊記와 寓言은 매우 특징이 있다. 시에 아주 능했다.

2) 기창원寄暢園

<그림 25> 기창원

■ 기창원은 옛날 이름이 '봉곡행와鳳谷行窩'이며, 정덕 연간(1506~
1520)에 진금秦金이 혜산사惠山寺의 남은방南隱房과 구우방漚寓
房을 차지하여 건립한 별장이다. 진요秦燿는 만력 19년(1591)에 호
광순무湖廣巡撫의 직위를 벗고 고향으로 돌아와 '기창원'으로 이름
을 바꾸었다. 강희 23~46년(1684~1706)에 여섯 차례에 걸쳐 남순
하였는데, 모두 이 원림에서 묵었다. 건륭 11~49년(1746~1774)에
도 여섯 차례 남순하였는데 모두 이곳에서 묵었다. 함풍咸豊 연간
에 기창원이 크게 훼손되어 나중에 중건하였으므로, 원림 안의 경

물 배치 일부가 이 <기>와 일치하지 않는다. 해방 후 혜산사와 함께 석혜공원錫惠公園 안으로 편입되었다.

기창원은 양계梁溪[264] 진순봉陳舜峰[265] 중승中丞의 별서로 혜산惠山의 자락에 있다. 혜산을 빙 둘러싸고 있는 원림은 마치 바둑에서 포석布石을 해 놓은 것 같아 샘이 매우 볼 만 하였다. 샘의 많고 적음에다 샘의 교묘함과 졸렬함까지 더하면 원림의 등위가 결정된다. 진공의 원림은 샘이 많을 뿐만 아니라 공교로워서 여러 원림 중에서 그 승경이 빼어나다. 원림의 옛 명칭은 '봉곡행와鳳谷行窩'로 그의 선조인 단민공端敏公[266]이 지었다. 맨 먼저 方伯[267]에게 귀속이 되었다가, 다시 中丞公에게 옮겨갔다. 모두 단민의 후예들이다. 중승공은 개부開府[268]를 끝내고 돌아와 주야로 이곳에서 한가로운 생활을 하면서 구상한 대로 원림을 완성하였다. 문을 열고 동쪽으로 향하면 '기창'이라고 써 놓았는데, 이는 왕내사王內史[269]의 시를 인용하여 원림의 명칭으로 사용한 것이다. 이 원림의 승경은 중장공리仲長公理가 말한 것처럼 바로 배산임류背山臨流에 있다. 고로 최우선은 천泉이고, 다음은 석石이며, 그 다음은 임竹·목木·화花·약藥·과果·소蔬이며, 마지막으로는 당堂·사榭·루樓·대臺·지池·어籞이다. 오선생五先生[270]부터 지금까지 끊임없이 벼슬을 하였다. 단민

---

264) 無錫의 별칭.

265) 陳燿. 자는 道明이고 호는 舜峰이다. 일찍이 湖廣巡撫를 지냈다. 그래서 '中丞'이라고 부른다.

266) 陳金의 諡號이다.

267) 陳金의 아들인 陳梁이다. 일찍이 江西右布政使를 지냈기에 '方伯'이라고 부른다.

268) 府 단위의 관청을 설치하는 일.

269) 王羲之. 일찍이 會稽內史를 지냈다. '三春啓群品, 寄暢在所因.'《蘭亭詩》

270) 秦維楨. 無錫 秦氏는 秦觀의 아들인 湛의 후예들이다. 秦維楨이 처음 무석으로 왔을 때 통했던

으로부터 방백에게, 방백에서 다시 중승으로, 비록 원림의 주인은 세 번 바뀌었지만, 진씨秦氏는 그대로였다. 중승공은 다른 사람의 모함을 받고 중년 나이에 관직을 그만두고 돌아와 원림을 완성하였다. 원림 안에서 매일 거닐면서 자연 속에 누워 정원사에게 술독을, 동자에게 바둑판·술·창을 준비하라 독촉하였다. 기해년(1599) 4월 기망既望에 태원太原 왕치등王稚登이 <기>를 적는다.

(明 王稚登 <寄暢園記>)

3) 우공곡愚公谷

■ 우공곡은 무석의 혜산사惠山寺 오른쪽에 있으며, 황공간黃公澗의 앞쪽으로 속칭 '추원鄒園'이다. 명나라 추적광鄒迪光이 지은 별장이다. 혜산사를 사이에 두고 기창원寄暢園과 마주하며 우뚝 솟아 있다. 해방 후 석혜공원을 건립하면서 대략 그 옛터에 두었는데, 여전히 '우공곡'이라고 이름을 붙였다. 추적광은 일찍이 <원기園記> 열한 편을 모아서 ≪우공곡승愚公谷乘≫이라고 이름 지었다. 지금은 ≪석산선철총간錫山先哲叢刊≫에 근거하였다.

나의 원림은 혜산사와 나란히 있다. 혜산사로 들어가 동쪽으로 약 백여 보를 가서 다시 남쪽으로 백여 보를 가면 이천정二泉亭이 있다. 다시 동

이름이 '瑞五'였다. 그래서 '五先生'이라고 하였다.

쪽으로 삼백여 보를 가면 황공간黃公澗이 있다. '황공'이란 초楚나라 춘 신군春申君 황헐黃歇이다. 여기서 삼백 보 이내는 모두 교목喬木이 줄지 어 있다. 숲이 끝나는 곳에 황공간이 있다. 그것과 대치해 있는 것이 나 의 원림이다. 그 문에 '우공곡'이라고 방榜을 붙였다. 내 원림을 평하는 자들이 이르기를 "정亭·사榭가 가장 훌륭하고, 산이 다음이며, 물이 그 다음이다." 아! 이 사람들은 원림을 보는 데 능하지 않는 자들이다. 이 원 림의 훌륭함은 바로 산과 물에 있다.

(明 鄒迪光 <愚公谷乘> 陳植·張公弛 ≪中國歷代名園記選注≫)

13. 남경南京

1) 수원隨園

금릉金陵의 북문교北門橋에서 서쪽으로 이 리를 가면 소창산小倉山이 있다. 이 산은 청량산淸凉山[271]에서 나온 지맥이다. 두 산 사이로 내려가 다리가 있는 곳에서 끝이 난다. 그 가운데 맑은 못과 논이 있다. 이것이 속칭 '건하연乾河沿'이다. 개울에 물이 마르지 않았을 때, 청량산은 남당 南唐의 피서지가 되었다. 얼마나 성했는가를 상상할 수 있다. 강희 때 직 조織造 수공隋公[272]이 소창산의 북쪽 봉우리에다 큰 건물을 짓고 담장으

---

271) 남경의 서쪽에 있다. 일명 '石頭山'이라고도 한다. 산상에 예전에는 청량사가 있었는데, 南唐 때 避 暑行宮이 되었다.

로 개오동나무 천 그루를 심어 둘렀으며, 밭두둑에는 계수나무 천 그루를 심었다. 도시에서 놀러온 자들은 일시에 이곳으로 관심을 쏟으니 대단히 성황이었다. 이름을 '수원'이라 하였는데, 이는 그의 성에서 따온 것이다. 내가 삼십 년 후에 강녕지현江寧知縣으로 가니 원림은 이미 황폐해졌고 가옥은 주막으로 바뀌어 있었다. 나는 이것을 안타깝게 여겨 집값을 물으니 삼백금三百金이라고 하였다. 봉급으로 그것을 사서 울타리를 만들고 주방과 화장실을 고쳤다. 그리고 그것의 지세와 산세에 따라 경관을 취하고 경물을 만들었다. 그리하여 이름을 '수원隨園'이라 하였다. 옛 명칭과는 음은 같으나 뜻은 달랐다. 완공이 되자 개탄하면서 "내가 이곳에서 벼슬을 하면 한 달에 한번 올 수 있겠지만, 내가 여기서 거주하면 매일 올 수 있을 것이다. 두 가지를 겸할 수는 없으니, 관직을 버리고 원림을 취하리라."라고 말하였다. 마침내 병이 들어 동생인 향정香亭과 외생질인 미군湄君을 데리고 책을 옮겨와 이곳에 살았다. 기사년(1749) 삼월에 이 <기>를 짓는다.

(淸 袁枚 <隨園記>《小倉山房文集》卷12)

나는 신선을 찾는 취미가 있어 산에 석양이 비치면 옷을 털고 길을 떠난다. 왕박산王璞山이 말하기를 "당신은 수원隨園에 가 보셨습니까?"라고 하기에, 나는 "아니오."라고 대답하였다. 그러자 박산이 탑 하나를 가리키면서 "여기가 소창산小倉山인데 그 자락에 원림이 있습니다. 본래 수상의隋尙衣가 창건한 것인데, 그의 성을 따서 이름 지었습니다. 건륭

---

272) 隋赫德. 康熙, 雍正 때 江寧織造를 역임하였다.

연간에 원자재袁子才[273] 태사太史가 새로 문을 열어 이름을 '수원隨園'으로 바꾸었습니다. 음은 같지만 뜻은 다릅니다. 일찍이 여섯 편의 <기>를 모았습니다. 지금 태사는 죽고 원림은 황폐해졌지만 경관은 예전과 같으니 가보시겠습니까?"라고 물었다. 나는 "그러죠"라고 대답하였다. 길을 찾아 원림으로 내려가니 기이한 경관은 없지만 곡절曲折이 절묘하여 ≪소창산방문집小倉山房文集≫의 시문 풍격과 거의 흡사하였다. 선생과 상서尙書(이름은 덕잠德潛, 강소江蘇 진사進士.) 심귀우沈歸愚, 그리고 시랑侍郎(이름은 소남召南, 절강의 부방副榜[274] 제차풍齊次風으로 추천을 받아 홍박과鴻博科에 응시하여 검토檢討를 제수함) 등이 균등한 세력을 이루었다.

(淸 麟慶 <隨園記>≪鴻雪姻緣圖記≫)

■ 원기袁起는 호가 죽휴竹畦이고 수원노인隨園老人의 족손族孫이다. '수원隨園' 그림은 모두 다섯 종이 있는데, 원기는 옛날 고본稿本을 모방하여 <수원도隨園圖>를 그리고 <도설圖說>을 붙였다. 동치同治 4년(1865)에 간행하였다.

<수원도>가 완성된 후 친구들이 서로 돌려보았다. 이 원림에 모여 노닌 자들은 화선지 위의 정亭·대臺를 보고 옛이야기를 하며 감회에 젖었다. 아직 와 보지 못한 사람이 나에게 말하기를 "당신은 원림이 없어져

---

273) 袁枚. 자는 子才이다.

274) 명청 시대의 제도로, 鄕試에 합격하였으나 擧人의 인원수에 제한 때문에 거인의 자격을 받지 못한 채 國子監에 입학하는 사람을 이르는 말.

그림을 그렸으므로 이미 그 이유는 충분합니다. 더욱이 <망천도輞川圖>를 모방하여 온갖 사물을 다 갖췄습니다. 산루山樓와 수각水閣도 세세하게 그렸습니다. 마치 관리의 교묘함과 경물의 미감을 통달한 듯이 흠잡을 데 없는 기술에다 지세를 타고 인력을 최대한 발휘하여 꽃 한 송이 돌 하나에도 봄이면 봄 겨울이면 겨울에 맞추어 취할 것은 취하고 버릴 것은 버렸습니다. 이름 하나하나에도 뜻이 있는데 유람하는 자도 끝내 망연자실하지만 어찌 꼼꼼하게 다시 따져 보지 않겠습니까? 비록 산수가 겹겹이 뻗어있어 그 기묘함을 알 수는 없겠지만, 당堂에 오르고 방房에 들어가서도 손가락으로 손바닥을 가리키듯이 명확하게 알았으면 합니다. 그림을 펴고도 어딘지 모르는 어리석음은 피했으면 합니다."라고 하였다. 그리하여 다시 <도설>을 지었다.

(淸 袁起 <隨園圖說>)

수원은 강녕성江寧城의 북쪽 소창산 자락에 있다. 면적은 얼마 되지 않으나 그윽한 정취가 있다. 건륭 신해년(1791) 2월 초 처음 놀러갔을 때 간재簡齋 선생(원매袁枚)과 함께 위람천蔚藍天에 앉아서 소향설매小香雪海에 매화가 성개盛開하는 것을 보았고, 그림과 시를 논하며 하루를 보냈다. 도광 2년(1822) 9월에 뜻하지 않게 금릉에 볼 일이 생겨서 가니 누각은 기울고 가을바람에 나뭇잎이 떨어지니 이 또한 하나의 경계境界였다. 옛날 하인은 여전히 나를 알아보았다. 근래에 선생의 장자인 난촌蘭村이 다시 수리하고 꾸며서 유람객이 끊이질 않는다고 들었다.

(淸 錢泳 <隨園記>≪履園叢話≫卷20 <園林>)

2) 우원愚園

■ 등가집鄧嘉緝은 자가 희지熙之이고 강녕江寧 사람이다. 동치 12년
  (1873)에 공생貢生이 되었다. 저서로는 ≪편선재문존扁善齋文存≫
  이 있다. 광서光緒 4년(1878)에 강녕 호은섭胡恩燮(호 후재煦齋)을
  위하여 <우원기愚園記>를 지었다. 우원은 속칭 '호가화원胡家花
  園'이라고도 한다. 만청晩淸 때의 유명한 명승지로, 민국民國 이후
  에도 그대로 존재하였으나 항일전쟁 때 파손되었다.

'봉황대' 서쪽 끝 수십 무의 땅은 병란으로 초토화되어 사람들의 발길
이 끊어진 곳이다. 명나라 때는 중산서왕中山西王의 서원西園이었다. 후
재태수煦齋太守가 조용하고 탁 트인 곳을 좋아하여 구입하였고, 시市의
자산資産과 숭선당崇善堂으로 나머지 한지閒地와 맞바꾸었다. 그리하여
궁宮·실室·대臺·사榭·파坡·지池 등의 승경과 임林·천泉·화
花·석石·어魚·조鳥 등의 볼거리를 만들었다. 규모가 크고 볼거리가
많아 일시에 잔치가 열리고 사람들이 모여들었다. 성안에서 가장 큰 집회
였다. 문에서 동쪽으로 향하면 명양가鳴羊街에 이르고 그 뒤에는 명나라
때 고문장顧文莊이 건축한 둔원遯園이 있다. 그 안의 가옥 서쪽에 따로
원림이 있으니 주인은 그것을 우愚라고 이름 짓고, 석태石埭 진호신陳虎
臣 선생의 편액을 걸어 두었다. 그 안의 '청원당淸遠堂'이라는 글씨는 장
자청張子青 중승中丞이 썼고, 그 영첩楹帖은 나의 스승인 전초설全椒
薛[275] 선생이 편찬하였다. 죽오竹塢에서 동쪽으로 나가면 따로 왕래할
수 있는 문이 있는데, 주인과 안면이 있는 자들이 드나드는 곳이다. 혹

주인이 부재중이라도 자기들끼리 여기저기 구경하다 나간다. 주인이 휴가를 받으면 귀한 손들과 술을 마시며 하루 종일 즐긴다.

3) 첨원瞻園

첨원은 고종 순황제[276)가 남순할 때, 반서藩署[277)를 하사하며 재齋에다 붙인 이름이다. 원래 명나라 중산왕의 고택으로 석승石勝이 많았다고 전해진다. 동치 4년 을축년(1865)에 남창南昌 매소암梅少岩 제군制軍이 이곳에서 근무하며 중수하였다. 광서 29년 계묘년(1903)에 나는 그의 직위를 이어받아 근무하면서, 공무가 끝난 뒤 여가가 나면 원림을 둘러보았는데 잡초가 무성하였다. 을축년과는 사십 년이 흐른 뒤였다. 올봄에 돈을 투자하여 다시 수리를 하였다. 금석지감이 들어 <기>를 적고 돌에 새긴다. 광서 30년(1904) 갑신년 여름.

(淸 黃建芫 <瞻園記>)

강녕포정사江寧布政使의 관공서로 명나라 중산왕의 고택이다. 서편에 작은 원림이 있는데, '첨원瞻園'이라는 편액이 붙었다. 순묘純廟가 남순할 때 머무르며 내렸던 어제御題이다. 광서 병오년(1906)에 나는 조정의 명령을 받고 이곳에서 관직을 하였다. 유월에 일을 시작하여 공무가 한가

---

275) 薛時雨. 자 慰農이다. '全椒'는 안휘성 滁州에 속해 있는 현이다.
276) 건륭을 가리킨다. 그의 廟號가 '純'이라 '純皇帝'라 칭한다.
277) 지방의 관공서.

할 때 이곳을 산보하였다. 고송孤松이나 총석叢石을 보면 선현들의 손길이 여전히 존재하는 듯했다. 건륭시대를 되돌아보면, 윤망산尹望山[278) 상국相國[279)이 양강兩江의 총독으로 있으면서 물자는 풍부하고 백성은 평온하여 최고의 전성기를 맞았다. 이에 동네 어른들과 노닐면서 시를 짓고 술을 마시며 춘추가일을 몸으로 체험하였다. 소나무와 바위에 기대어 육조의 산색을 마주하니 풍류 또한 떨어지지 않았다. 하지만 지금은 전혀 그렇지 못하니 이를 개탄하면서 <기>를 짓는다.

(淸 李佳繼昌 <瞻園記> 選自≪瞻園志≫藝文一)

강녕포정사의 관공서는 성의 남쪽 대공방大功坊에 있다. 이전에는 명나라 서중산왕徐中山王의 고택이었다. 함풍 3년에 태평군太平軍이 금릉金陵을 함락하자, 성안에는 관청과 사원이 아무것도 남지 않았다. 십 년이 지난 지금 동치 3년(1864)에 관군이 다시 금릉을 탈환하자, 양강총독대학사兩江總督大學士 의용후毅勇侯 증공曾公[280)이 안경安慶으로부터 임지를 옮겨왔다. 사 년 뒤 가을에 나는 양회운사兩淮運使에서 강녕江寧으로 발령을 받았다. 이때 蕭撫 숙의백肅毅伯 이공李公은 총독이었는데, 먼저 포정사布政司를 수리하도록 나에게 명령을 내렸다. 그리하여 동치 6년(1867)에 공사를 시작하여 팔 개월이 지난 뒤에 마쳤다. 일 년이 지난 뒤 북쪽은 적들에 의해 모두 평정이 되었으나, 동남쪽은 풍년에다 백성들

---

278) 尹繼善(1696~1771). 청나라 만주 鑲黃旗 사람으로, 章佳氏이다. 자는 元長이고 晚號는 望山이다. 옹정 원년(1723)에 진사가 되었다. 編修를 제수하였다. 관직은 文華殿大學士 겸 翰林院掌院 學士에 이르렀다. 일찍이 雲貴, 川陝, 兩江 등지의 총독을 지냈다.

279) 청대 大學士의 칭호이다.

280) 曾國藩.

또한 걱정이 없으니 공적에 물꼬를 트기를 바랐다. 그리하여 나는 관공서의 서편에 있는 첨원 옛 땅에 수석은 살리고 잡초는 제거하여 물가에는 사榭를 언덕에는 정亭을 설치하였다. 내가 즐기려고 만든 것이 아니기에 유적을 그대로 살렸다. 나는 전란 이래 약 십 년 동안을 돌이켜보면 부끄러운 일이 한 두 가지가 아니었다. 그리하여 수리를 할 때에도 견고함을 추구하며 조식雕飾은 일체 거부하였다. 너무 넓고 크기만 하면 비바람에 견딜수 있을까 걱정되고, 너무 호화롭게 만들려다 보면 비용을 대는 데 어려움이 많았다. 높은 곳이나 멀리서 백성들의 정서를 살펴보면 두려울 뿐이고 혹 멀리 피해 버리기라도 하면 아무런 노력 없이 목표에만 도달하는 꼴이 된다. 관리의 치세란, 너무 가혹하면 평온하지 못하다. 이런 즉, 체재를 존중하는 자는 결실을 볼 것이며, 은일을 향유하는 자 또한 열심히 노력할 것이다. 이에 글을 준비하여 <기>를 적는다.

(淸 李宗羲 <江寧布政使署重建記> 選自 ≪瞻園志≫藝文一)

14. 소주蘇州

1) 창랑정滄浪亭

나는 죄를 지어 폄적이 되었다. 마땅히 갈 곳이 없어 작은 배에 몸을 싣고 남쪽에서 노닐다가 오중吳中을 여행하게 되었다. 결국 가옥을 임차

하여 거처로 삼았는데, 때는 여름이라 무덥기 그지없고 좁아서 제대로 숨도 쉬기 어려웠다. 하루는 학궁學宮[281]을 지나다 동쪽으로 초목이 우거진 곳을 돌아보니 높은 언덕에 넓은 호수가 있었는데 성안에 있는 것처럼 보이지는 않았다. 그리하여 잡초와 수죽脩竹이 우거진 물가의 소로를 따라 동쪽으로 수 백 보를 가니 버려진 땅이 있었다. 길이가 약 오륙십 심尋은 되고 삼면이 모두 물이었다. 돌다리 남쪽으로 넓은 땅이 있는데 사는 사람도 없고 좌우로는 수목이 울창하여 길을 찾을 수가 없었다. 동네 노인을 찾아가 물으니, "전씨錢氏가 원림을 가지고 있었는데, 그의 가까운 인척인 손승우孫承祐[282]의 지池·관館이었소."라고 대답하였다. 지세를 보니 옛날의 승경이 그대로 남아 있는 듯하였다. 나는 그곳이 좋아 배회하다 사만 전을 주고 매입하여 북쪽 언덕에 정자를 짓고 '창랑滄浪'이라 하였다. 앞에는 대나무 뒤에는 물이 있으며, 물의 남쪽에는 다시 대나무가 끝없이 펼쳐 있다. 나는 작은 배를 타고 편안한 복장으로 그곳에 가면, 술 마시며 시를 짓고 하늘을 향해 노래를 불렀으며, 노인이 오지 않으면 물고기와 새를 벗 삼아 심신을 편안히 하였다. 어디에도 사악함이란 없어 인생의 도리가 무엇인지 깨달았다. 옛날의 榮辱이나 이해득실을 지금의 정취와 비교해 보면 얼마나 천한 것인가? 벼슬에 너무 깊이 빠져, 옛날 군자들도 한번 실수로 죽음에 이른 경우가 얼마나 많았던가? 이것이 모두 스스로를 이기는 방법을 몰랐기 때문이다. 나는 지금 폄적이 되어 오히려 이곳을 얻으니 마음이 편안하고 다른 사람들과 경쟁을 하지 않으

---

281) 유학교육을 담당하는 관아. 각 府縣에 설치된 孔廟.

282) 孫承祐(936~985). 송나라 항주 사람이다. 吳越王 錢俶이 그의 누이를 왕비로 삼으니, 이후 요직에 발탁되었다. 海軍節度使, 光祿大夫, 檢校太保 등을 역임하였다. 송나라가 건국한 뒤로는 泰寧軍節度使와 知滑州를 지내다 얼마 있지 않아 죽었다.

니 안팎으로 득실의 근원을 보게 되었다.

(宋 蘇舜欽 <滄浪亭記>≪吳縣志≫卷39중)

〈그림 26〉 창랑정의 석가산과 수경관

　　문영화상文瑛和尙이 대운암大雲庵에 거주하였는데, 이전 소자미蘇子
美의 창랑정 땅이었다. 문영은 급히 나에게 <기>를 지어 줄 것을 부탁
하였다. 이에 대답하기를 "옛날 오월국吳越國 광릉왕廣陵王이 오중吳中
을 다스릴 때, 자성子城의 서남쪽에 원림을 가지고 있었는데, 그의 외척
인 손승우孫承祐가 한쪽에 원림을 두고 있었습니다. 이후에 소자미가 창
랑정을 지었고, 마지막으로 스님이 머물면서 대운암으로 바뀌었습니다.
이백 년이 지난 후, 당신은 다시 대운암을 창랑정으로 바꾸셨습니다. 세
상이 변해도 암자와 정자는 어떠합니까? 오월국이 탄생하여 일시적으로
궁宮·관館·원苑·유囿가 극성을 부렸습니다. 하지만 승려인 당신은 자

미의 정자를 이처럼 중히 여기니, 선비가 오래도록 이름을 남기기 위해 힘쓰는 모습을 보는 것 같습니다." 문영은 책을 읽고 시를 좋아하여 우리와 교유하였다. 그를 '창랑승滄浪僧'이라 불렀다.

(明 歸有光 <滄浪亭記>≪吳縣志≫券39상)

　내가 오현吳縣을 다스린 지 사 년이 되었다. 백성들이 무사하기만을 바랐고 백성들 또한 내가 사심 없고 순수하기만을 기대하였다. 휴일이면 그림을 들고 나다니면서 군학郡學의 동쪽에 있는 창랑정 옛 땅을 구입하였다. 사원使院과는 겨우 일 리 정도 떨어져 있었다. 가끔 그곳을 지나다 보면 황폐하여 인적이 드물었다. 그리하여 나는 그곳을 복구하고 산꼭대기에다 정자를 지어 문형산文衡山이 예서로 쓴 '창랑정' 편액을 처마에다 걸고 구관舊館 또한 복원하였다. 을해년(1695) 팔월에 시작하여 다음해 2월에 완공하였다.

(淸 宋犖 <重修滄浪亭記>≪吳縣志≫卷39중)

　내가 소주의 안찰사按察使로 있을 때 창랑정 아래를 지나다가 황폐한 것을 보고 복원하기를 원했지만 임기 동안 실천을 하지 못했다. 정해년(1827) 봄에 대중승大中丞 안화安化 도공陶公과 군수郡守 강하江夏 진군陳君, 추평鄒平 이군李君 등과 상의하여 6개월의 공사 끝에 완공하였다. 그리하여 <기>를 짓는다.

(淸 梁章鉅 <重修滄浪亭記>≪吳縣志≫卷39중)

도광 정해년(1827) 포정사布政使 양장거梁章鉅가 중수를 할 때, 순무
巡撫 도수陶澍[283]가 오군吳郡의 500여 명현名賢들의 화상畫像을 입수하
여 돌을 깎아 만들어 창랑정의 공터에 명현사名賢祠를 건립하였다. 매년
때가 되면 이곳에서 제사를 모신다.

(淸 張樹聲 <重建滄浪亭記>≪吳縣志≫ 권39중)

〔함풍 6년(1856) 2월17일〕 일찍 축동군祝桐君[284]과 창랑정을 갔다.
그곳에 두 개의 그림이 있는데 하나는 <칠우도七友圖>이고 다른 하나
는 <오로도五老圖>이다. <칠우도>에는 도수陶澍, 탁병염卓秉恬, 주사
언朱士彦, 양장거梁章鉅, 오정침吳廷琛, 고순顧蒓, 주천朱珩 등이 있고,
<오로도>에는 도수陶澍, 반혁전潘奕雋, 한봉韓崶, 석온옥石韞玉, 오운
吳雲 등이 그려져 있다.

(淸 郭嵩燾≪郭嵩燾日記≫)

도광 무자년(1828)에 도문의공陶文毅公이 중수하고는 '오백명현사五百
名賢祠'를 지었다. 낙성하는 날 '오로회五老會'가 있었다. 호사가들이 이
들을 그림으로 그렸다. 동치 임신년(1873)에 다시 준공하였다.

(淸 陳其元≪庸閑齋筆記≫>

---

283) 陶澍(1779-1839). 자는 子霖이고 호는 雲汀이다.
284) 林伯桐(1778~1847). 청나라 광동 番禺 사람으로, 자는 桐君이고 호는 月亭이다. 嘉慶 6년에 擧
人이 되었으며 경학에 능통하였다.

2) 졸정원拙政園

■ 졸정원은 명나라 정덕 초에 창건이 되었고, 가정 12년(1533)에 문징
   명(1470~1559)은 왕헌신王獻臣[285]을 위하여 <왕씨졸정원기王氏
   拙政園記>를 썼다. 지금 거의 500년이 지났는데도 명성을 그대로
   유지하고 있다. 나중에 서씨徐氏(창문閶門 밖 동원東園과 서원西園
   의 주인인 서공시徐恭時가 아닌지 의심이 감)에게 넘어갔다. 청나
   라 초기에는 해녕海寧의 진지린陳之遴 소유가 되었으나, 관방에서
   징수하여 임천林泉의 즐거움을 경험하지 못하였다. 그는 나중에 죄
   를 지어 군역에 종사하였다. 순치 연간에는 소주의 풍해녕馮寧海
   장군이 이곳에 주둔하였고, 강희 3년에는 소송상蘇松尙 병비도행관
   兵備道行館으로 바뀌었다. 나중에 지린의 아들에게 돌려주었는데,
   다시 오삼계吳三桂의 사위인 왕영강王永康에게 팔았다. 강희 12년
   (1673)에 다시 관청으로 귀속되었다. 강희 18년(1679)에 다시 소송
   상도蘇松常道의 신관공서가 되었으며, 도道가 사라진 이후에는 백
   성들이 살았다. 건륭 초에는 장계蔣棨가 옛 땅에 와서 복원復園을
   지었다. 건륭 12년(1707)에는 심덕잠沈德潛이 그에게 <복원기>를
   지어 주었다. 가경 중에는 해녕海寧의 사세담查世倓에게 귀속되었
   고, 나중에 다시 평호平湖의 오경吳儆에게 돌아가 전당포로 바뀌었
   다. 함풍 10년(1860) 이후 태평천국시기에는 충왕忠王 이수성李秀

---

285) 蘇州 사람으로, 자가 敬止이고 호가 槐雨이다. 弘治 6년(1493)에 진사가 되어 御史와 大同 巡撫
   를 역임하였다. 나중에 上杭縣丞으로 폄적되었고, 홍치 17년(1504)에 다시 廣東驛丞으로, 正德
   초에는 永嘉知縣이 되었다.

成의 관저인 충왕부忠王府가 되었고, 동치 10년(1871)에는 팔기八旗 봉직회관奉直會館이 되었다. 민국 이후에는 여전히 졸정원으로 불렸고, 항전 시에는 강소성江蘇省 정부政府, 승리한 후에는 국립 사회교육학원, 해방 후에는 다시 수리하여 1952년에 개방하였다. 청 광서 연간에 장이겸張履謙이 구 원림의 서쪽에다 보원補園(고로 '졸정원'을 '동원東園'이라고 부른다)을 지었는데, 다시 합쳐서 한 곳에 두었다. 이것이 오늘날 그대로 전한다.

괴우槐雨 선생 왕경지王敬止는 군郡의 성 동북쪽 계루界樓와 제문齊門 사이에 살았다. 대부분 공터에서 지냈는데 가운데로 고인 물이 뻗쳐 있었다. 그것을 깊이 파 주위에 나무를 심고 양지바른 쪽에다 이층집을 지어 '몽은루夢隱樓'라 하였다. 음지쪽에는 당堂을 지어 '약야당若墅堂'이라 하였다. ……무릇 당堂이 한 개, 루樓가 한 개, 정亭이 여섯 개, 헌軒·함檻·지池·대臺·오塢·간澗에 속하는 것이 스물세 개, 총 서른한 개를 지어 '졸정원'이라 하였다. 왕씨가 이르기를 "옛날 반악潘岳[286]은 벼슬을 다하지 못하고 돌아와, 집을 짓고 나무를 심으며 정원에 물을 대고 채소를 팔아 생활하였다. 그가 이르기를 '이 역시 못난 자가 다스리는 것이다.'라고 하였다. 나는 벼슬에 오른 지 사십여 년이 흘렀다. 함께 벼슬한 자들은 집안을 일으켜 팔좌八坐[287]에 오르고 삼사三事[288]에 등극

---

286) 潘岳(?～300). 西晉 滎陽 中牟(지금의 河南) 사람으로, 자는 安仁이다. 秀才에 천거되어 河陽, 懷縣令을 역임하였다. 치적을 쌓는 데 매우 적극적이었으나 나중에 賈謐을 정성껏 모시면서 '二十四友'의 우두머리가 되었다. 관직은 給事黃門侍郞에 이르렀다. 趙王 司馬倫의 심복인 孫秀와는 앙숙 사이였다. 사마륜이 가밀을 살해하자, 그 또한 피살되었다.
287) '八座'라고도 한다. 옛날 중앙정부의 여덟 개 고급관직이다. 주로 '尙書'類의 고관을 말한다.
288) '三公'에 해당한다. 중앙의 최고 官銜으로, 명청시대 太師, 太傅, 太保 등을 가리킨다.

하였지만, 나는 일개 군졸郡倅[289)로서 나이가 들어 퇴임하였다. 정치는 반악보다도 졸렬하였지만, 원림만은 일가견이 있다.”라고 하였다. 가정 12년(1533) 오월 기망旣望.

(明 文徵明 <王氏拙政園記>≪吳縣志≫卷39중)

〈그림 27〉 문징명의 졸정원도 중 기옥현

서부인徐夫人 찬燦은 자가 상빈湘蘋이고 동오東吳 사람으로 진소암陳素庵[290) 상국相國의 계실繼室이었다. 장단구長短句에 능하여 ≪졸정원

---

289) 州郡長官의 副職.

시여拙政園詩餘≫를 세상에 내놓았다. 졸정원은 고소성姑蘇城 제문齊門 안에 있으며 옛날 대굉사大宏寺의 터로 수림樹林이 매우 볼 만했다. 어사御史 왕모王某가 침탈하여 그의 궁宮을 넓혔다. 서씨徐氏에게 넘어간 후, 심석전沈石田291), 문형산文衡山292) 등과 함께 그림을 그리고 시를 지었다. 명말 병란이 일자 진장鎭將이 거주하는 곳이 되었다. 마지막에는 진씨陳氏에게 넘어갔으나, 상국相國 본인은 임지에서 십 년 동안 돌아오지 못했다. 마침내 죄를 얻어 상빈과 함께 요좌遼左로 옮겨가 그곳에서 죽었다. 하루도 여기서 살지 못했다.

(淸 吳騫 ≪尖陽叢筆≫)

졸정원은 제문齊門 안 북가北街에 있으며 명나라 가정 연간에 왕헌신이 지었다. 문대조文待詔가 <기>를 지었다. 어사가 죽은 뒤, 그의 아들은 저포樗蒲(주사위를 던져 하는 도박의 일종)를 좋아하여 하루저녁에 다 잃어 결국 서씨徐氏에게로 넘어갔다. 청나라 초기에는 해녕海寧의 진지린陳之遴 상국相國이 소유하였으나, 얼마 있지 않아 장군부將軍府가 되었다. 원림 안에 연리連理 보주산寶珠山 차나무가 한 그루 있었는데, 오매촌吳梅村 좨주의 시가 기입되어 있다. 주방駐防이 철수함에 다시 병비도행관兵備道行館이 되었다. 또한 오삼계吳三桂의 사위 왕영강王永康의

---

290) 陳之遴(1605~1666). 절강 海寧 사람으로, 자는 素庵이다. 명 숭정 10년에 진사가 되어 編修를 거쳐 中允으로 자리를 옮겼다. 청나라에서는 禮部尙書, 弘文院大學士를 역임하였다. 뇌물로 연좌되어 內監 吳良輔와 결탁하였다. 죽음은 가까스로 면하여 尙陽堡로 유배를 가서 죽었다.

291) 沈周(1427~1509). 명나라 長州(지금의 소주) 사람으로, 자는 啓南이고 호는 石田, 白石翁 등이다. 과거에 응시하지 않고 相城里에서 은거하며 살았다. 박람군서하고 산수화에 뛰어났다.

292) 文徵明(1470~1559). 명나라 소주 吳縣 사람이다. 어릴 때 이름은 璧이고, 자는 徵明이나 나중에 徵仲으로 바꾸었다. 호는 衡山이다.

거처가 되었으나, 삼계가 사업에 실패하여 다시 관청의 소유가 되었다. 강희 18년(1679)에 다시 소송상도蘇松常道의 새로운 관공서가 되었으며, 나중에 장계張棨 태수太守가 구입하여 '복원復園'으로 이름을 바꾸었다. 춘추가일이면 명류들이 술을 마시며 시를 지었는데, 이것을 그린 것이 <복원가회도復園嘉會圖>이다. 장태수가 죽은 뒤 다시는 옛 정취를 느낄 수 없었다. 가경 중에 해창海昌의 사담여査憺餘 효렴 소유가 되었는데, 일 년 남짓 수리를 하여 다시 옛 모습을 찾았다. 지금은 오송포吳菘圃 상국相國 집안의 것이 되어 전당포가 되었다.

(淸 錢泳 <拙政園記>≪履園叢話≫)

3) 사자림獅子林

고소성姑蘇城의 사자림은 예우倪迂[293)]가 창건한 것으로 천석泉石이 군군郡에서 최고이다. 지금은 신안新安의 황씨黃氏 별장이다.

(淸 吳騫 ≪尖陽叢筆≫)

사자림은 오군吳郡 재녀문齋女門 안 반수항潘樹巷, 지금의 화선사畵禪寺 법당法堂 뒤 담밖에 있다. 원나라 지정至正 연간(1341~1368)에 승려인 천여天如, 유칙연惟則延, 주덕윤朱德潤, 조선장趙善長, 예원진倪元

---

293) 倪璨(1301, 1306~1374). 원나라 無錫 사람으로 원래 이름이 珽이고 자는 元鎭 호는 雲林이다. 대를 이어 무석의 부호로서 거금을 들여 원림을 조성하였다. 수묵화에 능했는데, 대부분 平遠山林과 枯木竹石을 그렸으며 풍격은 簡淡典雅하였다. 시문도 잘 지어 저서로 ≪淸閟閣全集≫이 있다.

鎮, 서유문徐幼文 등이 함께 상의하여 첩산疊山을 만들고, 원진元鎭이 그림을 그렸으며, 불서佛書의 사자좌獅子座에서 이름을 취하였다. 최근 사람인 예찬倪瓚이 지었다고 하는 것은 잘못되었다. 명나라 때는 사원에 속했으나 청초에 이르러 백성들이 살았고 지금은 황폐한 지 이미 오래 되었다. 건륭 27년(1762)에 순황제가 남순할 때 잡초를 제거하여 담을 쌓고 원림을 조성하였다. 매년 봄 2,3월이면 복사꽃이 만발하고 유채꽃이 피어서 도회의 남녀가 놀러 와 마치 장택단張擇端의 <청명상하도淸明上河圖>를 보는 것 같았다. 나는 스물 몇 살 때 한번 와서 <사자죽림사獅子竹林詞>를 지은 적이 있다.

(淸 錢泳 <獅子林記>≪履園叢話≫)

〈그림 34〉 사자림 전경도

〔함풍 6년(1856) 3월 초하루〕 동군桐君, 낭정朗亭[294]과 함께 삼당三塘에 가다가 사자림에 들렀다. 사자림은 예운림倪雲林이 만들었고, 지금은 '왕씨원王氏園' 혹은 '오송림五松林'이라고 부른다. 석림石林이 두 좌座가 있는데, 하나는 평지에 다른 하나는 물속에 있다. 정미년(1847) 겨울에 이곳을 유람할 때는 두 개의 산이 완벽하였으나, 지금은 수림水林이 반 정도 기울어져 있고 육림陸林은 그대로이다.

(淸 郭嵩燾 ≪郭嵩燾日記≫)

4) 유원留園

■ 한벽산장寒碧山莊은 창문閶門 밖 화보리花步里 관찰觀察 유서劉恕가 살던 곳이다. 유서는 원래 동정洞庭 동산東山 사람으로 이곳에 이주해 살았다. 명나라 때 경경冏卿 서태시徐泰時의 동원東園이 있던 자리이다. 동북쪽으로는 동원항東園巷이 있다. 유서는 돌을 좋아하여 기이한 돌만을 모아 12봉을 만들고 각각 이름을 붙여 곤산昆山의 왕학호王學浩에게 그림을, 전대석錢大析에게 제를 부탁하였다. 화보리에 작은 집을 짓고는 범내종范來宗에게 <기>를 부탁하였다. 동치 13년(1874)에는 이정부자사二程夫子祠(정호程顥, 정이程頤를 모시는 사당)를 지었다. 광서 2년(1876)에 이르러 무진

---

294) 沈兆霖(?~1862). 청나라 절강 전당 사람으로, 자는 尺生 호는 朗亭이다. 道光 16년에 진사가 되었고, 編修를 제수 받아 戶部尙書, 陝甘總督을 역임하였다. 시문에 능했고 篆書를 잘 썼다. 특히 도장을 정교하게 잘 새겼다.

武進의 성강盛康(자 욱인旭人) 방백方伯이 이것을 구입하여 '유원
留園'으로 이름이 바꾸고 대대적으로 수리하였다. 그리고 동원, 서
원으로 나누었다.

〈그림 35〉 유원의 장랑長廊과 원림 풍광

　창문閶門에서 약 삼 리 정도 되는 가까운 곳에 한벽장寒碧莊이 있다.
그것에 대해 묻자 아는 사람이 아무도 없었다. 그래서 '유원劉園'은 있느
냐고 물으니 모두 있다고 대답하였다. 이 원림은 가경 초에 유용봉劉蓉峰
이 소유한 것으로, 그의 성을 따 이름 지었다. 함풍 연간에 나는 이곳에
놀러와 천泉·석石의 빼어남, 화花·목木의 아름다움, 정亭·사榭의 그
윽함을 보고 오중吳中의 명원名園 중 최고라고 생각하였다. 경신년(1860)
과 신유년(1861)에는 대란이 일어나 오중의 명원들 중 반은 파괴되었고,
특히 창문 너머로는 더욱 심하였다. 그러나 유원만은 늠름하게 그대로 있

었다. 동치 연간에 나는 다시 이곳에 놀러와 보니 옛날과 다르지 않음을 확인하였다. 광서 2년(1876)에 이르러 비릉毗陵의 성욱인盛旭人 방백이 소유하면서 대대적으로 중수하였다. 그리하여 춘추가일이면 방백과 빈객들이 그 안에서 술을 마시고 시를 지었다. 도시의 남녀 또한 이곳으로 줄을 이어 찾아와 놀았다. 창문을 나서는 자들은 모두 '유원劉園'을 얘기하였다. 방백이 나에게 <기>를 지어줄 것을 요구하여 여전히 옛 명칭을 쓸 것이냐고 물으니, 음은 바꾸지 않고 글자만 바꾸어 '유원留園'이라 하는 것이 좋겠다고 하였다. 이에 나는 동의하고 이 <기>를 짓는다.

(淸 兪樾 <留園記>≪吳縣志≫卷39하)

이행렬_hylee@smu.ac.kr

▎약 력

동아대학교 원예학과 졸업
영남대학교 대학원 조경계획설계전공 석사
경희대학교 대학원 조경학전공 박사
경희대학교 부설 조경계획연구소 실장 역임
현) 상명대학교 환경조경학과 교수

▎주요논문

석사학위논문_「영도대교지구 도시상징공간의 재구성에 관한 연구」(1984)
박사학위논문_「중소도시의 녹지환경 특성분석에 관한 연구」(1995)
「현대조경디자인의 추상유형에 관한 연구」(2009)
「The Garden Patronage System between the Late Ming and Early Qing Dynasties」(2008)
「문화경관 네트워크를 통한 지역의 관광자원 보전전략」(2007)

심우영_wyshim@smu.ac.kr

▎약 력

성균관대학교 중어중문학과 졸업(학사)
대만 국립정치대학 중문과 졸업(석사)
대만 국립정치대학 중문과 졸업(박사)
현) 상명대학교 중국어문학과 교수
현) 한국중어중문학회 부회장
캐나다 UBC(브리티시 콜롬비아 대학) 방문학자
한국중문학회 전임회장

▎주요논문 및 저서

「'園林記'를 통해 본 강남지역 明淸代 士人들의 交遊關係 연구(江蘇省편)」
『중국시가여행』
『태산, 시의 숲을 거닐다』 외 다수

≪명청대 강남후원문화 시리즈≫

명청대 정원문화 누가 만들었을까

초판인쇄 | 2009년 8월 28일
초판발행 | 2009년 8월 28일

지은이 | 이행렬, 심우영
펴낸이 | 채종준
펴낸곳 | 한국학술정보㈜
주 소 | 경기도 파주시 교하읍 문발리 파주출판문화정보산업단지 513-5
전 화 | 031) 908-3181(대표)
팩 스 | 031) 908-3189
홈페이지 | http://www.kstudy.com
E-mail | 출판사업부 publish@kstudy.com
등 록 | 제일산-115호(2000. 6. 19)

ISBN 978-89-268-0359-2 93820 (Paper Book)
      978-89-268-0360-8 98820 (e-Book)

이담 Books 는 한국학술정보(주)의 지식실용서 브랜드입니다.